"乡愁是什么意思呢?

就是你离开了这个地方会想念这个地方。"

——习近平话乡愁

梦里最美是故乡

Mengli Zuimei
Shi Guxiang

主　编　**杨天兵**

副主编　**黄琪晨**

中国文史出版社

◎ 主　　编：杨天兵

◎ 副 主 编：黄琪晨

◎ 采　　编：仇　婷　吴双江　黄　璐　唐静婷　沐方婷

　　　　　　李悦涵　夏丽杰　彭叮咛　廖宇虹　刘曼文

　　　　　　邹嘉昊　陈汝菡

◎ 美术编辑：黎　珊

序言｜浩然思故乡

王鲁湘

故乡情是最普遍、最稳定的人类感情，它包含着对故人、故乡、故土的综合记忆，是一个人成长历程的初步，是一个人人格养成的初始，是一个人文化心理的初启，是一个人生命机能的初造。这些初步、初始、初启、初造，就是一个人生命的底色。严格说，这道生命底色是永远伴随人的一生，至死不可更改的。

社会的流动性造成了生如逆旅、人如飘蓬的迁徙不居状态。越是社会的精英，其人生越是变动不居，甚至有人说，人生成功与否，同离开故乡的半径成正比。这也就造成了大批优秀的子弟成为故乡游子，许多人终老他乡，连叶落归根，都成为一种奢望。于是，自古及今催生出数不胜数的思乡曲，其中既有诗词，也有散文，还有绘画和音乐，成为同爱情一样永恒不朽的艺术主题。

"故园东望路漫漫，双袖龙钟泪不干。马上相逢无纸笔，凭君传语报平安。"玄宗天宝八载，岑参西行出塞，途中遇入京使者，马上肆口而成此诗，纯是本色语，不假雕琢，真实地表现出离家去国，远赴异域之人对家乡与亲人的深切思念之情。词浅意深，味之无极，使人一唱三叹。所以，清人沈德潜说："人人胸臆中语，却成绝唱。"（《唐诗别裁》卷19）思乡情是人人胸臆中的深情，故思乡语也是人人胸臆中的深语，最易触动我们心中最柔软的地方。这本由湖南省政协文史博览杂志社编撰的《梦里最美是故乡》中的文字，就是这样的"胸臆中语"，朴素、自然、浅近、意深。

唐人崔涂有《春夕》诗，写自己滞留楚地而不能回乡的心情，其中有"蝴蝶梦中家万里，子规枝上月三更"句，脍炙人口。我尝与人言："何谓故乡？"或曰："生养之地也。"此言不差。或曰："梦魂萦绕之地也。"吾击掌曰："此言极是！"为何说此言极是？我们都做过梦，在我的梦中，不管情节多么离奇荒唐，不管人物多么稀奇古怪，环境却总是出奇的一致，就是我从小生活的蓝田镇，吊脚楼、木板屋、青石街、石拱桥、柚子树、栀子花……我也纳闷，我一生所居城市多矣，长居过的有湘潭、北京，尤其北京，自20世纪80年代初定居于此，时间长度早已超过蓝田，为何每次做梦都会"蝴蝶梦中家万里"？都要闪回那个小时候的湘中小镇呢？

我的蓝田不是王维一干唐朝诗人置辋川别业的陕西蓝田，不是"蓝田日暖玉生烟"的那个产玉的蓝田，而是地处湘中山区的一个水陆码头，湘江支流涟水河的源头，因宜种可以做靛青的蓝草而得名蓝田。小镇织染业发达，染坊很多，小时候总是见到河滩上立着一排排的木架，挂满一条条的蓝印花布，鹅卵石上铺满白色的粉粒，那是用特制的大长刀从蓝印花布上刮落下来的，听说是用石灰和豆面调制而成。清浅的河床上，飘着十几幅长长的蓝印花布，就像硕长的水草，在河水的冲刷下，款款地扭摆着曼妙的身姿，好看极了。

染坊都是前店后厂，店面临街，都有一对大碾石当街而放。碾石在我们小孩看来都很高大，足有一人之高，下面一块是碾石槽，凹的；上面一块是碾滚石，像倒写的八字，两撇朝上向外。碾石旁有木架，一个壮硕的汉子踩上去，一条腿踩一撇，双手扶木架，有节奏地左右向下使劲，碾滚石就左右晃动起来，把夹在滚石和槽石之间的一捆染好了靛青的蓝布越压越紧，直到布匹上泛出青紫色的光来，这捆布就算是压好了。这其实是一个让靛青染料深入棉布纤维并给布紧实上光的过程。这样放着紫光的靛青布很受老人们喜爱，每逢春节，就会看到身穿这样紫光蓝布新衣裳的老人，一脸幸福地走在街上，可在我们小孩子的审美中，那可真叫一个土啊！

我们小孩子喜欢的是灯芯绒做的衣裤，只有百货公司才能扯到。每次百货公司上货灯芯绒的日子，就是蓝田街上妇女们的节日，特别是蓝色灯芯绒，更是女人们的最爱，她们把蓝灯芯绒简称为"蓝绒"，用蓝田话说出来，就是"男人"。因此，只要百货公司到了蓝灯芯绒，就会有妇女当街一声噢呵："扯男人啦！"于是，大家奔走相告，迅速地把这好消息传遍长街短巷，然后就是到处去亲朋戚友家借布票、借钱，急匆匆地赶往中山前街的百货公司，可往往已是排队长龙到三八茶馆门口。好不容易扯上了灯芯绒的妇女，都会炫耀地往身上一裹，脸上洋溢着比今日中彩票还要兴奋的光辉。没有扯到的呢，就互相安慰："等下一次，等下一次！面包会有的，男人也会有的！"

我没有穿过靛青染过的土布，穿灯芯绒的比较多，有黑色的、蓝色的、棕色的。女孩子们穿红色的灯芯绒，也穿平绒。穿灯芯绒是那个计划经济的短缺年代家境殷实的象征，只有城里吃商品粮的人能穿，因为要凭布票；只有工资收入较高的家庭才能买得起，因为相对较贵。我是所谓的"南下干部"家庭子弟，在蓝田是属于富有家庭。所以，穿灯芯绒成为最外在的判明家境贫富的标志，而土蓝布，包括蓝印花布，则是农村农民穿着上的标配。

1974年3月，我背着一个蓝印花布的背包，拎着塑料桶和脸盆，插队下乡。这个蓝印花布的背包是一床被子，母亲认为我从此要与农民同吃同住同劳动，特意给我缝制了这么一床农民式样的蓝印花被。说实话，这床蓝印花被受到了一同插队的同学们的嘲笑，也让我这个未满18岁的少年觉得脸上无光。窘了几个月，终于在夏天到来时回家把蓝印花被换成了非常洋气的上海花印心被，面子才算是挽救回来。

又过了20年，当我在北京说起这个故事时，中央工艺美院的老院长张仃先生说他也有过同样的经历，那还是在30年代初，他背着一床蓝印花布被子去锦州上中学，受到大家的嘲笑，因为城里同学穿盖的都是洋货。直到1938年，他到了南京和上海，发现最时尚的文化人和明星都穿江南蓝印花布做的旗袍，家里的门帘和沙发垫都是蓝印花布，这才彻底改变了对蓝印花布的审美偏见。我一看张仃先生家里，果然门帘和沙发垫都是蓝印花布的，门帘已经洗得发白起毛。那种来自天然植物的幽邃沉着的靛青色，配上镂空印染的白色花纹和吉祥图案，真是高雅素朴大方漂亮！我小时候怎么会认为它又土又丑呢？

后来，张仃先生和夫人灰娃女士到湘西开全国民艺会议，特意给我带回几块凤凰刘大炮亲自染印的蓝印花布，看到这几块来自湖南的蓝印花布，我的思绪一下就飞回童年的蓝田，记忆中马上浮现涟水河边漂洗、晾晒蓝印花布的场景，那是天地之间多么美妙的画面啊！

去年到江苏南通采访蓝印花布国家级非遗传承人吴新元，这才知道，一床几十年前的旧蓝印花布被面，从老乡家里已经几千块钱都收不上来了。

时光就是这样流水一样淌过，年华就是这样走马灯似的旋转，一霎眼，当年涟水河上戏水的少年，就到了回忆故乡的年岁了。把崔涂那首《春夕》诗抄完，算是借古人之笔，浇自家胸中之乡愁吧！

"水流花谢两无情，送尽东风过楚城。

蝴蝶梦中家万里，子规枝上月三更。

故园书动经年绝，华发春唯满镜生。

自是不归归便得，五湖烟景有谁争？"

庚子岁尽辛丑将至于北京孤胆斋

（作者系著名文化学者、凤凰卫视主持人）

目 录

辑
二

辑
一

· 扫码收听 ·

我 16 岁上大学离开家乡后，
在好几个地方工作生活过，唯有岳阳，
在我感情的天平上，举足轻重，
成了我心中真正的第二故乡。

黄兰香：离乡情亦切

文 | 黄兰香

"为什么我的眼里常含泪水？因为我对这片土地爱得深沉。"离开岳阳四年了，岳阳的山山水水，岳阳的人文事物，常常一幕幕、一桩桩鲜活地在我脑海里闪现。

住在市委院子里的夏阿姨，我去岳阳工作不久，她就退休了，我们并无交集。那些年里，她一直默默地做一件她认为很有意义的事情：将每天报纸上有关我的文字、照片全部剪下来，贴在本子上，每年都是超大超厚的一本，本子是她自己花钱买的打印纸做的，自己又用针线缝成册。在岗时，她从办公室的报纸上剪辑，退休后，她隔三差五去办公室串门，收集旧报纸，同事笑她是"报迷"。她这一做就是 8 年，从不间断，直到我调离岳阳。

清楚地记得，离别的前一天，一大早，一位陌生的阿姨敲开我的门，托着几本沉甸甸的本子站在我跟前。可能因为走得有点快，她有些气喘。正当我迟疑时，她说，这是她从我到岳阳的第一天起，收集的我的全部活动报道的剪贴本。我连忙接过来，还没开口说话，我的眼眶就湿润了。

8 年啦，没有谁安排她，没有任何回报，甚至能不能送交我手上都不确定，她却一天不落地坚持下来，就连我的亲人都做不到啊。

抱着这厚厚的几本剪贴本，我只觉得特别的沉甸甸。我忘了请阿姨进房里坐坐，只是哽咽地问了声："阿姨，您贵姓？"再也说不出话来，就那么怔怔地望着她。

望着望着，突然觉得她脸上漾着的笑意，是那么的熟悉，那么的亲切，我有些模糊的视线里幻化出另外一张缀满慈爱的面庞。哦，这不是奶奶吗？我仿佛听见奶奶十分怜爱地对我说："孩子，这几年你辛苦了，真不容易，一个人在外，没人照顾。"又仿佛听见奶奶说："孩子，我们一直在关心你，关注你，你在那里不是一个人，而是一大家子人，是好几百万人的一个大家庭。"我将几欲滴落的泪水压了回去，将夏阿姨温厚的微笑深深地烙在了心头。

在岳阳的 8 年里，很多个节假日，我经常因为忙于工作而无法回到在另一个城市的家，家人们只好过来陪我。一个周末，我先生来岳阳探亲。他喜欢吃洞庭湖里新鲜的"坨嫩鱼"。听人说，这种野生小鱼，只有在鱼巷子才能买到。

鱼巷子是"老岳阳味"特别浓的地方，古旧的青石板路泛着亮光，巷子里满是提篮挑担的，人头攒动，叫卖声、鱼腥味远远地传过来。巷子两边低矮的砖木结构房子，饱经"阴风怒号，浊浪排空"的长久岁月后，已破败不堪，一副要人扶着的样子。

那阵子，鱼巷子正在搞棚户区改造大拆迁，大部分门面已经被拆。走近巷口时，我有点犹豫了，这种时候一个人跑来买鱼，万一被拆迁户认出继而围攻怎么办？

既来之，则安之。走过几家店面，我很顺利地找到了"坨嫩鱼"。那家店里站着一位脸上镀着"湖区红"的大哥，他看着我走近，有些惊讶、狐疑地招呼道："买坨嫩鱼？"

我说："嗯"。

他问都没问我买多少，就撮了一网兜鱼准备装袋。

我急了："师傅，我不要那么多，1斤足够了。"

他憨憨地一笑："我送给你吃，不要钱。"

我奇怪了，笑着问他："你做生意的，干吗不收钱送鱼给我吃啊？我们又不认识。"

他微眯着不大但很有神的眼睛，压低声音说："我认识你，电视上认识的，你蛮辛苦，我送点小鱼给你吃。没有想到你会来我这儿买鱼，今天我好开心。"

霎时，我恨不得找个地缝钻下去。之前我担心这里的人会因为拆迁怨恨我，没想到他压根就不提这码事，反而要送鱼给我吃，我太低看这些拆迁户了。

调整好情绪，我真诚地对他说："师傅，我就买1斤，你一定要收钱，不收钱我就不拿鱼。"

他一边说"好"，一边把兜里的鱼往外抖出一点点。秤杆刚要往上翘起时，他一把抓住，把秤放了下来，说："刚好1斤，10块钱。"

凭感觉，不止 1 斤，我将 20 元钱塞到他手上，转身便走。

那段时间爸爸妈妈也在岳阳，回家后我把鱼递给正准备做饭的妈妈："20 块钱，不贵吧？"妈妈惊讶地看着我说："这些鱼至少要 50 块钱才能买到，你怎么 20 块就买到了？"

卖鱼的大哥啊，时至今日，我都不知道我怎样才能准确表达对你的深深谢意。

在岳阳工作期间，我基本上 24 小时不关手机。夜深人静的时候，电话铃一响，我会在睡梦中一惊而起，接电话前的几秒钟里脑子里集结无数种可能——是不是哪里发生了泥石流，是不是哪里发山火了，是不是哪里发生了重大事故……大家都体谅我，一般晚上 10 点后不会给我打电话。

有一天晚上 11∶40 的样子，手机"嘀"一声，短信来了。我立马打开来看，一条很特别的短信：大姐，你不知道我是谁，但我却认识你，我今天这么晚给你发信息打扰你，就是抑制不住内心的喜悦，想把我的喜讯告诉你，我终于在火车站前面有了一间 11 平方米的门面，我准备做服装生意，等我赚到钱以后，我一定要请你吃饭。

看了这条短信，我非常感动，虽然我不知道给我发短信的人是谁，到现在，我仍然不知道是她还是他，但凭第六感，我觉得是一位年轻人。

我回了一条短信：祝贺你有了自己可以做生意的门面，也有了一份生活的保障！我相信，你用你的诚实、勤劳一定能够把生意做好，也一定能够赚到钱。

片刻，对方又回了一条：大姐，我真没想到你会给我回信息，你的信息是对我的鼓励，我一定会把生意做好，我一定诚信经营，我相信我能赚到钱。这么晚了，你就不要再给我回信息了，早点休息吧，大姐，晚安！

时隔几年之后，我还时常会惦记这位给我发短信的年轻人，他（她）的生意现在做得怎么样？他（她）的日子过得好不好？

现代人，除了丢胞衣罐子的地方，大都还会在某些地方停下脚步，放下行囊，安了自己的一张桌、一张床，甚至是一个家。然而，哪怕待过长年累月，心中依旧觉得自己是一只迁徙途中的候鸟，始终没有故乡的归属感。

我 16 岁上大学离开家乡后，在好几个地方工作生活过，唯有岳阳，在我感情的天平上，举足轻重，成了我心中真正的第二故乡。离开第二故乡的这些日子里，这一方水土热情、包容、善良的人们，让我刻骨铭心，那些牵挂我的人和我所牵挂的人，让我念念不忘。

（本文原载于〈文史博览·力量湖南〉微信公众号 2019 年 3 月 5 日）

■ **人物名片** | Renwu Mingpian |

黄兰香
全国政协委员，湖南省委常委、统战部部长
湖南省政协党组副书记

这些年，我心灵的故乡从上海到安徽，再到湖南，
它们给予我艰辛、收获和快乐。
随着大时代的变迁，
我的乡愁也有着不同的落脚点。

张大方：我心灵的三个故乡

口述｜张大方　　文｜黄璐　廖宇虹

一

我出生于上海浦东川沙镇。这是一个很有文化也很有故事的小镇，文蕴深厚，名人辈出，在中国近现代史上，涌现出了如宋庆龄、黄炎培、胡适、音乐家黄自、营造家杨斯盛、收藏家沈树镛等一大批融合中西文化的先行者。作为一个中国历史文化名镇，因有着众多的文化遗产，川沙镇两度被文化部评为"中国民间文化艺术之乡"。

20世纪60年代初，我的父母响应国家号召支援内地，随单位一起举家迁往安徽，把我暂时留在川沙老家的爷爷奶奶身边，因而我在老家度过了几年童年的时光。那时的浦东就是一片农村，村中，田园狗吠。爷爷家旁边就是一条河，我经常坐在门口，看着船来船往，大家在河边洗衣服、洗菜，那种景象是江南水乡的味道。我的外公家相隔也很近，我清晰地记得外公家的后门下几节楼梯就是一条小河。

因从小在爷爷奶奶身边长大，奶奶宠我，也格外地喜欢我。那样的记忆，特别温暖。不管在外多远，我始终记挂着他们。记得我随父母去安徽后，1971年我随哥哥回了一趟老家，在上海火车站下车后，先坐公交车到轮渡码头，轮渡下来后要坐去川沙的小火车，中途下车后还要步行4~5里路，才能到爷爷奶奶的家。

20世纪80年代，我到湖南工作后，每次去安徽看望父母，基本都会从上海走，先去看看在老家的爷爷奶奶。长沙至上海的火车需要27个小时，且每天仅一班，从上海到安徽淮南的父母家还要20多个小时。当时回一趟家是很辛苦的。记得有一次春节前夕，长沙下大雪，所有公共汽车都停运了，我和太太只能从湖南大学背着行李、踏着大雪走到火车站，未赶上那一班火车，幸运的是赶上了春节临时加的一班车，但需要40多个小时。那时别说卧铺，座位都是一票难求。

1993年1月，川沙县变成了浦东新区。作为中国最早开埠的城市之一，浦东是上海现代化建设的缩影，更是中国改革开放的象征。如今，浦东飞速发展。现在，我从上海浦东机场回老家，仅需半个小时的车程。当然，位于浦东的老家，早已毫无曾经的痕迹。

二

在上海读了几年小学后，父母把我接到了安徽淮南，在淮南田家庵四小及淮南七中完成了我的小学与中学。中学毕业后，我在六安地区寿县下乡两年。作为改革开放后的第一届大学生，我又在合肥度过了4年。安徽成为我的第二故乡。我读小学期间正值"文化大革命"，学校上课也是"三天打鱼，两天晒网"，那段时间我也有过多次逃学并"不务正业"的时候。到了中学后，我的学习成绩很好，用现在的说法——算得上"学霸"吧。

记得初中期间，有1年左右的时间，学校把学习文化课放在了首要位置，

上海外滩 >

实施按成绩公开排名（期中我排第三、期末我排第一），这也是我们初高中期间唯一公开排名的一个学期。

教育回归学生以学为主，这是邓小平同志"文革"后期复出后主抓的一项重要工作。记得我初高中一直任数学课代表（高中期间还兼任其他课程的课代表），在我的印象中，无论大考小考，我的数学成绩都是满分，而且学得很轻松。我的初高中班主任都是数学老师，他们也格外喜欢我。那时有句广为流传的话：学好数理化，走遍天下都不怕。读高中时，由于我的数理化成绩都很好，老师让我担任了班级所有课程的课代表。后来，我对老师说实在"太累了"，于是就"减负"，我只担任数理化的课代表。

高中毕业后，城里的青年都要面临"上山下乡"，离开父母去农村、去边疆，去最艰苦的地方接受农民的再教育。当时，很多人都不愿下乡，找各种理由希望尽量留在城里。我的哥哥和姐姐都已下乡，若按照当时的政策我是可以留在城里的。然而，我当时却没有一点想留在城里的念头。我从心底相信毛泽东主席的伟大号召：农村是一个广阔的天地，到那里是可以大有作为的。

那时的我怀揣着一种宏大的情怀或单纯的理想主义，就是想到农村接受一切锻炼和考验，去接受贫下中农的再教育。没有不舍，也没有任何不情愿，不到 17 岁的我来到了安徽省寿县最偏僻的一个小村庄插队落户。

　　理想是美好的，现实是残酷的。刚到农村的我非常不适应，首先要面对的是繁重的农活。那时是人民公社体制，我们知青要与本地生产队（当时农村的最基层组织）的社员们一起劳动。基本作息制度是每天早上 5 点半下地干农活到 8 点，简单吃个早饭再接着干，中午休息 1 个小时后再继续，每天至少劳动 10 个小时。

　　农忙季节，我们晚上也要加班，而且都是繁重的体力活。若碰到修水利工程，每天工作是 14~16 个小时，吃住全在工地上（临时搭的简陋帐篷）。那时的货物运输主要靠肩膀，我们时常要挑着上百斤的担子走十几公里。生产队可以使用的唯一运输工具就是独轮车，记得有一次我们用独轮车运几百斤的石头送到一个水利工程项目地，走了 30 多公里。

　　另一种苦，就是饥饿——经常是辛辛苦苦干完活回来，没有饭吃。我们生产队 5 位知青都是男生，时常是吃了上顿没有下顿，且时常有饭没菜，所以有时就到农民家里"讨"菜吃。那时物资极度匮乏，农民时常端出一碗蛆还在里面爬的咸菜，就可以作为我们一两顿的正餐——这在当时的农村很正常，只要有吃的就已经很好了。

　　还记得一到晚上，特别是炎热的夏季，我们基本都要穿着靴子，因为蚊子太多。晚上蛇也很多，蛇从田里跑到路上来"乘凉"，你走路很可能不小心就踩着它了（时有发生），穿了靴子才不怕被咬。

　　实事求是地说，我们当时城里的知青比回乡知青或当地的同龄青年要吃更多的苦——他们再苦再累，回家一定有饭菜吃，而我们这些在城市里基本属于"衣来伸手、饭来张口"的中学生，是从未体验过、也不可能体验过这些高强度体力劳动的。更何况远离父母，远离亲朋好友。

　　和我一起下乡插队的知青们由于难以忍受这样艰苦的环境和条件，每隔一两个月都会想方设法找机会回家。其实，我也很想家，这是我第一次离开父母家人在外独立生活，而且，我也是我们整个公社下乡知青中年龄最小的，当时却不知有一种什么力量在支撑着我——我就认为这正是考验我的时候，坚持就是胜利。这种信念使我一直坚持着不回去，也不顾爸妈写信催了几次。大概过了半年多，因为水土不服，我身上长了很多疮，生产队队长强迫我回家，我才终于第一次回了一趟家（这是我们公社一起下乡的知青中最后一个回家的）。

当时也说不上理想有多崇高，但确实有一种意志、一种理想主义情怀支撑着我坚持下去。大家都认为很苦，很多人对于下乡是哭哭啼啼，或者能躲开就躲开。我也知道苦，但是我不认为苦，我觉得我们城里的年轻人就应该好好锻炼，这些苦根本不算什么——这或许和我们那一代人心中的家国情怀有关。前段时间看到时任《人民日报》副总编辑卢新宁在北大演讲时说到，"当许多同龄人都陷于时代的车轮下，那些幸运的人不仅是因为坚强，更是因为信仰"，我特别有共鸣。

在那段艰苦岁月中，也时常充满着快乐与满足。那时，每个生产队都要出板报，开展思想教育宣传，生产大队（管辖十几个生产队）的领导不知怎么选中了我（当时整个生产大队的下乡知青有 30 人左右），让我一人给每个管辖的生产队出一期板报。我得轮流在每个队待上两三天。从创意到内容，从构图到文字，从毛笔字到绘画，从书写到排版——没有任何参照的书籍文字，更没有现在的互联网工具，所有的内容要原创，全都来自我一个人。对我来说，在这种创作中有着思想的乐趣。我也常常到别的生产队去帮忙，虽然没有报酬，但他们管我的饭，有时还会到河里打一条鱼作为给我的"犒劳"。这是在艰苦岁月中，我捡拾起来的快乐。在那样的岁月里，我学会了尽力，学会了应付各种苦难，也让自己始终保有一种革命乐观主义精神，因而我感觉自己可以时常找到欢乐。

在那样的环境里，我成了一名"全能型的文艺青年"。生产大队每年会组成宣传小分队到各个生产队开展文艺宣传，内容包括诗朗诵、相声、快板书、唱歌、跳舞等等，那时农村文化生活极度贫乏，也几乎找不到任何的"参考资料"，我几乎承担了这些节目的所有原创编剧。我现在都不敢想象我可以写诗、写快板书、写相声，在每个生产队巡回演出时大受欢迎，并受到公社的通报表扬，自己也曾上台表演自创的相声。这段经历成为我后来最难忘的记忆。

我是1977年恢复高考后的第一届大学生。曾经因时代原因而耽误了青春，随着高考恢复的消息传来，我们迫不及待地去读书，去弥补错过的时间。我们这辈人都特别知道珍惜，因为一切来之不易。

1978年3月，我考入合肥工业大学地球物理探矿专业。两年后，当时的国家科委在几位美籍华裔企业家的倡导和资助下，在合肥工业大学设立微型计算机专业学习基地，并面向多个高校遴选了30名77级在校生，我考入了这个备受瞩目的班级。当时微型计算机是稀罕物，我们班所有授课老师都是从美国聘请的，教材全都是英文，学习难度可想而知。于是我的大学时光非常充实、忙碌。在宁静又安详的校园里，随处可以听到读英文、背课文的朗朗之声，你会感觉到岁月正好、青春正好，对未来充满希望，怀抱着更多的理想，期待着用自己的双手去实现。

三

大学毕业时，我原可以选择留校任教。当时的合肥工业大学是国家科委第一批培养计算机人才的摇篮。记得大四时，来自全国十几个高校的教授来合工大专门参加我们的毕业设计答辩，我们这个班的本科毕业生都是"香饽饽"。

湖南大学参加此次答辩的一位教授，极力为我推荐湖南大学，他说湖南大学位于岳麓山下、湘江之畔，依山傍水。这成为我对湖南最初的印象和向往，也成为我选择来湖南大学的重要因素。我的父母当时强烈反对我去湖南，反问我说：为什么要跑那么远？好在我当时在安徽的女友（现在的太太）很支持我。现在，从湖南回到安徽淮南的父母家，坐高铁只用花4个多小时。而那时——从湖南回安徽，我还需要从上海或者郑州中转回家，每一次都要花四五十个小时。

事实上，要说和湖南的渊源，可以从我的外公说起。我的外公和母亲都在湖南生活过多年。

1938年11月13日凌晨，因日寇进犯，国民党当局采用焦土政策，制订了焚烧长沙的计划。这场因一系列偶然因素变得完全不受控制的文夕大火，最终致使长沙全城90%以上的房屋被烧毁。

而其中，我的外公就是一个受害者。他曾在长沙中山路上经营一家书店，因这场大火，所有的书籍都付之一炬，损失巨大。为躲避灾难，他拖家带口，辗转湘潭等多地，后抵达沅陵。我的母亲便在沅陵读完了小学与中学，在湖南生活了十余年，直至全国解放才回到上海。

与湖南的相遇，可能就是我的"命中注定"。大学毕业时，凭着勇气，我选择远离家在安徽淮南的父母和太太（当时的女友），只身一人来到湖南大学。这也意味着我同太太将经历许多年的异地恋。但这也为我们保留了珍贵的"两地书"——这期间，我们每周都要互通一次信件，那时没有电话，更不用说手机了，我记得每周最大的期盼就是等待太太的来信。幸运的是，两年后，我太太遇到合适的机会，工作也调动进了湖南大学。

对湖南，我们有着天然的"亲近"。即便出生在上海，但我跟着母亲能吃辣，我太太是四川人，我们两人在湖南都非常适应。

我在湖南奋斗，也有幸见证、参与湖南的变迁。我在这里播下理想的种子，也在这里收获果实。

在湖南大学的校园中，有着很多青春记忆。记得有一次，学校广播反复播送一名学生严重失血、需及时输血的消息。听到这则广播，我立即请假跑去输血，到现场一看，已经有很多热心人士。经过检查，我是O型血，属于万能输血者，刚好合适，于是我完成了自己的心愿：献血。之后，我也去医院看望了那名学生。这件小事儿很快被我忘到脑后，但没想到后来有媒体专门就献血进行报道，还特别提到我的名字。

在湖大校园，跑步也是难忘的记忆。刚毕业时，我每天都有早起跑步的好习惯。由于我在大学期间良好的中长跑成绩与素质，到湖大不久就被遴选进湖南大学教工田径队，多次参与全省的高校教工运动会，并获过1500米长跑第三名的好成绩。而我1500米长跑的纪录在湖大保留了13年。

我十分感激时代和国家给予我的机会。在湖南大学，我从一名普通的助教到副教授、教授、博士生导师，再成长为计算机系系主任、计算机与通信学院院长、软件学院院长，实现了我大学时期的梦想——要在大学做学术研究、成为大学的名教授、成为研究所所长或系主任。

上海是我人生的起点，安徽是最重要的中转站，如今，我在湖南已经生活了30多年，早已把自己当作了一个湖南人。在时代的变迁中，有着我对故乡不变的眷恋。

（本文原载于〈文史博览·力量湖南〉微信公众号2019年6月7日）

■ **人物名片** | Renwu Mingpian |

张大方
全国政协常委
湖南省政协副主席、九三学社湖南省委会主委

尽管家乡没有亲人了，

但是家乡还是家乡，

于我而言，家乡是一种遥远、亲切、

忘不了的记忆……

张健：人不在，情亦留

口述 | 张健　文 | 沐方婷

如今长沙县福临镇的家里已经没有亲人了，我的父母也已相继离世，姐姐们都住在了长沙。但是每年的春节和清明，我们都会去上坟，这算是对父母的一种怀念吧。

我是那个镇上恢复高考后，首批考上大学的两个大学生之一，也是那个镇上的第一个留学生。在我大学毕业还不到半年，1983 年元月初的时候，我母亲就因为脑溢血过世了，我的父亲也在我留学回来一个星期后走了。

尽管家乡没有亲人了，但是家乡还是家乡，于我而言，家乡是一种遥远、亲切、忘不了的记忆。

一

福临镇离杨开慧的家乡开慧镇不远，我的小学就是在福临镇上的，那时候我年纪小，发育得比较慢，个子也小。

记得上初中的时候，学校每年要组织一部分学生为开慧烈士扫墓，学校离开慧烈士墓有十几华里，大家都觉得我很小，所以扫墓这差事总轮不上我，但我年年都想去，这愿望一直持续着，直到上高中，我才真正有了去扫墓的机会。

在家乡上学时，记忆最深的是我高一的语文老师戴老师，他是长沙市地质中学的老师，当时是派到长沙县支援乡村教育的。

戴老师上课最大的特点就是"背"，背古文。不管你懂不懂，反正他就是要你背，从《岳阳楼记》到《鸿门宴》，从《木兰词》到《劝学篇》，我们似懂非懂、摇头晃脑地背完了一篇又一篇。直到今天我还记得一些。

我从国外留学回来，我的老师就退休了，有一次我请他吃饭，饭桌上我半开玩笑地问他老人家："老师，高中时候您总让我们背写那些古文，您自己究竟能不能背？"结果没想到的是，他80多岁的人了，那些古文依旧可以倒背如流，让人不得不心生佩服。

如今回头看，才发现那些古文确实没白背，虽然那时可能并不明白，但随着人生阅历的增加，我才一点点体会并理解了它们的含义。

其中，对我影响最大的一篇就是荀子的《劝学篇》，它用比喻的方式告诉我们如何学习和做事。比如"假舆马者，非利足也，而致千里；假舟楫者，非能水也，而绝江河"，告诉我们如何取人之长、补己之短；"故不积跬步，无以至千里；不积小流，无以成江海"，告诉我们做事要持之以恒、专心致志。

这些古文中的智慧话语，无论是对我的科研还是行政工作，都有极大的帮助和启发，所以我对戴老师一直心存感激。

二

一直以来，我都认为教育的第一要义是"立德"，即教孩子做人。除了老师的影响，家长的影响将贯穿孩子的一生。

我的母亲没什么文化，但她心地善良，脾气也大，所以小时候我经常挨母亲的打。她命苦，因为当时医疗条件不好，她生了7个小孩，结果走了4个，母亲40来岁的时候才生下了我，所以我是家中最小的孩子，我的大姐比我大了20多岁。

母亲忍受着一次又一次的丧子之痛，在那样艰难的生活条件下，坚持把我们抚养长大。

母亲重视教育，无论再穷再苦，她都坚持要家里的孩子读书。周围有闲言碎语，连家里的长辈都说，女孩子长大后要嫁人，读那么多书做什么？但母亲坚持把姐姐们送进学堂。到我进高中的时候，需要所在地推荐，周围又有冷嘲热讽的声音说：你们家已经这么多人读书了，怎么还要读？但母亲东奔西走，磨破嘴皮，无论如何不能断了我的求学路。

如果不是母亲对教育的坚持，很难想象此时此刻我和姐姐们会是什么样子。

我的父亲是个随和、善良的人，他懂得一些中草药知识，在乡下谁家要是绊倒了、闪了腰，都来找他帮忙，父亲也会毫不犹豫地答应，而且不收钱。后来我去国外留学，每年会寄些钱给他，哪个亲戚要是有困难，他就借给他们。这个借走一点，那个借走一点，借了一大堆后，他自己都弄不清了。父亲过世以后，这些债就全部消了，父亲弄不清，我就更不清楚了。

父亲的良善为他在村子里赢得了很高的威望。在我的家乡有一种习俗，有人过世了，放鞭炮是尊重逝者的一种表现。父亲过世时，棺材被抬着走了好一段路，每到一个地方就有人放鞭炮，作为家中唯一的孝子，人家一放鞭炮，我就要下跪，那一天我跪得膝盖都要破了。这些是乡里人对父亲的认可，对父亲的尊重。

在父亲身上，我真切地感受到，帮助他人，无形中也是在帮助自己，生活需要想开一些，多想想别人一些，人生的格局或许就不一样了。

这就是父母对我的教育。他们听不懂英语，也讲不出太多大道理，可是他们用自己的一言一行影响了我的一生、我的一辈子，让我始终铭记于心，感恩在怀。

可是对于二老，我始终有两个忘不了的遗憾。

我在长沙市读大学时，父亲有时会进城，来我这里歇上一晚，因为他可以和我在宿舍里挤一张床，但母亲因为住宿原因，一直以来都没进过城。记得参加工作后的第一个国庆节我去看她，她告诉我想要到长沙市去看看，我说："好啊，等单位给我腾到新房子里，有地方住了，我就接你去看看。"因为刚毕业时，我和单位同事还是两个人一间房，即使母亲去了，也还是没地方睡。

但没想到的是，两个月后母亲就犯了脑溢血，坚持了个把月后，最终还是走了。母亲的这个愿望一直没有实现，我的母亲一辈子都没有进过城。

还有我的父亲，2001 年我从美国留学回来时，他已病重，一个星期后，父亲就走了。直到后来有一天姐姐突然告诉我："爸生病期间，你还没回来的时候，爸说他这辈子还想到韶山去看看，想去毛主席的家乡看看。""那你们为什么不带他去啊？""他以前没说，他生病了才说，他说的时候，已经动不了了……"

我的母亲一辈子没进过城，我的父亲一辈子没去过一次韶山。就是这样两个小小的愿望啊，小到不能再小了，都没有帮他们实现。如果母亲再等等我，哪怕再等几个月，等到我那湘潭室友回家过年，我就可以接她过来了；如果父亲再等等我，能早点把心头的愿望说出来，那就不会人在湖南，连趟韶山也去不了。但是，时间不会等我，父母不会等我，"树欲静而风不止，子欲养而亲不待"，人生没有那么多"等等"。

三

如今在我的家乡，我曾读过书的学校已经没有了，村子里的空房子越来越多，年轻人大多到外地工作或者打工去了，虽然二老已经不在，但是家里还有我父辈的一些乡亲，所以有时候我也会回去看看。

过年时，偶尔碰到村子里的一些年轻人，我也已经不认识了。只是父母辈的乡亲们，每每看到心头还是热乎，他们几乎都八九十岁了。

长沙县虽然属于三湘第一县，但我的家乡福临镇位于长沙县北部，按规划不能发展工业，经济发展水平一直处于全县后列。

我 1987 年赴美留学，从芝加哥到迈阿密，美国的先进科技、富足生活让第一次走出国门的我眼花缭乱，当时我做梦都想着自己家门口的路可以修好，然后可以开车开到家里。

如今这些都已实现，但我总觉得家乡还要变化，我希望家乡人能够发展一些产业，也为当地积极引进一些外部的企业资源，为家乡的发展寻找更多合作的可能。如今家乡正在发展一种酵素养殖，就是用益生菌发过酵的饲料喂养家禽家畜，这样喂养出来的家禽家畜肉质鲜美，在市场上颇受

长沙县一隅　>

欢迎，越来多的家乡人正在投入酵素养殖中。

那些曾经与我一同长大的小伙伴如今也成为建设家乡的中坚力量，他们有的扎根当地，有的走向了更广阔的世界，但我们始终来自同一方土地，像同一株大树上的枝叶，同树同根，日开夜阖。对于这片生我养我的土地，我们不忍心看着它经受贫穷，所以希望尽一份绵薄之力，让它变得更好，这是一个朴素的愿望。

或许也是受了我父母的影响吧，毕竟人活着，为了自己，也为了他人。

（本文原载于〈文史博览·力量湖南〉微信公众号 2019 年 3 月 11 日）

■ **人物名片** | Renwu Mingpian |

张　健
全国政协委员
湖南省政协副主席、湖南省工商联主席

扫码收听

从戎几十载，

有一种漂泊的根，长在心灵的深处，

家是故土情、国是故乡魂，

始终情牵梦绕的地方便是故乡。

谭清泉：忘不了的乡情

文 | 谭清泉

　　都说，每个人都有一个回不去的故乡。从戎几十载，有一种漂泊的根，长在心灵的深处，家是故土情、国是故乡魂，始终情牵梦绕的地方便是故乡。

　　我家所在的湘阴县南湖洲镇位于湘北，三面环水的洞庭湖资江边。湘阴是湘军名将左宗棠的故乡，"身无半文，心忧天下；破书万卷，神交故人"，其戎马一生，学富五车的传奇和诗句影响着一代又一代人。

　　家乡同时又是湖南土地革命的主要根据地，历史的沉淀、革命的足迹，沉淀着淳厚的文化神韵，我就在这块红色沃土上长大。我的青少年时期是国家最艰难困苦的时期，没电没煤，靠劳动力"工分"赚取集中分配口粮，那时父亲有7兄妹，他是老大，我家5兄妹，我也是老大，家里的重担全部压在我们父子身上。

　　最难忘的是，我在大队（现在的行政村）组里的稻田里干完农活，没吃中饭，饥肠辘辘地跑回家，一个人就吃光了5碗米饭，弟弟妹妹瞪着惊讶的眼睛看着我，因为我把他们的那份也吃掉了，那个嗷嗷无告、印痕铭刻的年代永生都难忘。家里穿的衣服也是母亲"缝缝补补又三年"，那时

< 湖南湘阴风光

衣服谈不上色彩,就是蓝、黑、军绿三色,如果有一件白色的确凉衬衣,那就是奢侈品。那时高中刚毕业,我就担任公社(现行政乡)团支部书记。1976 年,在父亲的指引下,响应国家号召参军入伍。一晃,离家 40 多年了。"吾行正无定,魂梦岂忘归",每每回家,都是深情的凝视,无限的感怀。

2019 年春节,我又再次走近我的家乡。因身体手术原因,我一直疑虑是否适应在乡下留居,可一旦回来,却如栖身之所,不想离开。亲朋故友,那种浓烈的乡情,让你愿意驻足不前。年近八旬的老母亲伛偻着身体,老远从厨房端来香喷喷的豆子芝麻茶;多年未见的老同学送来自己养殖的农家鱼,美味而甘醇,老弟也是变着花样,餐餐做着我最爱吃的家乡鱼;老远就直呼"牛伢几,还恰得五大碗饭不"?过去看着我长大的袁爹,已不幸故逝;原来穷得叮当响的表弟靠养殖致富了,也买起了私家车,一次又一次来接我去做客。

2018 年,在我的努力下,家乡道路硬化拓宽了点儿,盏盏路灯也亮了起来,晚上散步在乡间道路,如同白昼,格外稳实而有力。镇党委的王书记更是带来喜讯,"去年您去做了两所中学的国防动员教育宣讲,报名参军的热情高涨啊!"

沧海桑田，生命谣曲。曾经父亲用肩挑回来的废弃窑砖，砌筑的屋围砖埂现如今已长满斑驳的青苔。大年初三，我们上他老人家的墓地祭拜，最后一眼的遗憾与愧疚在叩首的那一瞬间湿润了双眼，脚下这片土地，"我出生于斯，长于斯，我与这个地方血肉相连……"

令人欣慰的是家乡的日子越过越好，国家乡村振兴、精准扶贫战略的实施带来的红利让家乡人更幸福、更美好。而我，给予、回报她太少太少。人到一定的时候，就会越来越眷恋灵魂深处的东西，割不断，渗透在骨子里的这份情愫就是乡愁、乡情、乡恋吧！

如今，我走出平原家乡，相依相守在第二故乡高原大山、西北大漠44年。2018年我踏进西北大漠，执行我今生也许是最后一次的任务，服役任期越来越近，更是感慨万千。在国家和部队最需要我的时候，我真没有过多考虑我的年龄已过六旬，我的一生，曾与死神接触并无胆怯退缩，家国相连，不忘初心。在那扎根的地方，有我熟悉的大山阵地、大漠靶场和那深山腹地护卫镇国重器的一茬茬官兵，足矣！

故乡的魂，依旧。故乡的情，永在。

（本文原载于〈文史博览·力量湖南〉微信公众号 2019 年 3 月 6 日）

■ **人物名片** | Renwu Mingpian |

 谭清泉
全国政协委员
火箭军某部高级工程师

湖区蛇多，我们走在沟渠河塘边会时时注意，见到也不怕，

可这次错把蛇当鳝鱼抓，心中满怀喜悦却遇到危险，

一下子骇到了背脊骨，果然是祸福相伴，

真要做到"祸至不惧，福至不喜"实属不易。

卿渐伟：湖洲岁月入梦来

文｜卿渐伟

我的家乡在洞庭湖地区腹地，叫南大膳，属湖南益阳沅江市。据说这个地名是因岳飞率兵镇压杨幺起义后，摆了十里长的庆功宴，此地设最南一席而得名。南大膳地处沅江、湘阴、华容三县交界处，原本为湖洲，后来在此生活的人多了，为防洪水，遂筑堤成垸。不难想象，这里最大的垸情，便是水情。人们既以水为友，亦视水为敌。堤外是宛如大海的东洞庭，是汹涌奔腾的大运河，堤内是星罗棋布的湖泊，是纵横交错的沟渠。我下面说的故事，就是在这种环境下产生的。

一

我们那里管游泳叫"打浮秋"，我也一直这么说，直到20多岁到了长沙，为了合群，才改叫游泳。

因为"打浮秋"常常淹死人，又因水里有血吸虫，容易感染，故家里和学校是反对与禁止的。一旦发现，在家里会挨打骂，在学校则受处罚。

我去上学，往返要经过一条南大河，见河中常有人在玩水，有大人，也有小孩。于是我便有了初次下水，不记得是被人吆喝，还是心痒，或者两者皆有。开始只是手扒在岸边，脚在水里"扑通"，次数多了，就向河中间游，后来就河两岸来回游，进而与同伴开始水中竞速，还玩起"扎猛子"（潜水）等游戏。

有一天中午，我和4个同学在水里玩得高兴，把上课时间忘了。一上岸，大家心里慌了，商量怎么办好？选择只有两个，去上课，或者干脆不去上课。一合计，决定还是去上课，迟到总比缺课好，如果老师怕我们出事，找到家里去，那麻烦就更大了。

教室里正在上课，老师一看到我们就知道是从水里钻出来的，因违反了校规，不让上座位，罚我们站在讲台边听课，有示众之意。应该说，站在那里，心里在自责、羞愧，为体现男子汉的样子，还表现得雄起起、气昂昂似的。因此事，我留下了从小学到高中唯一一次没有被评为"三好学生"（或"优秀学生"）的纪录。

"打浮秋"是有危险的，河里水流大时，常有漩涡，会把人卷入水底。有时同伴搞恶作剧，把对方摁在水里呛水，时间长了，也会出情况。

那时这条河是沅水、澧水汇合后入东洞庭的通道，常有木排、竹排在这里停留和经过，停留时会排靠着排，排连着排，形成一大片。有一次与同伴玩水中捉迷藏的游戏，"扎猛子"到水底，憋着气在水里尽量延长时间，直到憋不住想浮出水面换气时，猛然发现头顶上是木排（或是竹排），心里一下就紧了。连呛了几口水，幸亏头脑还清楚，沿木排横向游，到两个排的连接处，连忙伸出头来，那时估计脸都乌青了。而同伴玩兴正浓，亦未发现，事后说起，只说好险。

父亲在外地工作，我与母亲住在一起，她因为我"打浮秋"没有少操心。为了瞒过母亲，我故意在回家时弄一些泥灰敷在手上、腿上甚至脸上，但母亲是精明的，这种伪装骗不了她（后来知道瞒不过，索性回来坦白告诉她）。至于处罚嘛，那要看母亲的心情，心情好时，讲几句"不怕淹死"等责备生气的话；心情不好时，免不了让我吃点皮肉之苦。到了后来，母亲大概也知道我不容易被淹死，责罚相对轻了，再后来变成了"注意安全"之类的嘱咐。

二

住在水边，常常会去捕鱼。一是好玩，二是可以改善生活。久而久之，一不小心，练就了一门自己的劳动技能。

捕鱼的方式有很多种，其他都要借助捕鱼工具，只有摸鱼不用，因而记忆尤深。摸鱼一般在水深不过膝盖，比较浑浊的水域。虽说一年四季均可摸鱼，但大多时节在秋季。鱼在水里是很灵敏的，且表面很滑，手触碰到鱼之后，不可突然用力，要慢慢地摸到鱼鳃的部位，再突然发力，若抓其他部位，十有八九会跑掉。

秋季水渐凉，鱼行进速度慢，因人有体温，有的鱼会慢慢地靠近你，或顺着腿下游，这个时候是最好抓鱼的时候。我们那一带，大都是摸的鲫鱼，运气好也可摸到别的鱼。水边摸鱼，要从水深处往浅处摸，以防鱼逃跑，就算捉不到，也可顺势拂上岸来。一般情况下，在渠塘边摸鱼，要重点关注岸边有树、有草、有浮萍等处，鱼喜欢栖息于这些地方。

有一次，我刚触到一条鱼。它尾巴一甩，跑了。这是一条才鱼。我考虑到自己动作慢，且周边又没有大的水痕，估计这家伙游得不远，于是用极慢的速度，向周边搜索，果然在一米左右的地方找到了它。我右手扣着它的鳃，左手抓着它的身子，才鱼力大，拼命挣扎，我在水里差点打了一个趔趄，提起来一看，有五六斤重，心里那个高兴劲儿就甭提了。不比不

知道，没有对比就没有幸福。那种可以预见、可稳定获得、众人都有的东西，即使再多，幸福感也不见得有多么强烈；而不期而遇的劳动所得，其幸福感会通过内心传递到外表，传递到每一根神经，传递到每一个细胞。我当时就处在那种状态里面。

　　当然，不是摸所有的鱼都要扣鳃，比如捉鳝鱼要用中指掐住其腰部。一次摸鱼时，天近傍晚，摸鱼人众，见水面游来一物，以为是鳝鱼，用手一掐，感觉其体冷有鳞，一看是条蛇，吓得一声喊，甩到岸上去了。没看清是什么蛇，有毒还是无毒，反正吓了一大跳，在余下来的摸鱼时间里，时刻注视水里，怕再有蛇来。算是心有余悸吧。湖区蛇多，我们走在沟渠河塘边会时时注意，见到也不怕，可这次错把蛇当鳝鱼抓，心中满怀喜悦却遇到危险，一下子骇到了背脊骨，果然是祸福相伴，真要做到"祸至不惧，福至不喜"实属不易。

三

　　作为湖区人，在那个靠人工战天斗地的时代，我们几乎年年冬天都要去挑堤。

挑堤是我们那里的说法，其实是担土垒堤、筑堤。那时没有机械，全靠人力从远处担土来夯实老堤，修筑新堤。我印象最深的是参加当时称之为"十万大军战漉湖"的故事。

漉湖位于洞庭湖腹地，有几十万亩面积，是东亚和南亚最大的芦苇产地。除去芦苇部分，还有一些地方涨水为湖面，退水为湖滩。1975年末至1976年初，当时沅江县委为了发展湖洲经济，决定把湖滩部分用堤与大湖隔离开来，以实现"一湖粮""一湖菜""一湖鱼"的目标。为此，动员了十万劳动力进湖筑堤，我成了十万分之一。

那年我16岁，高中毕业后待业在家，是以南大膳镇民兵营一员的身份参加的。

出发那天，我们打着民兵营的红旗，背着背包，带着劳动工具，经过义南闸，从五门闸上了一条机帆船。船上人多，柴油机噪声大，油烟又不时吹进舱里，让人很不舒服。大约下午5点，到达指定地点，下得船来，虽寒风扑面，但看到一望无际的湖洲景色，又觉颇有新意。

先期到达的同志已为我们带去了食物，搭好了芦棚。芦棚是用刚砍来的芦苇搭建的，呈"A"字形。我们的宿舍自然也是芦棚，用几捆芦苇竖着放在底层，再用几捆芦苇横着放在上面，算是我们的床。

我有幸与其他几位同志一起被分到与民兵营长一个棚，他是一位转业军人，身板硬朗，声音洪亮，不苟言笑，很是威严。开始觉得与他住一个棚很荣耀，后来就有点烦他了。因为他负责早起吹哨，睡得正香的时候，他的哨音响起来，且非得把我们首先叫起来，晚上又不准我们讲小话，而他自己却呼噜打得震天响。

第二天来到工地，只见红旗飘飘，人头攒动，广播里激情飞扬，偶尔直升机也跑来助兴，一派热闹非凡的气氛。

我们小组的取土处至筑堤处有近百米距离，土是湿土，很沉；地是软地，松动；堤有了高度后铺上了竹夹板当作路，走起来一晃一晃、一扭一扭的。几个来回，对我这个平时很少干重体力活的人来说，感到很是吃力。第一天毕竟身体有能量储备，感觉挑土不比别人少，可回来验方员一公布成绩，我们这组比邻组平均少挑了一方多。我们不服气，悄悄一了解，原来那个组内有位"高人"，告知该组挖土时，把最高处保留下来，散工时验方员按长宽高一算，自然就多了，而我们去高留矮，结果就吃亏了。

挑堤需要体力，吃是很重要的，当时虽然菜不多，饭却管饱。我那时年轻，本身食量大，加上体力消耗大，有一次竟然半斤一钵的米饭吃了三钵，创下了我人生吃饭的最高纪录（也可能一钵不足半斤，那时炊事员下米打折扣也是常有的）。

吃不是问题，但睡却成了问题，新鲜芦苇铺在湿泥地上，头一两天被褥干燥还好，时间一长，垫被湿了，盖被也润了，天天是阴天，晒又没处晒，烘又没处烘，钻进被窝，湿漉漉、凉飕飕的，幸亏人疲劳，顾不上那么多，否则是很难入睡的。

邻近有个芦棚是小卖部，里面商品极少，主要是经营一些低档的烟、酒、饼干、糖果等，买饼干还要凭粮票。本来大家身上都没有钱，但因为我们这一组的人都是城镇户口，挑土不计工分，但在完成每天的规定任务之外部分，发一些补助，我们几个人就常常把发到手的钱拿去买一瓶酒，或买点饼干之类（没有粮票，因为是熟人，答应先赊账再还）。没有酒杯，大家对着瓶口你一口，我一口，还不时哼上几句那时流行的京剧样板戏唱段，似乎在开芦荡"派对"，也算是当时唯一的娱乐活动。

我与他人比，还多一个工作任务，也多了一份乐趣：民兵营长知道我在学校是班干部，要我当临时通讯员，给广播站投稿。我便利用晚饭后的时间，把营里的先进经验、典型事迹报上去。当天晚上或第二天，自己会认真听广播，看我的稿件采用了没有。由于我的这个职责，大家都希望把自己的事迹写进去，能被广播点名表扬，那是会令人兴奋一整天或更长时间的。

累是当时的主要感觉，不想起床，上工盼着收工，沾床就想睡觉，腰疼腿疼浑身感觉都疼。虽累，但觉得使命光荣，大家都在干，又天天坚持了下来，堤在一天天增高，胜利的希望也在一天天增加。

但到了后期，堤增高的速度变慢了，有一天忽然发现有点怪了，头一天收工时，明明感觉堤增高了许多，可次日早晨一看，堤却又矮了一截。似乎谁在捉弄我们，让我们永远完不了工似的。

民兵营长告诉大家，因为土是湿的，挑上去的会自然下沉，加上堤越高，上面的重量越重，也会压实下面的空隙或压得下面的湿土外鼓，导致堤身下降。大家虽然有点气馁，但堤未达到高度，还得继续挑，沉下去一点，挑上去更多，直到堤高、堤宽达标。当宣布任务完成时，我们高兴得跳了起来，像是完成了一项"世纪大工程"。

修堤期间，我们听到了周恩来总理逝世的消息，指挥部要求我们把悲痛化作完成任务的动力，以实际行动纪念周总理。

这条大堤修成后，并没有实现"一湖粮""一湖菜""一湖鱼"的目标，反而造成长江生态环境的破坏。大约在 2000 年，按照中央退田还湖、恢复洞庭湖 4350 平方公里的要求，这条旧堤被炸毁了，这已是后话。

■ **人物名片**　｜ Renwu Mingpian ｜

卿渐伟
湖南省政协秘书长
机关党组书记

我离开家乡已经 30 多年了，
过去父母健在的时候一年至少要回去两三次，
现在回家乡相对少了，
但对家乡的牵挂一点没有减少。

潘碧灵：故乡滋养了我的成长

口述 | 潘碧灵　　文 | 吴双江　沐方婷

　　我的故乡在常德石门，这里地处湘鄂边界，东望洞庭湖，南接桃花源，西邻张家界，北连长江三峡，素有"武陵门户"与"潇湘北极"之称。

　　石门以山地为主，地形呈现弯把葫芦状，地势自西向东南倾斜，西北部，群山叠翠，最高处是壶瓶山顶，海拔 2098.7 米，有"湖南屋脊"之称，俗称"西北乡"；东南部，平岗交错，俗称"南边"；中部澧水穿境而过，入洞庭，汇长江，河谷平原，俗称"二都坪"，乃全县境内之"膏腴"。

　　我出生在石门县"南边"的白洋湖，说是白洋湖，但并没有湖，只是一片小平原。但听老人们讲，以前这里是一个很大的湖，而且与洞庭湖相连，后来由于围湖造田和湖泊萎缩才变成今天这个样子。

一

　　读书的时候，学了范仲淹的《岳阳楼记》，"衔远山，吞长江，浩浩汤汤，横无际涯，朝晖夕阴，气象万千"，从那以后，我就对"湖"有一种向往。

后来我姐姐考上了常德农业机械化学校，她的学校就在西湖农场，紧邻西洞庭，每次寒暑假，她一回到家，我就会要她介绍她眼中看到的洞庭湖。

听我爸爸说，20世纪50年代兴修水利的时候，他也在西洞庭"担"过湖堤，还受到过省政府的表彰，小时候我们就见过年轻时爸爸戴着奖章照的英俊照片。

我参加工作后的第一项重要工作任务就是参与编制《洞庭湖区国土规划》，终于看见了梦寐以求的洞庭湖，但与我梦想中的洞庭湖还是有一定的差距。"浩浩汤汤梦难圆"，现在洞庭湖要恢复到过去6000多平方公里壮美景象已是不可能了，但我们有责任努力去重现"八百里洞庭美如画"的美景。

二

后来妈妈调到了望仙树村工作，我们就搬到了望仙树居住。房前不远处有一座太浮山，相传汉代浮邱子在此修行得道而闻名于世，山位于石门、临澧、桃源、鼎城四县交接的地方，故有"鸡鸣四县"之说。小时候，常听大人们说，山上有大老虎，吓得我们这群孩子不敢轻易往山上跑。

那时最开心、最快乐的要数夏天了。夏天的午后，一群活蹦乱跳的孩子光着屁股跳进离家不远的水塘里嬉戏着，溅起的水花仿佛也激动起来了，高兴地和我们一起玩耍。还记得那个水塘并不深，哪经得起我们这样折腾，塘底的泥被我们淘气地搅起，河水变得浑浊起来，起身一看，我们也浑身是泥。所以哪里是下塘洗澡，而是我们洗河塘呢。

到了晚上，稻田里的青蛙呱呱叫个不停，我们逮着机会就跟着大人一起去田里抓青蛙。只要拿着手电筒对着青蛙一照，青蛙就傻乎乎地一动不动，有时候我们一个晚上就可以抓一大编织袋的青蛙。现在回想起来，小时候我的确抓了不少青蛙，有时我也打趣地说，现在做环保工作是还青蛙们的债。

除了青蛙，还有另外一种现在稻田里很难看见的动物，那就是乌龟。小时候，每到秋收季节，我们最喜欢去收割后的稻田田埂上翻翻稻草堆，看看里面是否有乌龟。稻草堆翻完了，我们就在水沟边找洞眼，那是泥鳅、黄鳝时常藏身的地方。

小时候的淘气也让我吃过苦头。有一年秋收，我没告诉家人，就自己偷偷跑去割水稻。当时人还小，也不会割，只是觉得好玩，没想到割着割着，一不小心就被镰刀割破了手指，直到今天我手指上还有一个长长的刀痕。

三

我读小学二年级的时候，妈妈调到了县肉食水产公司，我家就搬到了石门县城。那时候县城比较小，只有两条长条状的街道，一条沿着澧水，另一条沿着流经外婆家的小溪。

我家住在县城上头的澧水边，从家门出去10多米就可以看到澧水，那时的澧水十分清澈，特别是离我家不远的水边有一个深潭，水是碧绿碧绿的。河对面就是二都坪，再往南不远就是十九峰，19个山峰一字排开，近处清清的澧水，远处巍峨的群山，山前滚滚的稻田，它们成了我心中最美的乡愁。

30多年过去了，青山仍在，绿水长流，只是中间的平原建了电厂和开发区，就像是给大地母亲画上了一道伤痕，这也是不少地方都存在的"成长"中的烦恼。如果以前眼光看得更长远一些，将电厂布置在更偏远一些的位置将会更好，这也凸显了规划的重要性。

<　澧水河风光

　　那时最开心的就是在外婆家度过的那些日子。外婆家在县城郊区的蔬菜大队,旁边就是一条流经县城汇入澧水的无名小溪,平时不涨水的时候,溪水清澈见底,随时可以看见很多小鱼小虾。每逢周末,我们到外婆家玩,就会拿着撮箕去溪里捕鱼虾,随便一撮,就有不少蹦蹦跳跳的新鲜鱼虾。然后我们会像下军棋一样,把它们按鱼虾大小一一排列出来,大的就是司令,然后依次是师长、团长……

四

　　不久,爸爸调到皂市镇供销社任职,我家就搬到了县城西北方向10多公里的皂市镇。皂市镇是古文化之乡,集镇南500米处殷商新石器时代遗址,距今有7000余年历史,比西安半坡文化、河姆渡文化还要早。

　　小镇位于溇水边,溇水是澧水的一条支流,沿溇水有一条老河街,全长800余米,有土木结构店铺100多家,是溇水流域保存完好的古街之一,民国前为石门县城通往鄂西的水陆交通要冲,商贾云集,盛极一时。

　　距集镇1公里处,国家投资近40亿元建设了皂市水库,高峡出平湖,坝后仙阳湖，面积 54 平方公里，是杭州西湖水面的 10 倍。泛舟北上，可以去热水溪沐浴大自然的温泉，现在皂市镇已成为湘西北一个重要的休闲旅游重镇。乘车环湖再往西北方向走，就可到壶瓶山观光休闲了，那里山清水秀，瀑布成群，负氧离子含量极高，是一个健康养生、避暑度假的好去处。

可惜我们只在皂市镇住了一个学期，又随爸妈工作调动搬到了石门县城对面的二都坪居住。二都坪盛产水稻、小麦、棉花、生猪等，是全县境内最肥沃的地方。

妈妈当时任食品站站长，我们家就住在食品站那一长溜的筒子楼里。一到吃饭时间，噼里啪啦的炝锅声此起彼伏，油烟混合着菜香弥漫整个楼内；邻居间聊着家长里短，夹杂着嬉笑怒骂，这样的场景和生活方式成了我们那一代人永远的记忆。

食品站的工作主要是负责乡里正常的猪肉供应，那时妈妈总是凌晨三四点就起床，从筒子楼的这头走到那头，去叫那些屠夫起床杀猪。

生猪收购是件劳心劳力的事，刚开始都是一些叔伯们收购，妈妈看到大家的辛苦，就主动要求一起去下乡收购。但叔伯们刚开始不同意，认为我妈一个女同志很难做好这样的事情。

生猪收购程序是这样的：先把生猪赶到笼子里称它的"毛重"，然后叔伯们用手去掂猪的肚子，估量肚子里有多少残余物，用"毛重"减去估量残余物的重量，就得出生猪的净重量。老百姓一般都会在卖猪之前让猪饱吃一顿，如果残余物的重量估少了，那么老百姓就赚了，食品站收购的这头猪就有可能出现亏损。

刚开始妈妈下乡时，先是跟在叔伯们后面观察，然后向他们取经，到后来妈妈就可以自己准确地估出生猪的净重量，就像北京王府井百货大楼的劳动模范张秉贵卖糖果"一手抓"的绝活一样。

再后来,每到生猪收购的时候,母亲就要来回走上十几公里路,独自到乡下去收猪。那时母亲很胖,也不会骑车,所以只能走着去,常常早出晚归,但她从没有一声怨言。父母这一辈人对工作认真负责的态度和敬业的精神一直深深地感染和影响着我。

安放生猪的猪圈就建在筒子楼另一侧的院子里,被砖头水泥砌成了很多隔间,每当猪圈空出来的时候,筒子楼里的小伙伴最喜欢到那里"跨栏"了——实际就是从猪圈的这头,翻过条条围栏到猪圈那头,每次都是我翻得最快。

二都坪还有一处著名的唐代古刹,位于县城东12公里处,规模宏伟,自唐至明700多年间为澧水流域佛教文化中心。宋朝圆悟禅师主持著有《碧岩录》一书,被称为"宗门第一书",流传全国及朝鲜、日本。寺旁有"奉天玉和尚"墓,相传是明末清初农民起义领袖李自成兵败禅隐圆寂的墓葬,已引起史学界的重视,被列为省级重点文物保护单位,并建有李自成博物馆,现在每年去参观考察的游客络绎不绝。

五

一方山水养一方人。石门丘岗山地居多,外加特殊的地理气候环境,这里出产的果品质优味美,历史上就有西北山区"植橘风盛","寨寨产橘,户户有柚"的记载,石门也被称为"中国柑橘之乡"。在我儿时的记忆里,山冈上那大片大片的柑橘林,春天橘花飘香几里不散,秋天果实累累十分诱人,剥开那薄薄的橘皮,我们总是忍不住掰几瓣一起塞进嘴里,汁水经常多到溢出来,那酸甜可口的滋味,是最乡愁的味道之一。

我是恢复高考制度后,石门县第一个考上北京大学的学生。当时县里为了鼓励教育事业的发展,还让我和父母一起戴着大红花,在小县城游一圈。县里对教育事业一直很重视，听县领导介绍，10多年前，在县财力有限的情况下，每年仍拿出500万元奖励高考成绩突出的学生以及他们的老师，现每年石门一中考上北大、清华的学生有10多名。每每听到人们赞美家乡香飘万里的柑橘和优质的教育，作为在外多年的游子，我仍然感到十分开心和自豪。

考上北大以后，我就走出了我们的小县城，走到了外面更大更远的世界。

1985年的秋天总是让我难以忘怀。那一年我从北大毕业，正值改革开放如火如荼之时，摆在我面前的工作机会有留京、去特区、回湖南，最后还是家乡湖南留住了我。

回到湖南后，我先后在省建委、省国土局等单位工作10年，一直在自己的岗位上兢兢业业，并参与了多项国土规划的编制，不少成果都居国内先进水平。但我始终觉得自己还是应该到基层去，可以得到更多的历练。1995年，郴州面向全省公开招考市旅游局局长，我当时毫不犹豫就报名了，最后以笔试、面试都是第一名的成绩获任。

在郴州工作期间，以前的同事们曾私下里称我"拼命三郎"，因为我就是这种"要么不做，要做就做最好"的性子，工作起来比较投入。在担任市旅游局局长期间，因为要接待春节旅游团，我曾经连续三年春节没有回老家过年；担任郴州市副市长时，我分管招商引资工作，常年奔波在外，这也是我"工作狂"名号的来源。谁不想过年时和家人一起吃顿热乎乎的团圆饭呢？但是没办法，工作实在抽不开身，况且当时正是郴州旅游爬坡向上的关键时期。

我庆幸自己是一个能够坚持的人，拥有"十年磨一剑"的耐心和决心，就像我在郴州期间牵头组织了10次生态旅游节，把郴州的旅游业从开始入职时的名不见经传，打造成我离开时位居全省前列；也像我对生态环保事业的坚持，2008年至今，我担任全国政协委员、省生态环境厅副厅长（原省环境保护厅），持续为生态环保建言，共提出了100多件提案建议，被全国政协和媒体称为"绿色提案大户""明星委员"。

我本人也先后被人事部、国家旅游局授予"全国旅游系统先进工作者"，被中央统战部、民进中央授予"各民主党派、工商联为全面建设小康社会作贡献先进个人"，还在全国政协作过大会发言，获得过全国政协优秀提案表彰。2019年的全国"两会"，我走上了首场"委员通道"，向大家介绍了长江经济带，特别是三湘四水"共抓大保护"取得的成绩，获得了国内外媒体的高度关注。

我一直认为，人生在勤，不索何获。2017年全国"两会"期间，我写了2万多字的"两会手记"，2018年我写了8篇发言材料和感悟，2019年写了16篇感悟。刚开始写时还感觉有一些吃力，现在是越写越顺，有时还有一种想写的冲动。除此之外，平日里的重要调研，我也会写相关的感悟与思考，比如2018年我跟随全国政协调研组先后去了云南、四川等地开展脱贫攻坚、污染防治专题调研，撰写了近万字的污染防治专题调研手记。通过这些方式，敦促自己不断思考。

我能有今天，离不开故乡的滋养，尤其是老师的培养。我还清晰地记得，高三那年，老师经常给我"开小灶"补充营养。他们真正是像蜡烛一样，燃烧了自己，点亮了别人。当我考上北大的时候，他们比我还要高兴。

现在的石门已经不是一个小县城了，城区有20万人，已是省直管县。2018年春节前再次回到家乡，已经看到成片的高楼大厦了，我舅舅的家也已经搬到了20多层的高楼上居住，还有五星级的酒店也正在兴建。石门柑橘、石门茶叶、石门旅游、国家生态示范区、国家重点生态功能县、壶瓶山国家级自然保护区……一张张响亮的名片开始誉满中外。

六

一晃我离开家乡已经 30 多年了，过去父母健在的时候一年至少要回去两三次，现在回家乡相对少了一些，但对家乡的牵挂一点没有减少，故乡的山水，儿时的伙伴常常涌现在脑海之中。

应该说家乡留给我的绝大部分都是美好的回忆，但也有一些遗憾。如今，随着石门县城的扩建，外婆家附近的那条小溪都已经被水泥板给封起来了，波光粼粼、清澈见底的小溪成了永远的记忆。

其实不光是外婆家附近的那条小溪，澧水下游的澧县县城也出现了同样的情况。前些年当地人把贯穿县城的小河填埋修成了路，现在为了改善水环境质量和城市景观，又准备在城市的外围挖条人工河，把澧水引流过去。埋掉一条天然河，造出一条人工河，这种违背自然规律的事情在以前的中国并不少见，我希望这样的糊涂事以后再也不要干了。

如果说对家乡还有什么期盼的话，那就是希望继续改善交通条件。从小到现在，脑海里挥之不去的，除了家乡的美景美食，就是交通的不便。小时候放寒暑假从乡下望仙树到县城外婆家去，必须步行 10 多里路才有班车坐，每次我和姐姐就会带上一个小板凳，累了就坐在小板凳上歇一歇。

还记得小时候，有一次妈妈带我们去韶山参观，当时湘资沅澧四水上都没有桥，我们一大清早就出发，坐了三次轮渡才到益阳，到韶山的时候已是晚上。后来湘资沅澧四水上都建了桥，但从石门到长沙仍要一天的时间，好在长沙至北京的一趟火车是晚上 9:00 开，每次经长沙到北京去读书还是能赶上火车，但经常买不到座票，常常要站十多个小时。我有时就垫一张报纸睡在座椅下面，每次去北京上学都是一次艰难的旅途。

再后来，石长铁路、常张高速通车了，石门的交通条件有了较大的改善，但现在仍然是全省唯一一个不通高速公路的县城，即使是正在修建的安慈高速途经石门，但从长沙、常德去石门仍然需要绕行。这几年县里一直在呼吁从常张高速建一条支线直达石门县城，其实距离并不远，只有30多公里。还有规划中的宜张高速，对壶瓶山的旅游开发也至关重要，而且可以将张家界和长江三峡旅游线贯通起来，希望国家和省里能够高度重视，圆石门人民几十年的一个梦。

我真诚地祝愿，随着交通条件的不断改善，石门丰富的农林资源、旅游资源、矿产资源能得到进一步开发，为湖南经济社会发展做出更大的贡献，为三湘儿女提供更多优质的生态产品和观光休闲、度假养生旅游产品。祝愿家乡人民安居乐业，幸福安康！

（本文原载于〈文史博览·力量湖南〉微信公众号 2019 年 3 月 27 日）

■ **人物名片** | Renwu Mingpian |

潘碧灵

全国政协常委，民进湖南省委会主委

湖南省生态环境厅副厅长

善良是有种子的，

就像家风一样代代传递。

这种爱心的延续，

可能就是基于我内心最深厚的乡情和乡愁吧。

王国海：爱心的延续，源于对家乡的记忆与牵绊

口述｜王国海　文｜黄璐

可以说，我是真正从大山里走出来的。

我的老家在常德市临澧县，故乡有个很美的名字，叫停弦镇。我们村是一个典型的依山傍水的湖湘村落，真正坐落在大山脚下——房屋背后就是上山的路。村子前几百米处是澧水，澧水的那头则是澧县。每每从屋后沿着山路往上爬，爬到半山腰上，眼前一片开阔——山下村落的房子零星点点，一条澧水蜿蜒环绕，然后目之所及是一片开阔的澧阳平原。

我离开家乡37年了，如今回想起儿时点滴，可以说很多片段都是忆苦思甜。

在我离开家乡前的很长一段时间里，生活条件是相当艰苦的。那时，村里土地资源非常有限，农村的自留地和供家庭联产承包的土地少，更谈不上什么乡镇企业，家里的收入来源完全是依靠简单的小农经济。

记得读初中时，每天天都还没亮我们就起来了，和村子里的小孩子相约着一起去十里外的镇中学读书。别看只有十里路，但是我们都是十一二岁小孩子，每天都要走上几个小时，因为山路路况实在太差——要经过好

几条小溪，没有桥，每次踏着溪水里的零碎石头过河，也常常会掉到水里。

印象最深的是冬天，寒风刺骨，河水冰凉，一旦掉到水里，我们不可能再折返回家，只能拖着湿淋淋的腿继续往学校走。直到下午放学后，再沿着同样的路回家。这时，已经全然忘了腿的滋味了。

而每到春夏的时候，遇到涨水，就得绕很远的路去跨一座小桥，这样去学校的路上可能又要多花一个小时。如果遇上下雨，可能又会淋湿一身。

这些都只是插曲。对我们来说，掉下水就掉下水而已，遇上雨也只是一阵雨，很自然。作为孩子的我们，从来没觉得是苦，没感觉到苦，也从来没有抱怨过。谁掉水里去了，他就会来扶你一把；遇到任何困难，小伙伴之间都会互相帮上一把。这就是我们纯洁的友谊，却是让我至今都印象深刻的感情。尽管不是物质上的丰厚支持，但这种陪伴和扶持，却比任何物质财富都珍贵。如今，每次回家，我也还会去看看他们，大家一起说上几句话，感情还是像往日一样纯粹。

快乐是快乐，艰苦也依然是艰苦。我经常用一句话形容那时的生活：中学吃不饱，因为没饭吃；大学吃不好，因为没菜吃。记得在上中学的时候，能吃的菜，就是家里做的腌菜。我读大学的时候，个头是1米55，大学四年后长到了1米75，因为终于有了饭吃，有时候还会借班上吃不完30斤粮票的女同学的饭票。

尽管当时条件不好，更谈不上富裕，但是村子里从来都是有吃的就共同分享，有困难则互相帮助。我家有一大碗饭吃，我就会匀给你一点；谁家里最近种了什么菜，邻里之间也总会说"你拿一点去吧，一起吃点"。

改革开放40年，国家发生了翻天覆地的变化，经济总量从3000多亿元到90万亿元，它不是一个简单的数据，而是影响到家家户户。我的家乡随着国家改革开放，也发生了一系列的变化，基础设施建设越来越完善。如今村里的路是"户户通"了，生活用水也从原来的池塘水变成了自来水，

临澧县乡村风光　>

家家户户用上了天然气。

　　更让我感到欣喜的是，每年回家都会看到一代代的年轻人通过读书走出大山、走出农村，成为国家建设的各个不同岗位上的重要新生力量。他们不仅走出大山，也给家乡带来了新思想、新理念，以及更多的经济支持。

　　我们常会提到农村的"空巢老人"或者"留守儿童"，之所以会出现这个现象，一个重要原因是大部分年轻劳动力的出走——他们有知识、有想法、有能力，期望到大城市赚更多的钱来补给家用。在一定程度上，他们给家庭的经济带来更多支撑，但在情感上，他们和家庭之间却有着需要弥补的缝隙。这并不是一个好的选择。我曾写过一个提案，描述了这样的一种生存状况"双鼠人"——从农村里出去打工，家乡的房子空着养老鼠，而在大城市，租住在地下室，房子里也有老鼠。

　　如何能够让他们留在家乡，或者在离家不远的地方，一方面能够有更高的经济收入，另一方面能够享受完整的亲情？目前，很多乡镇，缺少产业基础，缺乏给年轻人就业的机会和主体。

　　好在这些年，国家的精准扶贫政策越来越深入，扶贫车间已经开到了乡村，乡镇企业也已经开始在诸如我的家乡有了布局。未来，更多的乡村将因地制宜，发展特色农产品加工、特色乡村旅游、文化服务业等。乡村振兴将成为一代人的新使命。

这些年，我也总是希望能帮助家乡做点什么。为敬老院捐款、捐书，向市、县民政部门为孤寡老人申请棉被，以及十余年来每年坚持资助100名贫困孩子上学。尽管孩子们不知道遥远的我是谁，他们对我的称呼有"王爷爷""王伯伯""王阿姨"……但我每次看到他们的留言都会十分欣慰，比如有的写道："感谢您一直以来对我的关心和帮助，我一定努力学习，长大了做对社会有用的人！"看到通过我的帮助让他们有机会读书，我感觉很欣慰，希望我能为他们的人生播撒一颗颗善良的种子。

这种爱心的传递也到了我的下一代。每年过年，我都会带上大家庭的孩子去镇上的敬老院看望孤寡老人。今年，孩子拿出自己工资的一部分，包上一大摞红包，给老人们拜年。他们说，现在开始要从我们手中接过"任务"，力所能及地用爱心做更多善举。

善良是有种子的，就像家风一样代代传递。这种爱心的延续，可能就是基于我内心最深厚的乡情和乡愁吧。如今，虽然离开家乡多年，但总有一种精神的力量成为我内心最强大的后盾，一种情感的牵系联结着故乡。无论是春节或清明节，或是每次有机会到了家乡周边，我总是会找上机会到故乡去看看。它是生我养我的地方，也是我始终应不忘初心的地方。

（本文原载于〈文史博览·力量湖南〉微信公众号2019年3月3日）

■ 人物名片 | Renwu Mingpian |

王国海
全国政协委员，致公党湖南省委会副主委
长沙市人大常委会副主任

记忆，于情怀，于乡愁。

那是一条河。

那条小河看着我从童年走过少年，

走向了那条求学之路。

李云才：月色霜天影无痕

文｜李云才

　　记忆，于情怀，于乡愁，那是一条河。它，自诉自说，川流不息，不舍昼夜。对故乡那条小河更是别有一番记忆。那方山水，童年的记忆是"江南望，渺渺似云中"。那河道"改造"以后，一遇洪水"渺渺沧洲，烟波无际"。参加工作后，应乡亲们之托，应对脱贫攻坚，"但南无北，费尽丁宁舌"。到了今天，已是"春溪水满，月向桃花香处暖"。几百年前，明清思想家、哲学家王夫之笔下描述的景象在这里尽显无遗。

　　故乡的这条小河，蜿蜒曲折，水缓清幽，绵延归大，它的源头山雾缭绕，晨茫夜晰，星辰泛眼，彩虹妖娆。去河边放牛、割草、捕鱼，是童年常有的事。到了夏天，父亲会领着我去河里捞腮草放塘里喂鱼。最激动的时刻，是突然在河草中、树荫下、深水处窜出一条抑或是几条鱼来，或大或小，或现或隐，因水太清，往往捞不着。但对那条小河"夏有清凉冬有雪，后有千山前有江"的流敞无法忘怀，它流入了我的心灵，流进了我的成长。

　　更为深刻的是父亲不爱说话，但他那忙碌的身影像一座山，深深镌刻在我幼小的心灵和灵魂深处，父亲那挥洒如雨的汗水就像"甘露"一般浇灌着我的日日夜夜，勤劳与拼搏在他的行动中彰显着感染与教育的深刻内涵。

在"农业学大寨"的浪涛中，这里也有一个浪涛，就是把河道裁弯取直，直处是一座小山，凭当年人工的能力，也终于开凿出来了，但不够宽，水少时，上游的水一泻而下，但遇上洪水季，因河窄水急，大水漫涨，瞬间一片汪洋，"山间出大海，此处沧洲盛"，已无河道改造之前那种"缓涨缓降路幽幽，亲山亲水我亦留"的河床空间。

在那个"亦学亦农"的岁月中，整治河道，我挑了多少土，搬了多少石头，推了多少次土车，披星戴月了多少个夜晚，除了汗水，已无数据可证，但河之润泽星星可忆。当时只有几岁的我就下地干活了，河两岸耕种的水田，往往不能自流灌溉，要靠人力水车提水，遇到严旱季节，有时是几级提水，人手不够，男女老少一齐上，轮流执手一推一拉，抑或用脚，因实在年纪太小，脚力不够，就大多用手力；特大干旱年份，无水可抽，就用水桶肩挑泼洒，再等着老天眷顾下雨，以期渡过难关。

大多时候，河水很清，每当看到清波辉映，水中繁星闪烁，仰望天空，皓月如洗，心中不时腾升起阵阵涟漪。星星若能说话，内心就不会寂寞。但不管如何苦和累，如果没有那小河之水，更是"农夫心内如烫煮，沙滩明月两全无"。那时，乡亲们忘我劳动的精神不仅融入了我的生活，更深深震撼了我的灵魂。

时光荏苒。不管河水与汗水究竟是谁多，也不管欢快与痛苦究竟是何缘，那条小河看着我从童年走过少年，走向了那条求学之路。父亲因舍己救人牺牲后，母亲一直随我在外，多少年也未去踏访那条家乡的小河。但沿河的乡亲们常来告诉我，沿河的村都很贫困，通路、通水、通电、小孩入学等存在很大困难。通路有肠梗阻，路窄，破烂不堪，无法通车；水源困难，大多喝不上干净的水；通电不稳定，时停时供；小孩就近入学需要

改造学校，改善条件——集中到一点，首先要解决投入的问题。是啊，从肩挑手提的"原生态"耕作方式中走来，能不需要投入吗，出路只有一个"筹"字。"千滴之水当泉涌，万微之和也成海。"乡亲们通过几年的奋斗，也在我力所能及的帮助下，加上政策的作用，上述困难大多得到较好的解决。乡亲们对我的帮助，悄悄相传要用名命路，我得知后，即送了他们一个大"礼包"——"实干"二字，对已做好的事不宣传，不报道，不留名。

村上改造基础条件后，还要谋求小康之路。几年后，老乡告诉我，那小河边的村是精准扶贫村。扶贫的春风吹进了小山村，合力扶贫使故乡发生了巨变。特别是在国家大建设的推动下，那条小河上已有跨县市的"融通大道"、跨地市的高速公路，据说跨省际的高铁也在规划中。当年潺潺的流水声已被滚滚车轮声所代替。

鸟儿，你是否记得我幼小惊扰过你的脚步声；

鱼儿，你是否记得被我追逐的水浪声；

月儿，你是否记得我仰望星空时稚嫩的脸庞；

……

唯有那条小河，依然不舍昼夜，流经湄水，合涟水，达湘江，奔长江，通向它向往的波澜壮阔、具有浩瀚胸襟的汪洋大海。不，它眷恋着湘楚大地，它从湄水到达洋潭水库后，平常之水流入韶山灌渠，为娄底、湘潭、长沙的所经之处灌溉百万亩良田，滋润着千万人口，养育着富厚的底蕴和希望的大地，映射着东方的曙光。

一个偶然的机会，当我读到王夫之当年隐居此片山水时曾写下"未有尘飞走马街"，颇感震惊，当时他是何想，他恋何物，我们不得而知。但他当年曾隐居于此却是不争的事实。当然，迷恋这方山水的"粉丝"远不止王老先生。相传，当年乾隆帝私下江南，或忽然"千山杜鹃入眼帘"，又悠然"万眼泉涌见清澈"，忘情于此，竟然圣驾骏马走失，使走马街名符其实。

知否，知否，今日小河上的巨变，震古烁今，仅用骄傲是不够的，更是乡愁，它将走向远方，走向永恒！

（本文原载于〈文史博览·力量湖南〉微信公众号 2019 年 3 月 9 日）

■ **人物名片** | Renwu Mingpian |

李云才
全国政协委员，九三学社湖南省委会副主委
湖南省供销合作总社巡视员

我时常觉得，
是平江人的质朴与热情熏陶了我、
培育了我，
也给了我不断成长的可能。

傅莉娟：时光流逝，乡情依旧

口述 | 傅莉娟　　文 | 沐方婷

　　我在平江度过了 32 年，每当想起那个地方，我的心里就特别踏实、宁静，无论外面的风浪再大，我总觉得这个世界上还有个为我遮风挡雨的港湾。

　　平江是一个景美、味美、人也美的地方。从幕阜山到石牛寨，从福寿山到汨水源……以山地、丘陵为主的平江可谓是一步一美景，一游一心晴。记得 20 世纪 90 年代末，中国旅游业刚刚起步，当时作为平江县副县长并分管旅游的我接到上级指示，说是要普查平江的旅游资源，所以那段时间我们几乎考察了平江大大小小的山水人文景点。

　　平江是一个出将军的地方，作为全国三大将军县之一，平江曾走出 63 位共和国将军。红色文化带动红色旅游发展，记得在当时我们就开始发展体验式红色旅游，在平江的长寿街打造体验式"红军营"，让孩子在里头穿红军服、喝南瓜汤、进行实战演习，为他们模拟红军当年艰苦生活的场景。

　　平江的饮食更依赖于当地的自然地理环境，平江是鱼米之乡，平江的火焙鱼就是生活在山河溪水塘圳中肉质细嫩丰厚的小鱼仔，用文火焙制而成，可以油炸也可以煮汤，想想就觉得香。还有金黄的平江油豆腐，先是

<　　平江幕阜山风光

将自家种植的新鲜黄豆用清凉天然的山水浸泡，然后采取当地特有的压榨技术制成豆腐，选用平江的山茶油炸制而成，很多时候都可以拿过来直接当零食吃。每一次回长沙，我都要备上好几斤平江油豆腐。或许这就是家乡的味道吧！无论走多远，都忘不了的家乡味道。

所谓一方水土养一方人，山清水秀的平江也生活着一群自然淳朴的平江人。我的父母已经相继离去，但是每次回到平江，看见老家的左邻右舍、亲戚朋友，我就会产生一种错觉，仿佛父母还在世，仿佛什么都还没变。

记忆中，我的母亲在村子里人缘极好，村子里的堂客们只要一把家务事做完，就喜欢来我家坐坐，母亲用柴火烧上一大壶开水，把姜放在里面熬，然后再放点盐和茶叶，最后倒入芝麻、豆子等，一大壶香喷喷的姜盐芝麻豆子茶就做出来了：姜的辣、芝麻的香甜、豆子的清爽……而且管饱！堂客们一边做点针线活，一边东家长西家短地唠着嗑，欢声笑语不断，那种温馨和睦让人感叹，邻里之间难道不就应该如此吗？

我的父亲去世得早，是母亲一个人辛苦支撑着这个家，小时候家里日子清苦，每到炒菜吃饭时，盐就没了，母亲就让我带上一张小纸条或者一个小勺子，去邻居家借点盐回来，解决一顿饭甚至一个菜的盐的问题，有的时候饭里放几滴酱油我们就可以吃上好几大碗饭，菜园里摘回来的一点芽白，不放油不放盐也可以让我们吃上左一碗右一碗。记得下雨时，我家没有雨衣，母亲就把塑料袋缝起来，让我们披着去上学，直到高中我都没有一件像样的棉袄。一次母亲的一个同事来我家做客，把她的那件大衣脱下来让我试一试，那么大的一件大衣里装着一个那么小的我，看着镜子里的自己，我就想，自己什么时候才可以有这样一件大衣啊！

那些清贫岁月让我愈发明白生活的来之不易，也时常怀有一颗感恩之心看待周遭。后来在仕途发展的路上，也是平江县的很多朋友给了我莫大的鼓励与支持，一路走来，他们在我前行的路上为我加油鼓劲，默默地看着我越走越远，我时常觉得，是平江人的质朴与热情熏陶了我、培育了我，也给了我不断成长的可能。

如今，和过去相比，平江已经发生了很大的变化，无论是新城还是老城都干干净净、精致美丽，虽然它可能没那么富裕，但当我看到平江的山水人文、风土人情时，我总觉得自己的故乡是一个最富有的地方。现在每隔一段时间，我都会回平江一趟，给自己的心灵透个气、放个假，以后退休了，离开人声嘈杂的城市，我想我还是会回到平江，或许那才是我永恒的归宿。

（本文原载于〈文史博览·力量湖南〉微信公众号 2019 年 3 月 2 日）

■ **人物名片** | Renwu Mingpian |

傅莉娟
全国政协委员，民革湖南省委会副主委
湖南省司法厅副厅长

因为改革开放，故乡发生了很大的变化，

耕地引入科技元素提高了产量，道路浇筑了水泥变得通畅，

村容村貌都发生了巨大变化，

但是我对于故乡的那一份感情始终没变。

石红：走得再远，也不要忘记我们从哪里来

口述 | 石红　文 | 吴双江　彭叮咛

人们常说，父母在的地方就是家，有家在的地方就是故乡。故乡，一直都是我魂牵梦绕的地方。

谈及故乡，回荡在我脑海中的画面遥远又清晰，画面中隐隐约约浮现出一个藏在湘西大山深处的村落，然后是记忆最开始的那条弯弯的小溪，那座蕴含着奇妙世界的大山，还有爷爷奶奶荷锄而归的田埂。对了，还有那个小小的我，端着饭碗，笑着闹着满寨子跑着吃"百家饭"。

父亲在他十多岁的时候就离开了家乡，去到古丈县城打拼，我自然就生于古丈，长于古丈，而我大多的童年回忆是在生养父亲的那个寨子里，和爷爷奶奶一起，和家乡的山山水水一起。父亲的故乡，就是我的故乡。

我印象中的故乡，有鲁迅先生《从百草园到三味书屋》中闰土那样的玩伴，他们带我抓鸟雀，教我识野果，一起徜徉在家乡的自然山水间。我又忆起台湾诗人余光中写到的那首《乡愁》，"小时候，乡愁是一枚小小的邮票，我在这头，母亲在那头。"一枚邮票，也承载着那个年代的亲情、友情和乡情。

可以说，故乡是我的老师。小时候，最开心的就是和小伙伴们在寨子的田间、河间、山间玩耍。在小伙伴们的带领下，我很快学会了打板栗、爬树、放牛。

那时，我们经常玩到忘记回家，一到傍晚，小村的屋顶开始次第飘出袅袅炊烟，那就是召唤孩子们归家的信号。这时，各家家长就站在大门口张望，喊着"回家吃饭啦"，此起彼伏的声音打破了寨子的宁静，小孩们依依不舍地从河里山里撒丫子跑回家，还得约好明天继续去探索新世界。

寨子里有大大小小的溪流，通往四面八方，但我们从来不好奇溪流的尽头在哪里，因为对我们而言，此地水底世界的吸引力就已经足够。溪水清澈见底，水底鱼游虾嬉，我的童年记忆和对故乡的乡愁，大多从这里开始，河虾、田螺、泥鳅、螃蟹……水底的丰富世界，渐渐填充了我的认知空白。

相比于水给我带来的"新奇"，大山带来的更多是"敬畏"。

爷爷是寨子里有名的"赤脚医生"，当地也叫"苗医"。因为这一技之长，爷爷在寨子里的威望很高，所以在并不富裕的家中，我经常能吃到各家各户送来的"酬劳"——那富有苗族酸辣口味特色的酸鱼和酸肉。

在我的记忆中，爷爷院子里的人总是络绎不绝，村里乡亲谁摔到腿、谁被蛇咬了脚，他们的病总能在爷爷这里痊愈。我儿时的眼中，爷爷的治疗手段颇为神秘，用水、针灸、推拿等方法就能使患者痊愈。有时瓦片、罐子都能派上用场，我曾经看到爷爷用瓦片将患者的淤血刮出来。遗憾的是苗医手艺"传男不传女"，作为家中唯一儿子的父亲离家太早，没能继承爷爷的衣钵。

小时候，家里门前屋后都种着那些我不认识的草药，但爷爷还是经常需要上山去采药。可我从来没有和爷爷一起上山采过药，珍贵草药的位置向来险峻偏僻，对儿时的我来说可望而不可即，正是这"不可即"，让我更加敬畏大山。我对大山的认识，多是和奶奶一起上山砍柴开始的，从来

<   湘西村落一景

没上过山的我哪分得清楚干柴和生柴，但我做事特别积极，跑得老远去找，专挑枝繁叶茂的树枝去砍，当奶奶找到我时，我正在和一棵树"较劲"，怎么也砍不下来，奶奶哭笑不得。

"你砍这个干什么？""我在帮你砍柴呀。""这个是湿柴，生不起火，你要找干的树枝，背回家又轻又不费力。"奶奶细心地告诉我，我便是这样一点点接触到这些生活常识，认识到课本上找不到的那些动植物。

我最怀念的还是在寨子里过年的岁月。每到过年，平时在田间、山间劳作的百姓们就会换上节日盛装，穿着苗族的花边土布服装，将一年的收获和新年的愿望在舞台上表达出来，这就是当地村民自编自演的阳戏。孩子们最喜欢看阳戏了，跟着大人们自带小凳子，围坐在阳戏土坪舞台的周围。寒冷一点的夜晚，我们还会提着木炭火盆，看戏一直看到很晚，再打着火把回家。

家乡的美味数不胜数，我最爱的还是故乡腊肉的味道。爷爷奶奶做的腊肉，是用山里拾来的柴火熏制的。爷爷家里有个挂炕，炕上就挂着腊肉，炊烟飘过腊肉熏黄，甚至熏黑，但这就是湘西最地道的制作腊肉的方法。立春以后，爷爷就会把腊肉收起来，大块的储藏在谷仓里，小的则放在山茶油桶里，这样可以储藏很长时间，而且确保腊肉不跑味。现在想来，家乡人民真是太有智慧了。

爷爷奶奶都是勤劳质朴的农民，他们一直沿袭着千百年来的农耕文明。清晨，阳光还未普照到田间，爷爷奶奶就赶着牛在田里开始干活了，犁田、除草、排水……蕴含古人智慧的农耕技艺在千百年后的田间依旧延续，我见过爷爷奶奶面朝黄土背朝天地劳作，见过身为女性的奶奶挑起稻谷的单薄肩膀，深知农民不易，粮食得来不易，真是"粒粒皆辛苦"。虽然农村土地广袤，但是湘西地区山地丘陵居多，原始的农耕技艺导致产量并不高。

那时相对落后的还有交通，全靠一双脚风里来雨里去，从古丈县走到老家，要花上整整一天时间。还记得小时候跟着父亲走山路，大山里面非常僻静，我一路小跑跟上，生怕会掉队。

现在，因为改革开放，故乡发生了很大的变化，耕地引入科技元素提高了产量，道路浇筑了水泥变得通畅，村容村貌都发生了巨大变化，但是我对于故乡的那一份感情始终没变。

爷爷奶奶在我初中时就相继去世，这么多年每到清明，无论工作多忙我都会和父母一同到故乡为他们扫墓，像父母经常告诫我们的那样，"走得再远，也不要忘记我们从哪里来。"

（本文原载于〈文史博览·力量湖南〉微信公众号 2019 年 3 月 13 日）

■ **人物名片** | Renwu Mingpian |

石 红
全国政协委员
湖南省湘西土家族苗族自治州政协副主席

· 扫码收听 ·

水会流走，码头不会走。

时光会流走，故乡不会走。

故乡的人会走，故乡人的爱不会走。

那个始终沉默的码头依偎在河流之畔，继续凝望。

蒋善生：故乡的码头

口述 | 蒋善生　　文 | 沐方婷

很多年过去了，码头还是那个码头，河流还是那条河流。不变的码头与河流见证着我的成长，见证着永州的发展和时代的变迁。

一

1962 年，我出生在永州市冷水滩区上岭桥镇龙庆塘村。龙庆塘村离高溪市镇码头五公里，出了村口先是走路到河东，然后坐船到码头，爬完200 多级的码头后，便能看到高溪市镇粮站。

20 世纪六七十年代，在计划经济背景下，高溪市镇粮站既储存粮食又收购粮食，与全国各地大大小小的粮站一样，承担着为国家输送物资的功能。

记忆中，小时候的我们在高溪市镇粮站卖过五样东西：稻谷、洋葱、红薯、黄金梗子和金刚苋子（造纸用的原料）。因为当时不允许到市场上去卖，大部分实体生产的东西就都被卖到了高溪市镇粮站。

扯布上高溪市镇、买肉上高溪市镇、看病也上高溪市镇……什么样的码头？什么样的商铺？高溪市镇似乎拥有城市的一切元素，我对城市的概念和印象也由此而来。小时候的城市就是高溪市镇的样子。人们从四面八方挑着粮食，上船、下船、爬上码头、汇入粮站，按粮食公斤赚取工分讨生活。

开始，我年龄小，跟着大人去码头看人挑担；小学时，自己能走了，有时候没事就去码头看别人挑担；12 岁时，我开始独自一人挑五六十斤粮食到粮站去卖，为父母挣工分。父亲的脚有点残疾，挑不得重担，别人挑200 斤，他最多只能挑 100 斤。

也不仅仅是我一个孩子挑，我们那一帮同龄人都一样地挑，因为大家的日子都苦。通常是清早出发，卖完了以后走路回家，然后再干其他的农活，那时候我们将之称为"早工"。

其中最难的事，是下了船以后还要爬上 200 多级的码头，那是最艰难的一段路。那个年月本来就吃不饱，没什么力气，五六十斤的重量刚挑时还算轻松，渐渐地就如同灌了铅似的，越走越沉，步步艰难。挑到最后，几乎已经耗尽最后一丝体力。而那一段上坡的码头，码头很窄，窄到连一个箩筐都放不下，所以在上码头的过程中，你根本没法歇肩，也没法换气，只有任由压弯的扁担深陷进肩膀里，咬紧牙关一口气挑上去。很多次，我都是含着眼泪挑上去的。码头让我自小感受到了生活的不易。那份勒进血肉的"重"，迫使我寻找新的命运出路。

1980 年我考入大学。4 年后，大学毕业的我有了一份工作。刚毕业，尽管连具体的工作去向都不清楚，只知道要到当时的地委组织部报到，是要当"干部"了，但光是想想，我的心里就很高兴。

我用大学里省吃俭用的钱，下了火车，到高溪市镇的供销社给父母弟妹买点东西。供销社的售货员问："你回来了？毕业了，恭喜你！"我由衷感到骄傲，也悟出了这样一句话：小时候，知道生活的不易，更懂得学习的好。学习改变了我的命运，让我走出了农家，从一个农家子弟成了一名国家工作人员。当踏上回家必经的码头时，我几乎一路轻快小跑，有"春风得意马蹄疾，一日看尽长安花"的感觉。

二

在永州宁远县做县委书记的 8 年中，我曾回到过高溪市镇多次，印象最深刻的是 2006 年全面取消农业税后的那一次"探望"。20 世纪初期，国家建立了专门的粮食储备库，全国各地大大小小的粮食仓库一并被取消，高溪市镇粮站也在其中。

和高中的几个好友，一起走遍了河东的两个码头，河道两边我们都走了，供销社也看了，粮站也去了，除了一个看管设备和仓库的人外，偌大的粮站已空无一人，唯有不远处的河水依旧淙淙。

它过去是那么的热闹非凡，一年四季都车水马龙、人头攒动，如今却寂寥了、荒芜了。从熙熙攘攘到荒草萋萋，于粮站来说，是一种悲哀，于老百姓而言，却是一场翻天覆地的变革——农民不用再交农业税了，这是

千百年来没有发生过的事情，世世代代交农业税的历史从此一去不复返。

站在码头上，我感到热血奔涌：这是中国共产党领导下农村取得的新的历史性成就，自己肩负宁远县委书记的责任，更应付出全部心力为民做主，为民服务，为一方百姓谋好福祉。

宁远是永州的大县。大村大姓多，社会纠纷比较突出，经济发展相对滞后。在宁远的 8 年里，我抓经济发展、抓社会治安、理顺干部情绪，创建省卫生城市、解决历史遗留问题……八千里路云和月，星光不问赶路人。宁远的发展令永州全市刮目相看：从矛盾重重到和谐发展，从群众不信任干部，换届时领导干部得票不高，到宁远县换届经验得到全市总结推介。我渐渐悟出第二句话：工作后，知道工作的艰辛，更懂得努力的好。

如今，离开宁远这么多年了，宁远的干部群众还把我当作宁远人看，每次到宁远去，他们都会说："您回来了。"一句"回来了"让我感到家的亲切和温暖。每年清明节前后，一向注重家族观念的宁远人都从四面八方赶回宁远祭祖，我也常去看看他们，聊聊天，就像一家人一样。

三

如今的粮站还是那个粮站，码头还是那个码头，但是粮站里再次悄然发生了变化。从过去一段时间的空无一人，到现在招商引资办起了工厂，从闲置的粮仓变成了"就业扶贫"的车间。本土本乡的老百姓不用出远门，在自家门口就能就业，赚钱、顾家两不误。

从过去的荒草萋萋变成了现在的机器隆隆，从这里加工出来的产品还出口到了欧盟国家，这在过去是不可想象的事情。码头悄无声息地记录着永州与世界接轨的尝试，也看到了永州从过去的农业大市往工业化方向发展的转型。

前几年，我在永州市政府分管农业时，先后参与协助引入广东农垦和温氏企业，在油茶、蔬菜种植，生猪、奶牛养殖等多个农业领域更新永州传统的农业种养方式。无论是种植油茶的土地流转还是与农户合作的生猪养殖，都实实在在地增加了老百姓的收益。更关键的是，龙头农业企业的引进，不仅仅带来区域产业的升级转型，带来新的观念，更带来一个更广阔更敞亮的了解外界的窗口。

如今，我来到永州市政协任主席，即将"奔六"的我知足常乐也永葆激情，用对党和人民的忠诚，努力站好最后一班岗。以敢于创新的勇气、敢抓敢管的豪气、争先创优的锐气、公正廉洁的清气投身本职工作。我觉得有了这强大的"四气"，最后一班岗才能够站得好。

小时候的记忆里，码头边的河流很大很宽很深，仿佛随时会张开大口吞吃落水之人，有时让人感到很敬畏很可怕。现在看它，却不再是那般宽深，它在日复一日、年复一年的奔流不息中变得越来越温柔亲切，流淌着一代又一代人温暖的记忆、悠远的心绪。岁月让一个人历练成长，也让一条河流日益深邃。

水会流走，码头不会走。时光会流走，故乡不会走。故乡的人会走，故乡人的爱不会走。那个始终沉默的码头依偎在河流之畔，继续凝望。

（本文原载于〈文史博览·力量湖南〉微信公众号 2020 年 1 月 13 日）

■ **人物名片** | Renwu Mingpian |

蒋善生
湖南省永州市政协党组书记、主席

我当"牛羊司令"的时候，
每天早晚必登一次尖岩山，
那是人生最快乐、
最无忧无虑的岁月。

刘昌刚：尖岩山下苗寨美

文 | 刘昌刚

　　春节前夕的一天，我和刚从北京放假的潇儿从居住的城市吉首驱车一个小时，回到了位于花垣县麻栗场镇的老家。

　　记得那天，天气比较阴沉，雾气很大，但地下是干爽的，人的精神是昂扬的，回家的心情是急迫的。汽车穿越公路奇观——矮寨天险，沿途能看到高耸入云的立交桥、高架桥。回想30年前在天津第一次看到京津塘高速时，尚在感叹什么时候高速公路也能修到老家，如今这个梦想早就变成现实了。

　　沿着排达鲁村到沙科村的通村公路，远远能看到一截杵到天里头的尖岩山，山腰忽隐忽现的幡旗迎风飘扬，那是"千里苗疆、百里苗乡"闻名遐迩的笔峰寺。冬天是休眠的季节，山脚下一个百多户人家的村寨，掩映在炊烟袅袅的云雾之中，鸡鸣阡陌，鳞次栉比，无数良田土地静静躺在这里，那就是我的老家——老寨村，一个流淌着祖先血液、蕴藏着我无限思念的苗族村寨。

一

尖岩山，位于湘西土家族苗族自治州花垣县麻栗场镇境内，山势从万顷良田的平地上突兀而起，高耸入云，海拔868米，比山脚平地垂直高差360多米，我的父母就长眠在尖岩山旁的这片土地。尖岩山山势陡峭，云雾缭绕，特立独行，南北向看似古代官帽，有人也称"官帽山"；东西向看像倒插耸天的巨型毛笔，故而也叫"文笔峰"，我们苗语就叫"仁宝弯""柔丛"。

气势独特的尖岩山曾经引来无数文人骚客的歌吟。西晋文人左思，游览名山大川，写下无数山水名文。他描写尖岩山留下的"尖山似笔，倒写青天一张纸"的上联，一直无人对出令人满意的下联。

不知道是偏远、饥饿抑或是战争的缘故，历史上留给后人的佳对不多。2004年3月，湘西籍著名画家黄永玉应邀作对"酉水如镜，顺流碧海两婵娟"；2006年2月，湘西州人大主任刘路平又出绝对"苗河如墨，狂草人间万卷书"；2007年5月，原湖南省副省长杨泰波来边城视察时也即兴应对下联为"绿柳成荫，横卧清江两条龙"；2008年以来，有人又以此上联为题，设立了征联坊，面向全国广征下联，网上获得佳对若干，引发一股书写名山大川的对联热和尖岩山游览热。

但是我始终觉得，苗疆第一个举人石板塘所对的"灵眼如电，凭观大地万卷书"是下联应对的经典之作，它所描写的是山腰上笔峰寺大殿上的弥勒罗汉，凭观门前万顷良田，两眼炯炯有神，情景交融，正合意境。利用业余时间，我把全球华人征集的诗词联赋集中起来，在湖南人民出版社出版了《倒写青天文笔峰》集子，期望有朝朝代代的文人骚客不断接上左思的千古绝对。

笔峰寺位于尖岩山腰，始建于清朝乾隆1753年。相传明朝初年，佛

教临济派由四川"碧峰寺"和"双桂堂"传入湘西永顺，后由龙山里耶传入花垣，在尖岩山建笔峰寺。清末民初，麻栗场镇沙科村的财主刘景基、龙长贵、龙长林等人请来工匠雕刻千手观音、如来、文殊、晋贤、弥来、燃灯、韦佗等百尊佛和菩萨神像。据村里的老人回忆，当年的笔峰寺是一座规模宏大的四合院，内有大小菩萨一百余尊，可同时接纳数百名善男信女烧香拜佛。

　　佛教传入号称"中国盲肠"的湘西大约是在明朝时期，比道教稍晚。尖岩山的当地苗族人民心地善良，多有信士佛众。佛是由人修行而成佛的，人人皆有佛性，人人修行皆可以成佛。因此，每年的农历二月十九、六月十九和九月十九日，山民们都要进山拜佛，虔诚进贡，祭拜观音的各种生日。当地的山民们还说，尖岩山笔峰寺的菩萨非常灵验，有求必应。因此许愿求儿求女、求婚姻、求仕途顺达、求财的人们不知其数。那时，不仅本县各乡镇信士信徒来笔峰寺敬香拜佛，就是吉首、龙山、保靖兄弟县市及与黔渝相邻的松桃、秀山等地的香客和信士，也时常来山朝山敬佛。明末清初和民国初期，山下村寨中的私塾学堂里，在农闲的时候，私塾先生也摆开讲桌，向村民讲解佛道名言、"四书""五经"和《增广贤文》等等。

二

时间飞短流长，世事沧海桑田。1968 年春，麻栗场镇的造反派带领一帮人上山把佛、菩萨全砸了，名曰横扫砸碎"四旧"。笔峰寺住持元后手里拿着程潜省长保护文物的布告据理力争，看着佛像被砸后，元后当即昏死过去，不久就含恨圆寂了。

我出生在尖岩山下，在儿时的记忆中，焚烧罗汉、菩萨的大火烧了三天三夜，就在我老家屋场后面的田地上。贪玩的我曾经想拿着一根木棍去珍藏，被造反派当头一棒，至今还有一个深深的疤痕，这事在我的脑海里留下了永远不会泯灭的记忆。

千百年来，笔峰寺的晨钟暮鼓和木鱼经声，曾透过寺庙周围千百年的古樟松柏和山雾云霞，浸染了这方厚实的土地和纯朴的民心；笔峰寺的佛教文化及山上独特的自然景观，在潜移默化地影响着这一方山民的人文素质，其底蕴之深厚无可估量。

尖岩山不但承载着古文明的佛文化，也蕴藏着丰富的自然资源和天工雕凿的秀美风景。尖岩山是花垣县的八景之一，山上的"冷热洞"冬暖夏凉，"神仙洞"内洞中有洞，大洞配小洞，洞内的石头千奇百态，应有尽有。据《永绥厅志》记载，东晋医学家葛洪在山洞里炼丹三年，因为山东淄博人左思上山看望，才留下了左思的千古绝对。

抗日战争时期，国立第八中学在湘西办学 8 年，1945 年到 1947 年，朱镕基和他的长沙伙伴劳特夫、周继溪在永绥厅城求学两年，在荒蛮的湘西过了两个春节。2001 年 4 月 7 日，朱镕基总理回到他离开 57 年的故地，我曾亲耳听他讲，他曾经在此期间得过伤寒病，是一个苗医用尖岩山的草药治好的。

朱镕基总理把花垣看成他的第二故乡，饱含深情写下了《重访湘西有感并怀洞庭湖区》："湘西一梦六十年，故地依稀别有天。吉首学中多俊彦，张家界顶有神仙。熙熙新市人兴旺，濯濯童山意怏然。浩浩汤汤何日现，葱茏不见梦难圆。"

我任花垣县县长时受到朱镕基总理接见，第一次握着总理的手，我就说了一句话："永绥人民盼望您回来几十年了！"送别总理的时候我也只说一句话："花垣人民期望您再回来啊。"十多年前我在省委党校培训期间，就满怀深情地写下散文《朱总理啊，我好想和您第三次握手》——除了基层干部对党和国家领导人的崇拜之外，更多了一份从我的家乡尖岩山下走出去的莘莘学子的无比热爱和敬佩。

早在1979年国庆日，我邀约同学又一次登上尖岩山，写下了我第一篇半文半白的游记《登尖岩山记》，发表在当年的《团结报》上。登上尖岩山，徜徉在如仙如画的境地中，你会觉得，真正的美不在刻意的寻觅之中，而在于自己的会心之处。

儿童和少年时代，尖岩山是我们心中的圣山，尖岩山上的泉水是圣水。老人们总是告诉我们许许多多久远的传说。我当"牛羊司令"的时候，每天早晚必登一次尖岩山，那是人生最快乐、最无忧无虑的岁月，难怪我到了知天命之年还常常把"从放牛娃出生"之类的话语挂在嘴边。

三

老寨村，坐落在尖岩山文笔峰脚下，地势开阔、土地肥沃、民风淳朴，尤以民族民俗风情浓郁而著称。

对于老寨村和她的这片金土地，有着不少动人的描绘，前人把家乡所有的一切都赋予了传奇的内容，不少地名都按照风水师指划，明确为朱雀玄武、青龙白虎——"前朱雀'砬柔昂'舟载千金门前卸，后玄武'普柔喜'

山藏万宝屋后装；左青龙'勾宝乔'千米渠道流金水，右白虎'仁宝弯'万里公路通财源。"

老寨，传说是苗族远祖蚩尤的老家。当年，蚩尤先祖带领他的子民们用原始部落的武器南征北战、逐鹿中原的时候，也许是苗族先祖部落们最值得骄傲的一段岁月，不然蚩尤先祖也不会获得中华民族"战神"的殊荣。

历史的积淀和命运安排，独厚这片古老而又质朴的土地。老寨村是苗剧的发源地，也是著名的苗鼓之乡、刺绣之乡。苗族戏剧在这里发源和繁荣，苗族鼓舞在这里创新与发展。村寨的祖先们在这块土地上勤劳耕作，谱写着属于他们的一页又一页的人生篇章，也为后人留下了宝贵的文化财富、精神食粮。著名苗族戏剧创始人石成鉴老先生曾经和著名猴儿鼓王石成业进京演出，受到毛泽东、周恩来等党和国家领导人的接见，为苗族文化的传承和民族团结进步做出了贡献，他们的名字载入了《辞海》，可以讲是世界名人了。

现在，在各级政府大力支持和全体村民的共同努力下，老寨村社会稳定，人民安居乐业。长期以来，老寨村的苗族民间文化薪火相传，生生不息。村里组建起了业余苗剧团，一到农闲季节，苗剧团的大哥大嫂和年轻小伙姑娘们，总要聚在一起，排练自己喜闻乐见的节目，吸引着全村的男女老少来观看，逢年过节还办起了自己的节日活动。老寨村民族民间文化节远近有名，是当地政府极力推出的文化品牌。老寨村的大嫂姑娘们心灵手巧，她们精心绘制的苗族刺绣工艺品漂洋过海，走向了世界。多年来，一批批游客走进了老寨，领略了浓郁的苗族民俗风情，留下了难以忘怀的记忆。

2013年11月3日，习近平总书记走进家乡的苗寨十八洞村，作出了"实事求是，因地制宜，分类指导，精准扶贫"战略部署，而今7年多过去了，老寨村和立新村合并成为文笔峰村，尖岩山周边的苗寨都发生了深刻的变化，告别了人类历史上的千年贫困，苗族人民和全国各族人民一样同步进入小康社会，向乡村振兴和现代化农村迈进。习近平总书记说过："脱贫不是终点，而是幸福生活的起点。"我相信家乡会变得越来越美丽。

我常说：一个不热爱家乡的人，绝对不会热爱祖国。对于家乡的热爱之情，我们无法找出更加优美的语言来表达，唯有诗人艾青的土地颂歌能表述我此时此刻对家乡的感情：

假如我是一只鸟，

我也应该用嘶哑的喉咙歌唱：

这被暴风雨所打击着的土地，

这永远汹涌着我们的悲愤的河流，

这无止息地吹刮着激怒的风啊，

和那来自林间无比温柔的黎明……

然后我死了，

连羽毛也腐烂在土地里面。

为什么我的眼里常含泪水？

因为我对这土地爱得深沉……

（本文原载于〈文史博览·力量湖南〉微信公众号 2020 年 12 月 16 日）

■ **人物名片** | Renwu Mingpian |

刘昌刚

湖南省湘西土家族苗族自治州政协党组书记、主席

你若问我乡愁是什么？

我想，

乡愁是深埋在味蕾中的记忆，

也是珍藏在魂里的念想。

谈敬纯：故乡是珍藏在魂里的念想

口述丨谈敬纯　　文丨仇婷

　　我的家乡铜官古镇，位于长沙市城区以北 30 公里处的湘江东岸，依山傍水，地貌灵秀，是全国五大陶都之一，素有"千年古镇，十里陶都"之美誉。像燕子掠过留存的燕子窝一样，唐宋元明清历朝历代古窑遗址鉴证着它流经的岁月，唐代"黑石号"沉船珍宝般浮出水面，再现出盛唐陶都的历史风韵。

一

　　孩提时代，我最常做的事是站在江岸齐膝的水中洗衣服，右手拿一个洗衣锤，一边锤打一边洗，或是用手揉，或是用脚踩，或是用刷子刷，这样一搓一揉一刷，衣服便吃透了肥皂，再往江水里甩几下，便干净了。生活在湘江边，邻里乡亲世世代代都在江边洗衣，踏着晨光微曦，女人们三三两两来到江边，一边浣洗一边谈笑风生，而一处地方的人情味往往就在这里。

洗着洗着累了，便站起身来，看看不远处正在拉纤的船工们。"嘿呀、嘿呀"，一声声高亢的号子声踏着江水而来，听不见苦，听不见怨，反而生出一种快乐，就像一阵奋涌奔腾的交响乐，令人生出一种激越的冲动。这号子声既是劳动时指挥协调的"号令"，也是纤夫们苦闷生活中的"调味剂"。

年少时，每每站在陶城的烟囱下凝望湘江，看那江水在微风中像书本一样一页页翻过，便会心生感叹：时光便似这奔流而去的江水，终是留不住青葱岁月。

故乡留给我的，还有多年来不曾忘却的味道。烧窑时芦苇飘散的焦香味，每家每户的茶罐子里摇晃出的豆子芝麻茶的香味，拉着母亲推的独轮车借着晚霞暮霭赶路时拂面而来的青草味，香香的，甜甜的，一直深深地印在我味蕾的记忆里。想起母亲不在了，便牵出一股莫名的惆怅。故乡那清静的江水，那清新的空气，那清纯的邻里乡情，常常在梦中萦绕，还有母亲衣服上那股淡淡的油盐味，现在也只有在梦里才能闻到。

二

母亲离世已近30年，她43岁时生下我，我们兄弟姊妹5个，我是老幺。母亲是原来铜官造纸厂的一名普通女工，造纸厂的前身是一个专门造黄草纸的手工作坊，我的父亲也在那里工作，有时母亲会去给父亲送午饭。有一次，母亲送完饭后就走了，但一位工友挂在作坊衣兜里的钱丢了，虽然钱不多，但对那时候的底层百姓来说，丢了钱是天大的事。作为唯一出现在作坊里的人，母亲成了最大的怀疑对象。

母亲虽然是扁担掉在地上都识不出一个"一"字的人，连自己名字都不会写，但她是一个明理、大气、正直、倔强的劳动妇女。莫名遭受冤情，却又无法自证清白，一腔冤屈更是无处排解，母亲只能在每次天降大雨、电闪雷鸣之季跪在堂屋前坪喊天："老天爷啊，你要主持公道！如果这个钱是我拿了，你就劈死我！如果不是我拿的，就请你劈死那个小偷吧……"喊天的次数多了，小偷心虚了，终于忍不住自己站出来承认了——他害怕真的遭雷劈。其实那时候的人大多善良，并非真正要去当小偷，只是穷怕了。

那时我还不到6岁，而母亲跪在雨里声嘶力竭的痛楚，一句句，一幕幕，几十年都在我脑海中挥之不去，多少次午夜梦回依然令我心痛不已。但这件事让我相信，世间自有公道在。虽然那时候还不怎么懂事，但"坚守正义，维护公正"的种子却在我幼小的心灵萌芽。

1979年恢复公检法，我被选调到株洲市公安局东区公安分局，正式成为一名警察。穿上警服的那一刻，我觉得自己是何其荣幸，更立志要成为一名有正义感的警察，不再让千千万万个母亲如我母亲一样，靠跪天拜地祈求神灵来捍卫自己的合法权益——这是我的初心。

后来，我从一个户籍民警一步步走上株洲市公安局副局长、市政法委副书记、中级人民法院院长、省人民政府副秘书长、省司法厅厅长的岗位，一直到现在，可以说，一辈子都是从事政法工作。虽然一路走来也遇到过这样那样的困难，领受过旁人的不理解，遭受过当事人的报复，人生也经受过挫折，但我始终初心未改，亦无悔于这40多年的政法生涯。

三

嫉恶如仇雠，见善若饥渴。善，也是母亲教给我的。

小时候家里穷，靠着父母亲那点微薄的薪水养育，生活自是捉襟见肘。20世纪60年代初期，恰逢三年自然灾害，家里更是穷得叮当响。那时我和姐姐都在上小学，早上只能吃一碗米汤煮青菜，两个人都不够吃，便产

铜官古镇的制瓷艺人　＞

生了争执。我的个性比较强势，姐姐比较老实，便抢了姐姐的在吃，母亲
进来时，我们姐妹俩已经打起来了。此时正好门外一对讨饭的母女经过，
母亲顺手将这碗米汤送给了她们，而我被母亲狠狠地批评了一顿后，饿着
肚子去了学校。后来母亲告诉我，"你今天跟姐姐抢是不对的，但并不是
为了惩罚你而让你饿肚子。你饿一餐没关系，那对讨饭的母女已经饿成那
个样子了，再不吃饭可能会饿死。"

　　母亲说这句话时语气很平淡，我却一直记到现在。也是从那时开始，
母亲在我心中播下了一颗"善"的种子。读书时，我们都是带饭上学，用
小小的搪瓷缸装着，有的同学没带饭，我便会把自己的饭分一部分给他，
宁愿自己少吃一点。在我看来，这不是施舍，而是一种付出，给予他人力
所能及的帮助是一种快乐。

　　在省司法厅主持工作时，了解到一些服刑人员的孩子有的没人管了，
有的辍学了，有的在流浪，他们不但要承受物质上的苦难，同时还面临着
很大的精神压力，包括社会对他们的歧视。于是，我们联合省直14个部门，
发起"情暖高墙，关爱孩子"专项帮扶活动，对1.4万名服刑人员的未成

年孩子给予帮扶。这项活动说起来简单，做起来并不容易，但一想到有些孩子的命运也许就此得到了改变，便觉得很值得。

回想起来，父母对子女的影响其实是无形的，一句话、一个举动、一件小事，便在无意间给你留下了某种精神上的滋养。多年后，当自己某一天也生出同样的念头，才明白这种滋养早已根深蒂固。

尽管家中贫寒，经常吃不饱，但吃饭有吃饭的规矩，要是饭粒掉在了地上，或是碗里没吃干净，父亲便会一筷子敲过来，毫不留情。穿着上跟现在相比也是天壤之别。我经常是一条士蓝布裤、两件白衬衣换着穿，周末得把裤子洗干净，星期一再穿着去上学。冬天冰天雪地的，也只有这条蓝布裤可以穿，但我并不觉得冷，反而心中觉得甘甜，许是"少年不识愁滋味"吧。

现在想起来觉得那时候的生活实在是太苦了，但从另一个角度，也养成了我们姐妹身上节俭的习惯。这种习惯是令我终身受益的——因为节俭，在物质上易于满足，物欲贪念就会少些。

初次离开故乡是在 1975 年，高中毕业的我决定响应毛主席的号召上山下乡。其实作为家里的老幺，我是可以不下乡的，但是我认为弄潮儿要在涛头立，人生一定要跟随社会主流去走。母亲知道下乡很苦，也舍不得我离开她身边，但没有反对。

出发时，我们这批知识青年挤在一辆大卡车上，一人胸前戴一朵大红花。我让母亲不要来送我，可我还是在送行的人堆里看到了母亲的身影，隔得老远。别人家是父母子女拉着手不肯放，母亲却站得远远地，左手拿着一个鞋底，也不看我，眼睛只盯着手中的鞋底，一针一线地纳……但我分明看到母亲眼里噙着的泪花……我其实是个不怎么流泪的人，但那一刻终是没能崩住，泪水夺眶而出，但又赶紧拭干，怕别人看见，更怕母亲看见。

几十年过去了，母亲来送我的这个场景始终历历在目，她装作纳鞋底的样子，她强忍眼泪的神情，她故作坚强的背影，我永远忘不了……后来我在工作中也遇到过很多困难，也有苦闷的时候，但想起母亲这一生受过的苦，便觉得没有什么坎是过不去的。

四

离开故乡已有整整 45 年，人步入中老年，就会时常回想起年少时光。

想起每年农历四月初八烧头窑，每窑每段的业主都齐聚窑头，吉时一到，点火烧窑，鞭炮齐鸣，窑火熊熊，陶工们望火祈祷，街坊乡邻相互祝愿，添个彩头，祝福一年又有好收成。

想起每家每户都会做的豆子芝麻茶，客人落座，主人便进厨房煎茶：先把洗净的生姜块捣碎，加适量盐，再搁入先前炒熟备好的豆子和芝麻，放少许绿茶，用滚开水一冲，阵阵浓香便扑鼻而来。喝上一口，满口清香，暖心提神。若是很久喝不到，便会想念。

铜官的民俗是丰富多彩而又趣味无穷的。这些年，随着"黑石号"被打捞出现，2007 年又被列入历史文化古镇名录，铜官古镇的名气越来越大，来旅游的人越来越多，铜官窑也走上了一条文化复兴之路。

在我们小时候，铜官窑生产的是日用陶，缸子、钵子、坛子、罐子之类的，后来又开始生产工业陶，可这两种陶始终没能打开市场，铜官窑也渐渐萧条，陶瓷艺人们纷纷离开铜官，外出谋生。可如今，那些艺人又纷纷回到家乡创业，外地的大师也慕名入驻，更多的年轻技师成长起来了。铜官窑生产的已不再是当年简单的日用品，而是以艺术陶瓷为主体的创新产品，享誉国内外。

作为铜官人，我们也为家乡骄傲。早一二十年前，别人问我家乡是哪儿？我只好回答"在一个又远又落后的地方"，而现在我会盛情邀请客人"到我们家去，铜官古镇，老街上蛮好玩的嘞"。

一个地方，一个企业，一项事业，乃至一个民族，总是起起伏伏，波浪式前行的，这是历史的规律，任何力量也改变不了。铜官的起落沉浮，也是一样。

每年的清明、中元或者某个周末，我会回一趟老家，跟街坊乡邻喝喝芝麻豆子茶、聊聊家常，也看看家乡的建设与发展有什么可以让我这个省政协委员"吃喝"的地方。而每次回到老家，就会想起我的母亲，想起她劳作的身影，想起她教我们做人不能"尖"（厉害、抠门的意思），想起她坚强却又坎坷的一生……如果她老人家还健在，今年已经106岁了，时光真是像箭一样飞逝。

你若问我乡愁是什么？我想，乡愁是深埋在味蕾中的记忆，也是珍藏在魂里的念想。

（本文原载于〈文史博览·力量湖南〉微信公众号 2020 年 9 月 3 日）

■ **人物名片** ┃ Renwu Mingpian ┃

谈敬纯
湖南省政协常委、社会和法制委员会副主任
湖南省司法厅原厅长

看似时代更迭，

道路迥异，

但这种爱国、爱家的情怀，

注定一脉相承，不曾改变。

张庆和：在我心间，有一抔故乡的红色土壤

口述｜张庆和　　文｜吴双江　　廖宇虹

什么是故乡？

在我看来，故乡是无论你走多远，年纪有多大，总会经常回头张望的地方。不管它是山清水秀抑或是贫穷落后，它仍是自己最初精神文化的给予者。

儿时的生活经历虽然清苦，但也温暖充实，有母亲全身心的关爱，有亲戚邻里的悉心关照，还有长寿镇这一方水土的浸润，让我几十年来无论身处何方，只要回想故乡，都会唤起早已植根于心底的那一股力量。

一

我的故乡，平江县长寿镇，是湖南、湖北、江西三省交界的边界重镇。

它是彩色的，自宋元年间而起的悠久历史，使它不断传承丰富而深厚的文化底蕴；写在一条又一条街道上的车水马龙、人来人往，也曾为它带来"小南京"的美誉。

它更是红色的，染遍了土地、山川、河流和人们的眼睛。

自平江起义以来，这里一直是大革命的烽火楼台，为创建湘鄂赣革命根据地奠定了基础。

中央军委原副主席张震，1914 年出生于长寿镇。平江起义之后，张震加入了红军。往后，他一生历经红军长征、抗日战争、解放战争和抗美援朝。从革命战争年代开始，长寿镇一共走出了以张震为代表的 16 位共和国将军，有"五里十将军"之说，它也因此成了闻名全国的"将军之乡"。

不仅如此，为了中国革命的胜利，13000 多名长寿籍烈士曾英勇捐躯。其中 10000 多人，也许连名字都不曾留下。他们用血性青春和彪炳战绩，在共和国的英雄史册上留下了壮烈的一笔。

我就是烈士的后代。祖父、祖母在父亲大概 3 岁的时候，就参加革命壮烈牺牲了；父亲没有兄弟姐妹，他和他的祖母相依为命。父亲继承了上一辈的红色基因，新中国成立之后，他几乎是最早一批加入中国共产党的村民，并被推选为大队支部书记，直至 20 世纪 70 年代初病逝。那一年，我刚刚 7 岁。从此，我只有母亲了，母亲也只有我。

二

我是在长寿镇付坪村的一间土砖房里长大的。那时，一个院子里簇拥着几间土砖房，分属于 4 户人家，我们家与方氏家族为邻。其实，每一户都可以说是人丁单薄，但生活在一起，邻里之间相处倒也十分和睦。

房子周边就是农田，这种房子还被一些乡亲戏称为"小碉堡"。小时候，农田里有许多大大小小的泥鳅和黄鳝。每到夏日的晚上，这些泥鳅和黄鳝都纷纷出来纳凉，星星点点的煤油灯盏就这样在广阔的田野里点起，那是乡民们用铁钳在捉泥鳅呢，我们这些小孩子是最乐意干这个活儿的，那是儿时夏日里我们最喜追逐的野趣之一。

到了冬天，孩子们心心念念的当然是过年了。迎来送往，我们经过了一个又一个新年，但记忆里那些温馨的年俗依然鲜活。从过小年开始，到大年三十之前，我们院子里的 4 户人家，就开始互相邀请到各家聚餐团聚，那些坐不满的空位被填满，合起来刚好凑成一桌，每家都把积攒了很久的菜品以最好的厨艺来招待邻居，大家一起把"冷清"变得"热闹"起来。我们把这称作"团年"。

到了除夕夜，家家户户都摆好果子准备招呼客人，小孩子们会兴高采烈地提着灯笼，挨家挨户去辞年。每到一户，主人家会分给孩子几颗糖或一串小鞭炮。

小时候物资短缺，那些一颗颗拆解下来的小鞭炮是我们这些男孩子眼里最好的馈赠。到了大年初一，小孩子们穿上新衣又开始到各家各户拜年，同样能收获一批糖果和鞭炮，噼里啪啦的鞭炮声里裹着蜜糖，这是我对童年时年味的最真切回味。

三

对故乡的记忆有甘甜，当然也有酸楚。7 岁之前，父亲还健在，我们又是烈士家属，生活虽然清贫但是充满干劲和希望。被曾祖母一手拉扯大的父亲，长大后为人正直，处事公正，一直在村里担任大队书记一职。

虽然他没有什么文化，但做事十分认真。后来我翻到过父亲的笔记本，打开后，映入眼帘的除文字之外还有各种记号和"象形"文字。他也参与过水利工程等一些重点项目建设。直到生病去世，他都还在挂念村里的发展事务。父亲走了，对我们这样一个三口之家来说，无疑是大山倾倒的感觉。

母亲是一位非常传统、善良的农村妇女，为了护住我这棵老张家的"独

苗"，她坚持守着我不改嫁，不愿辜负当年与父亲的承诺。但在过去的农村，一个女人要如何拉扯大一个孩子？这背后是尝不尽的辛酸和世态炎凉。年轻的母亲不得不独自撑起家里的重担，7岁的我也开始下地干活、上山砍柴，后来一边读书，还要一边学农，稚嫩的手上曾经也被锄头磨出水泡。

在那段艰苦的日子里，我们孤儿寡母生活实属不易，还好有亲戚邻里的扶持和帮助。又因为有国家对烈士家属的优待，我得以免除小学学费，从小学到高中给我家记了一个成年人的工分。这让我心里一直充满感恩。

母亲虽然目不识丁，但在我看来，她是那样有远见，又是那样坚韧。由于我们家当时的困难情况，其实她若把我留在身边，自己肯定也会轻松一些，但她却真心希望，她的孩子是能够走出去的。她一直教育我要认真读书，唯有读书才能改变自己的命运。她宁愿自己辛苦，也要供我读书，硬是咬紧牙关把我培养成恢复高考以来村里的第一个大学生。

我想，她骨子里也是不愿向命运屈服的。

1980年夏，当湖南师范学院（现湖南师范大学）中文系的通知书下来那一刻，我正好在田里干农活。母亲得知这一消息后，别提有多高兴了，全村的人也都为我高兴。遵循家乡的习俗，我在离家去学校报到之前，曾挨家挨户去向村里的长辈辞行，长辈们纷纷给我塞红包，1块、2块……

我至今还记忆犹新。

四

上大学以后，我第一次出了远门，离开家，离开母亲。多少回想起母亲一人在家孤苦伶仃，总是暗自伤心流泪。

那时，每家每户都会在一年里种双季稻。到了夏天"双抢"最忙碌的时节，恰好碰上放暑假，带着想立马见到母亲的强烈愿望，我总是第二天就赶回家与母亲团聚，并承担家里的重活。

烈日炎炎下，随处可见收谷、播种的身影，乡亲们都干得热火朝天。我们一群考取了不同大学的高中同学，平时已经难得见面，但到了这个时候，大家都回家了，常常是你来我家地里，我再去你家地里，互相帮忙，提高"双抢"效率。我们也许会一边聊天一边割稻子，聊聊一起读书时的趣事，聊聊在各自大学的新鲜见闻；也可能一句话也不用多说，耳边只剩"吭哧""吭哧"干活的声音。

但每到秋收时节，我却往往没有办法回到母亲身边。更多时候，书信成了我们母子俩唯一的沟通工具。虽然母亲不识字，但是她坚持每月找村里有文化的乡亲代笔给我写信，我也按时给他回信。

她在信里询问最多的就是我的学习和生活情况，到了农忙时节会告诉我村里的谁帮助我们家抢种、抢收，说家里一切都好，让我安心……母亲在信中教育我要团结同学，多为他人着想，她把自己身上的这些优良品质都一一传授给我。

母亲最担心的，是怕我在学校吃不饱、穿不暖。好在我读的是师范专业，生活费有些补贴，平常只需要购买一些书籍和生活用品。虽然我在学校手头比较紧巴，但每每都只会在信里请她放心，说我在学校一切安好，生怕母亲为我操心。这种挂念之情，以及想要让对方充分安心的心理，从来都是双向的。

我的大学能顺利读下来，确实还有一个人要特别感谢——他是我的高中同学，叫谭新文。他当年高考没有考好，毕业后接了他父亲的班，在当地的供销社工作。有一次我从学校回来，他问我在学校的生活补贴是多少？我回答说每个月4块钱。

"4块怎么够？"自那以后，他几乎每月给我定时寄来5块或者10块钱，那时他的工资也才几十块钱一个月。现在我和新文，不是兄弟，胜似兄弟，是几十年的好朋友。

五

在故乡的母校付坪小学，我度过了5年半难忘的童年时光。由于勤奋好学，又是烈士的后代，老师也格外喜欢我，任命我当了5年半的班长。

大学毕业后，我当了11年的老师。即使后来从政，也一直有一种教育情结在。几十年过去，我总想为家乡做点什么。

就在前不久，我和一群爱心人士回到了家乡，看看乡亲们的生活过得如何、还缺少什么，我们又还能在哪里帮到他们。这是我一直在做的事情。

为了让家乡的孩子们能享受到更优质的教育资源，几年前，我发动身边的爱心人士，为家乡的小学带来了一些教育资源，给学校置办了电脑，购买了黑板、桌椅、书籍等学习用品和体育器材。针对城乡教育资源不均衡这一情况，我还联系长沙的优质资源前往家乡的小学支教，把家乡小学的老师请到长沙来学习交流。

同时，我也曾借助长沙城区医生的公益行动来到家乡，为这里的父老乡亲免费义诊，并联系到一些爱心人士，为家乡的生活困难人士给予一定的援助。

湘楚之北，三省交界，"五里十将军"的霸气，山山水水的灵气，还有柴米油盐的烟火气……多年以来，正是因为家乡对我的滋养、家乡人给我的感动，源源不断注入到我的血液里，长寿镇的红色基因与气质也一直延续到我的为人处世和工作之中，让我从一名老师到长沙市民盟成员，无论在什么岗位，都兢兢业业，心怀善意和感恩。

古桥、古街、古祠堂，砌成宝塔状的炸肉、绿的碱水粽和五香酱干，关于长寿镇，那些久远的传说与故事、独特的民风与文化气质，都正在乡村振兴的大潮中，不断焕发新的生机；而那些曾经的血与泪，虽然早已消散，却留下一股精神，深深刻进了这片大地。

如今，母亲已老，好在 83 岁高龄的她依然身体康健，惟愿她的儿子，儿媳和孙女一切安好，这是对我最大的福报。

而从祖父、祖母为革命牺牲，到父亲早早自愿加入共产党，再到如今的我，成长为一名党外干部，看似时代更迭，道路迥异，但这种爱国、爱家的情怀，注定一脉相承，不曾改变。就像我的心，始终不曾离开那片红色的土壤。

（本文原载于〈文史博览·力量湖南〉微信公众号 2020 年 11 月 4 日）

■ **人物名片** | Renwu Mingpian |

张庆和
湖南省政协委员，长沙市政协副主席
长沙市市场监督管理局局长、民盟长沙市委会主委

何地非吾土，
故乡情未忘。
悠悠天宇旷，
切切故乡情。

刘山：此心安处是吾乡

口述｜刘山　　文｜沐方婷

　　没有一个地方是我的故乡，或许每一个地方都是我的故乡，苏轼的《定风波》词里说得好："试问岭南应不好，却道，此心安处是吾乡"。

　　我从小跟着父母后头长大，他们在哪，我就在哪，和一般同龄孩子相比，我经历着更为频繁的地点迁移。我出生在娄底涟源，后又随父母回到长沙，刚开始挎着个书包读一年级。幼时的我还不知道什么是"文化大革命"，我只知道我们刚刚安定下来的家又开始迁移，"文化大革命"中父母被下放到岳阳临湘，而我和姐姐则被送到常德澧县姑妈家。

　　澧县是我童趣的故乡，记载着我点点滴滴的童年趣事。纵使吃不饱，顽皮的我仍然偷偷和小伙伴们光着屁股在村边的小河嬉戏玩闹，捡大人们扔掉的烟头屁股抽，早把父母禁止去村边小河嬉水和小孩不能吸烟的教导抛到了九霄云外；在澧县读书时条件艰苦，两个年级只有一间教室，教室窗户用塑料薄膜裱糊，只有一位女老师上课，教一下这个班，布置10分钟作业，然后又赶往另一个班，但我们学得是那么专心那么认真……可谓是童心未泯、童趣难忘！

澧县也是我味蕾的故乡。我时常会感叹人的味蕾记忆之神奇，一个人童年时候吃到的味道可能会决定这个人一生的口味习惯，常德三年让我对菜品的喜好总是莫名地、情不自禁偏向常德口味，后来无论走过多少地方、吃过多少美味，童年时常德喜辣的口味一直在记忆的舌尖挥之不去，那里头潜藏的是无尽的深情和记忆。此生有年，此味不变！

如果按照一个人成长时光的长短来衡量，那么浏阳算是我的知青故乡。在澧县待了3年后，因父母重新安排工作，来到十里矿山的浏阳磷矿，我们一家团圆，住在二工区。记忆里二工区是露天作业，机器轰鸣，场面壮观。

在浏阳的7年里，我完成了小学、初中、高中的学业，然后被下放到五七农场当知青，育水稻、种蔬菜；即使晚上没电，但我想学习、想高考，想去更大的世界看看。人生中的第一次高考我考了67分，当时平均65分就可以上武大，但不知道什么原因我却落榜了。第二次高考我考上了湖南师大政教系，后又考上华中工学院政治经济学研究生。虽然7年里我们只能算是"客居"浏阳，但难忘的知青岁月、艰苦磨砺的高考时光依旧在我的记忆深处叮咚作响。

当我随着自己多年以来的足迹一路追寻，发现记忆还会不经意地停留在另一个地方——湘西永顺，湘西是我情怀的故乡，是让我的理想变得接近现实的地方。

去湘西永顺县挂职的那一年我37岁。记忆中的永顺满是崇山峻岭，公路永远蜿蜒曲折，有人说那里的每个县领导都出过车祸受过伤。也是在那里，我结识了一帮朋友，我们大块吃肉、大杯喝酒、大声猜拳，好一段年轻自由的时光。

或许是"初生牛犊不怕虎"。在湘西挂职的第一年，正值我国兴建第一批国家粮库，记得当时吉首、张家界等多地都在努力争取这个机会，竞争非常激烈，但是最终在我们的据理力争下，凭借着永顺县位居中部的优

<   辗转三湘四水，长沙
最终成为我寄情的故乡

势地理位置争取到了千载难逢的机会，谁也没有想到投入将近 2000 万元
的国家粮库最终竟然建在了永顺县的永茂镇上。

又或许是受到湖南人"敢为人先"精神的驱动，我还率先在湘西开展
旅游资源市场化运作，把猛洞河旅游经营权出让 50 年为当地带来 2.8 亿元
的财政收入，初期，第一批出让合同的 3000 万元资金就已及时到位。

记得当时湘西那边很想把我留下来，但我最终还是回到了长沙，回来
后很多事情的发展也没有原先预想的那样顺利，如果你问我后不后悔回来，
我想或许人生就是由各式各样的不确定组成的，一生倾情，一路前行，轻
不言悔吧。

辗转三湘四水，长沙最终成为我寄情的故乡，或许也将是我最重要的
故乡。毕业后我被分配到省委讲师团，工作一年后被调到省委政研室，在
省委政研室工作了 29 年半。和中国从古至今典型儒家知识分子一样，我
想法宏长，把"穷则独善其身、达则兼济天下，修身齐家治国平天下"作
为最大的赤子情怀，把"心忧天下，经世致用"作为终身理想和抱负。

但湘西挂职的两年让我了解了大量的工作现实，也让我真正体会到：
看到自己的想法，能将自己的想法付诸实践，更好地变成现实是实现"心

忧天下，经世致用"理想抱负的最佳路径。

回到长沙后，在面对很多实实在在、亟须解决的问题时，我开始学会更多地站在实操角度而非单纯的理论角度去看待和解决问题，我们需要以"心忧天下"更为长远的眼光、以"天下为己任"更为理想的境界来看待问题，也要从"经世"的可行性与"致用"的有效性上解决问题。

如今我已在长沙工作生活近40年，见证了长沙的日新月异。岳麓山、湘江水，从山中见"仁"，从水中见"智"；"橘子洲，洲旁舟，舟行洲不行""天心阁，阁中鸽，鸽飞阁不飞"的意境让人流连忘返；一山一水、一洲一舟总寄情。

何地非吾土，故乡情未忘。悠悠天宇旷，切切故乡情。从出生以来我就在湖南各个地方辗转，娄底、常德、浏阳、湘西、长沙。你问我故乡在哪里？可能真的是吾心安处、一路为乡吧。

（本文原载于〈文史博览·力量湖南〉微信公众号 2019 年 2 月 27 日）

■ **人物名片** | Renwu Mingpian |

刘 山
湖南省政协常委
湖南省发展和改革委员会巡视员

尽管岁月斑驳，
记忆中的房屋破旧、
老树依稀，
但故乡却始终引得我追忆。

王仁祥：故乡，永恒的情怀

口述 | 王仁祥　　文 | 黄璐

天降神农，教耕禾仓，说的就是我的故乡。我的故乡，位于郴州嘉禾一个偏僻的小山村，那里曾经贫穷，但环境优美，山清水秀，属县域胜地，人文之邦。

尽管岁月斑驳，记忆中的房屋破旧、老树依稀，但故乡却始终引得我追忆。那份故乡情怀，足以温暖和滋养我的一生。

一

说到故乡，童年的点点滴滴仿佛就在昨天。记得小时候参加劳动，我们一群年纪相仿的小孩经常一起去山上放牛、砍柴，每天有做不完的农活。尽管条件是很艰苦的，但大家在一起却总能苦中作乐。邻里之间关系和睦，村里的小朋友们走家串户是常有的事儿，到河里捉鱼，在田边嬉耍，田野乡间到处都回荡着我们的欢声笑语。

那时候的快乐，是那么的简单，那么的动人。这种快乐里载着一种天生的乐观和自信，那是我们对未来的信心，和对家乡的无限依恋。

我的父亲小时候读过私塾，母亲没有上过学，尽管文化程度不高，但他们从小就教我们背《三字经》《弟子规》，在这些朗朗上口、微言大义的篇章里，父母教我们要恪守中国传统文化中做人做事的道理，他们更是用自己的言传身教，教育我们对上以孝，与人为善。

生于20世纪60年代的我们，都饱尝过物资贫乏、生活饥苦的日子。那是个物资匮乏的时代，如果生产队分物资了，那天晚上家里就终于能吃上一顿饱饭，吃上一段时间以来最好的菜。但凡有好吃的，父母总是告诉我们首先要孝敬老人——由爷爷奶奶先尝，然后同邻里之间相互分享，邀请大家来尝尝。

我清楚地记得，有一次我父亲去田里做活，在水沟里抓了一条小鱼，回家装在一个盆子里，当时我们就特别期待，能够吃上鱼了！可惜父亲并没有把它端上桌，而是在家里攒着——今天捞了几条小鱼，明天抓了几条小泥鳅，凑上显得"丰盛"的一桌后，父亲才把它们端上桌，而且是直到等客人来的时候招待客人吃。

当时的我们都是小孩子，眼睛直直地盯着那桌菜，多么馋呀！可是父母教我们，首先必须让客人吃好，等客人吃饱吃完后，我们才能吃。

在那吃不饱的年岁里，如此省己待客，是父母的品格，是父母对我们的言传身教，也是我们的乡风文明。大家总是愿意把好的留着拿给别人，从不吝啬分享，即使是在最苦、最难的岁月里。

如今回想，那段艰苦的岁月，是那么的温暖和明媚。也正因此，故乡才成为我心中永恒的精神之源，无论我身在何方。

嘉禾是个有着浓厚文化底蕴的地方，有多项非物质文化遗产。比如，嘉禾的花灯戏欢快明朗，表演动作活泼风趣，歌舞味浓，常是表现生活的小喜剧，充满了泥土的芬芳；嘉禾的伴嫁歌，内容有传播历史和生产知识的，

有歌唱妇女劳动生活的，有喜庆逗耍的，有宣泄离情别绪的，有对美满婚姻的向往和追求的，更有反对封建婚姻礼教的。

丰富多彩的嘉禾乡土文化剧种，是嘉禾人民用歌舞方式创造的物质财富与精神财富，至今已有千百年的历史，逐步构成了嘉禾歌、剧独特的原生态文化基因，更是文化活化石。

记得每到春节的时候，村民们都会自发组织成立花灯戏等小剧团，也在重要的节庆舞龙舞狮，这是我们生活中最重要的节庆习俗，在这种娱乐的仪式感中，感受的是嘉禾民俗文化的魅力，同时潜移默化传递的是中国传统文化教化。

二

这些年，我每年都会回老家看看，家乡的变化也越来越大。交通更方便了，村村通了公路，建了新房；小时候没有通电，现在家家户户都用上了各种新式的电器。但每年回去也会发现人变少了，很多年轻人都出去打工，留下的是老人、小孩。原来的田地也都荒芜了，村庄变得格外寂寞，再也找不到我们当年山野间嬉闹的场景。

我出生于农村，从研究生到博士一直学的农学专业，后来也在相关农业部门工作 18 年，时常走在田间地头，与"三农"打交道。

这些年，在国家的经济社会发展过程中，农业农村做出了巨大的贡献，农民也做了巨大贡献。在过去很长一段时间里，相对城市的发展来说，农村获得的政策、资金支持以及农民获得的关注是不够的。

为了让农民像城市人口一样尽快享受到改革发展的红利，近几年来，国家也加大了对农村发展投入的倾斜，十九大提出了"乡村振兴"发展战略，接下来各级政府应重视相关政策的逐一落实，通过产业振兴让农村兴旺，同时要构建宜居的人居环境，未来的农村应该是让所有人都向往的宜居土壤。

作家冉云飞曾说："没有故乡的人是不幸的，有故乡而又遭遇人为的失去，这是一种双重的不幸。而如今，每个人的故乡都在沦陷。"确实，这个时代，不变的东西太少了，慢的东西太少了，我们头也不回地疾行，而身后的脚印、村庄、影子早已无影无踪。

在新农村建设的同时，我们更应该重新唤起那遗失的乡风文明，这是乡村振兴中文化振兴的重要内容，也是农村大地上，一代代人传承下来的精神财富，是真正维系着村落的精神，是中国的"魂"，也是我们这一代代人对于故乡永恒的情怀。

（本文原载于〈文史博览·力量湖南〉微信公众号 2019 年 4 月 30 日）

■ **人物名片** | Renwu Mingpian |

王仁祥
湖南省政协委员，九三学社湖南省委会副主委
湖南省教育厅副厅长

当我身处他乡，念着故乡，想着故人，

才真正体会到生命的另一种惆怅滋味，

那是随血液一同流淌、

与生命相连的最原始的乡愁。

杜明燕：大山深处，家乡变故乡

口述｜杜明燕　文｜吴双江

　　一侧是莽苍的大兴安岭，一侧是郁葱的松嫩平原，在茫茫的大山里，在无尽的草原上，嫩江如一条丝带飘逸在其中，成为两者的分割线。我的家乡就在嫩江江畔的一个小山村。

　　在这美丽的小山村，达斡尔族和鄂温克族聚居在一起。全村只有两大姓，分别是2/3的敖姓达斡尔族人和1/3的杜姓鄂温克族人。这两个民族最初从外兴安岭一起迁徙而来，一路走来一直唇齿相依、荣辱与共，曾为捍卫中国北疆领土完整浴血奋战，自古以来传承着一种爱国、忠诚、团结、勇敢、坚毅的民族个性。我的故乡三面环水，背靠大山，面朝草原，是我灵魂深处日夜思念的地方。

一

　　我出生在莫力达瓦达斡尔族自治旗，现在在扎兰屯市工作，虽然两地都属于大兴安岭南麓地区，但是相距180公里。我时常会感慨，当父母在的时候，家乡还是家，当父母不在的时候，家乡就成了故乡，人生从此没有来处，只剩归途。

历史上，我们是杰出的狩猎民族，男子驯鹰狩猎，牧马放羊，女子善于栽种，缝制兽皮衣服，编制桦树皮容器，创造出灿烂的狩猎文化。随着科技进步与城镇化建设步伐的加快，族人的生活渐渐融入当今时代，传统的狩猎、渔业等生产生活方式，渐渐淡出了人们的视野。

然而，在我们时下的日常生活中，处处都有狩猎文化的影子。如今我们虽然不再穿戴皮质、皮毛的服装，但是我们把这些极具文化特色的元素制作成工艺品佩戴。如果你在呼伦贝尔邂逅到一群鄂温克姑娘，你一定会被佩戴在她们身上的各式各样的"太阳花"配饰惊艳到。除了项链配饰，"太阳花"还可以做成以鹿皮和一些动物皮等为原材料的垫子，以及挂在墙上或撮罗子（鄂温克族人居住的场所）里面装饰用的挂件。

"太阳花"为何如此受到鄂温克人的青睐？这源于鄂温克族"太阳姑娘"的传说。鄂温克族信奉萨满教，崇拜太阳。相传很久以前，鄂温克人生活在阴暗寒冷的森林里，常年见不到光明。太阳的化身是一位名叫希温·乌娜吉的姑娘，她每天将光明和温暖带给生活在密林深处的鄂温克人，使森林不再阴冷。鄂温克人为了纪念太阳姑娘，用皮毛和彩色石头做成类

鄂温克族"太阳花"配饰　　>

似太阳的吉祥物佩戴，这就是太阳花。千百年来，作为善于迁徙的狩猎民族，"太阳花"便成为男人们出门打猎随身佩戴的"平安符"。如今，这道"平安符"从部落走向了世界。

记得一位太阳花和太阳姑娘传说的自治区级非物质文化遗产传承人曾说过，每一个鄂温克女子都是太阳花的传人，都是太阳花的创造者，每个人眼中的太阳都不一样，世界上没有两个一模一样的太阳花。

二

常年工作在外，不得承欢父母膝下，不得与儿时好友把酒言欢，我时常感慨：还是家乡好！真是应了诗句里的心境："风一更，雪一更，聒碎乡心梦不成，故园无此声。"

还记得父母健在的时候，我们每次回家吃到的第一道菜就是柳蒿芽，它虽然有一种苦涩的味道，但我觉得这种苦涩正是乡愁的滋味。柳蒿芽，达斡尔语称"昆米乐"，它遍布大兴安岭南北、呼伦贝尔草原、嫩江平原的河边、江沿的红柳丛中，是呼伦贝尔草原民族酷爱食用的野菜。

对我们这一辈人而言，在那个吃什么都感觉吃不饱的年纪，一顿柳蒿芽给了我们难以言喻的饱足感。

在呼伦贝尔大草原，另一种让我们这些身处他乡的游子念念不忘的美食就是手把肉。在外地吃了再多的山珍海味，都不及萦绕在我们记忆中的这道童年的最大美味。我们草原民族是一个非常好客的民族，有贵客到访一定会献上美味的手把肉。小时候，生活艰苦，一年下来难得吃到几回手把肉，这就更显得这道美食的珍贵。只见母亲把带骨的羊肉或牛肉按骨节拆开，放在大锅里白水下锅，原汁清煮，不加盐和其他调料。因为牛和羊吃着草原上的五香草，调味齐全，只要掌握清煮技术，就能做出美味爽口的肉来。

吃时一手抓羊骨，一手拿蒙古刀剔着吃，不用其他餐具，这种用餐方式也别有一番风味。如今，手把肉已不单是草原民族的一种传统饮食了，在外界人眼里，手把肉还是内蒙古人豪爽的象征，当你置身蒙古包内，身穿盛装的蒙古族姑娘向你唱起敬酒歌，然后用蒙古刀割一块鲜嫩味美的手把肉放进嘴里，鲜肉加美酒，轻舞伴歌声，使人不由自主和歌者一起唱起：金杯银杯斟满酒，双手举过头，炒米奶酒手把肉哦，今天一次喝个够……

三

多年以后，当我回到草原，我喜欢轻轻漫步在芳草遍野的草地上，摘下两朵小花细细欣赏。它带刺的叶片太粗粝，险些刮破了我的手掌。花朵并不惊艳，可这有何妨，她便是我心中的太阳花了。在这美丽的小山村，我度过了童年、青年，每当想起她来，我就恍惚又回到她的怀抱中。一年四季，我的故乡，美轮美奂。

当西伯利亚北风的呼啸声渐行渐远，当江南油菜花已经一片金光灿烂，当飘逸的雪花在依依不舍的时候，春天正踮起脚尖，悄然地来到了我的故乡。4月下旬到5月中旬，大兴安岭的兴安杜鹃，也叫映山红和鞑子香，从岭南地区开始往岭北地区蔓延绽放。掠过一座又一座山腰，闯过一片又一片林海，跨过一条又一条河流，整个大兴安岭都蔓延着它的足迹，它花不见叶，艳丽芬芳，顶着冰雪绽放，自是美不胜收。

到了夏天，当草原上的草长起来后，草原上最美的季节到了。特别是夏至这天，对一个崇拜太阳、追逐太阳的民族，一个以大自然的日月星辰为物候历法的民族来说，这一天是尽情欢乐的日子。小时候，在夏日的傍晚，父亲时常会带着我们来到河边捕鱼。父亲是个捕鱼能手，他每次都把捕到的最好的鱼留给我们吃，剩下的那部分才会卖掉。

秋天是我们的采摘季，大兴安岭森林里红豆、都柿、稠李子、水葡萄等各种野果熟了，林间到处都长出了各种蘑菇，吸引着大批的山里人来采集，满山的欢声笑语，淘气的小松鼠蹲在松树枝头，抱着成熟的松塔贪婪地吃着……大兴安岭秋季天空分外的蓝，河水格外清澈，蓝天和山林将自己的色彩一股脑地投进了河水，小河怎能容得这许多色彩，溢得满山川都是……

一入冬季，整个大兴安岭白雪皑皑，这是我们小孩子最好的冰雪王国了。雪花在空中飞舞，树上积满了白雪。地上的雪厚厚的，又松又软，常常没过膝盖，那时我们最喜欢玩的就是整个人往雪里一趴，然后人形就印在了上面。现在，大兴安岭冬季滑雪闻名中外，故乡的美正在被越来越多的人领略和分享。

还记得每年大年初一早晨，我们家族里的老大就会领着所有的弟弟妹妹去给长辈们磕头——要集体向村里的长辈磕头拜年。这种传统一直延续至今，也让乡情更浓，乡情更亲。

长大以后，当我开始工作，离开家乡，家乡也就变成了故乡；当我身处他乡，念着故乡，想着故人，才真正体会到生命的另一种惆怅滋味，那是随血液一同流淌、与生命相连的最原始的乡愁。

（本文原载于〈文史博览·力量湖南〉微信公众号 2019 年 7 月 10 日）

■ **人物名片** | Renwu Mingpian |

杜明燕
全国政协委员
内蒙古自治区扎兰屯市副市长

沉陵的山歌，

沉陵的傩戏，

沉陵的龙船，沉陵的酒，

无不勾起我的乡愁。

李大清：喝一碗家乡酒，解渴乡思又一年

口述丨李大清　　文丨彭叮咛

二酉山，古秦人藏书处，坐落在沉陵城西北乌宿乡，大酉山和小酉山的合称，这二酉山后的茶溪村便是我的故乡。自19岁离开故乡沉陵到厦门大学求学，从离开北京的工作岗位到日本工作，到如今已经40多年了，故乡渐行渐远，而乡愁愈发浓郁。

提起故乡，首先联想到的也许是父亲、母亲、家中老人，也许是一杯酒、一件事，也许是冬天的飞雪、春天的清明……于我而言，故乡更像是一种期盼，一种对幼时欢乐时光的回首。

一

翻开地图，酉水与沉水的交汇处便是沉陵。沉陵是湘西的大门，往西走就是凤凰、永顺，还有沈从文笔下的"边城"，那条静静流淌的沉水河下，是一座有过千年繁华的沉陵城区。随着新城和五强溪水电站的建设，沉陵城的水面面积翻了几倍，今日的沉陵，已不再是过去的沉陵，已经没有沈从文笔下"边城"的吊脚楼，那片承载着我故乡回忆的地方，已经静默地在水底定格着时光、定格着几代沅陵人的记忆。

我记忆中的沅陵城，是一路路青石板、一排排木板房、一条条小巷子，从沅陵城镇中心地区的中南门河街往上走一点，有一家清茶客栈，迁城之前是水上派出所，那里就是我的家。这家客栈过去是一家榨油坊，新中国成立后公私合营之前，我们家向油坊老板的媳妇买了靠路面的一间房，能通到客栈中的庭院，从客栈可以直接下到沅水边。河边的沙土地菜园和沙堆，还有不远处的鹅卵石浅滩，就是我和儿时兄弟几个以及小伙伴们玩乐的一个小世界。

那时，浅滩的水清澈透底，枯水季节可以卷上裤腿渡河，滩上鱼虾可见。孩儿们最喜欢玩的就是在浅滩上翻石头抓螃蟹，轻轻将石头拿起，小河蟹来不及跑，眼疾手快的便能一把抓住；要是石头底下藏着小鱼，将石头用力一砸，小鱼一下就被砸晕了过去，把石头一翻，鱼儿翻白了肚皮，我们可轻松将它们捞起来。

像我们男孩还喜欢在河边的沙滩上踩高跷，在木棍上扎一个坎，人踩在上面，在沙滩上冲撞着打架玩，谁站得稳、站得久，谁就是最厉害的，

< "学富五车，书通二酉"
的二酉山

沙地松软，摔在地上也不疼。玻璃弹珠当然也是我们必玩的项目，一群孩子单膝跪在地上，眯着一只眼睛聚精会神瞄准目标，只听得一阵阵欢呼声，赢来的就只是一堆漂亮的鹅卵石，小时候的欢乐总是那么简单。

在我小学时的放学路上，有一家叫北河客栈的旅馆，和我家的清茶客栈一样，客栈的厅堂里架着火炉，来往的人们、客栈的客人还有放学的孩子们一起，大伙围成一圈看客栈"老板"给客人表演魔术，笑一笑乐一乐之后他又把魔术拆开给别人看，逗得大家笑声不断。客栈里还有一位百岁老奶奶，我最爱听老人讲关于沅陵的赶尸和画符破案等神秘的故事，赶尸惊险神秘，符水能让鬼神跳，传承的力和那一道又一道的仪式的力，以及境随心转的自力，造就了几千年民间法术的套式和神奇。

沅陵的故事和文化就这样一代代口耳相传到了今天。

二

我的沅陵记忆，还有就是关于二酉山的，"学富五车，书通二酉""二酉藏书"的典故便是来自这里。我的老家就在二酉藏书洞不远处的茶溪村，村里过去有一个私塾叫天功学堂，曾祖父便是这学堂的私塾先生，父亲能一口气背诵十几分钟，这也彰显出二酉山一带人们非常看重学识和教育。

关于二酉山，在我的记忆里印象最深的是那个出现在藏书山洞里的神仙爷爷。

那时，平常人家并不宽裕，家中碗筷也只够自家使用，相传哪家要是遇上红白喜事，便可借用神仙爷爷放在山洞里的碗筷碟子办酒席，办完以后再还回去，根据自家的情况放一点"酬谢"，没有明码标价也不需讨价还价，更不会有强制索要，全凭乡里乡亲自律善良的约定和信赖。

每一次，神仙爷爷都能在归还的东西中找到一些"酬谢"，或是钱财，或是青菜瓜果，或是粮油……神仙爷爷的故事，反映着故乡最淳朴的民风民俗。母亲说这位神仙爷爷是我茶溪村李氏家族的叔叔。

和二酉山一样，龙兴寺也留下了许多难忘的记忆。

长沙有岳麓书院，而沅陵龙兴寺的历史比岳麓书院还要早300多年，一直完好留存至今。龙兴寺层峦叠嶂，就像是一幅一幅蜿蜒向外的水墨画，我就读的小学就在寺庙附近，放学后伙伴们喜欢去寺庙里玩耍，大殿背面是叫作半边天各路菩萨的木刻佛壁，一整面雕刻着菩萨，我们就在那里捉迷藏，将自己的心爱物藏在寺庙的某一角落里。

"千年大唐雄风在，南北学子万方来。一品碣滩论古往，二酉飞歌话情怀。"2010年，我回到故乡策划与吉首大学的文学讲座，和学友们一起重游龙兴寺后有感而发，吟诗一首，在龙兴寺仿佛看到了大唐雄风，还有我儿时和玩伴嬉戏的身影。

"八千水路五万山，黔中龙兴霸千年。大唐雄风今犹在，二酉飞歌醉红天。喝碗黔中家乡酒，解渴乡思又一年。"前年的春节我又提了一首诗，挂在母亲在沅陵的家里，这里就是我的牵挂。沅陵的山歌，沅陵的戏，沅陵的龙船，沅陵的酒，无不勾起我的乡愁，也许这就是中国几千年来传承的儒家孝道，和对自己宗族社会圈子的人和物的一种牵挂和思念吧。

（本文原载于〈文史博览·力量湖南〉微信公众号 2020 年 1 月 15 日）

■ **人物名片** ┃ Renwu Mingpian ┃

李大清
湖南省政协湖南发展海外顾问
株式会社日中开发集团公司董事长

·扫码收听·

心之所向，素履所往。

若是心得到了栖息，

在中华大地上踏遍青山，

处处皆是故乡。

陈平：我的故乡，我的国

口述 | 陈平　文 | 黄璐

我一生总是在行走当中，从南方到北方，最后从东方到了西方，在德国生活了 20 多年。由于各种复杂的生活经历，我无法说清楚自己应该是哪里人。千山万水走遍，我只能说：无论走到哪里，我永远都是一个中国人。

从远方到故乡，乡愁乡情始终牵系着我，让我无法割舍。这也是我为什么选择了从事与民间艺术、民族文化相关的工作，因为它们让我有一种牵挂感、一种历史感，让我有了与大地相吸、获取营养和力量的感受。

20 多年行走在东西方的城市、乡村、大山大水之间，我都会想起我的国家，我的故土，我所住过、生活过、成长过的地方。

我的故乡就是中国。

一

湖南，在我生命当中，有着很重要的位置。

自小时候起，从父亲的语言、讲述的往事，以及家中的饮食，腊肉、辣椒……或多或少，总是与湖南有着千丝万缕的联系。

我的祖上在安徽，先辈都做着穷秀才，后来不知什么原因举家迁移到了湖南。这注定了我与湖南之间的缘分。

抗日战争爆发后，年纪尚轻的父亲成为薛岳将军部队的少年军人，一路征战，血战疆场，保卫长沙。在他后来的生命中，始终对湖南充满留恋，从饮食到山水，念念不忘。

这也在我的生命中种下了种子——我爱吃辣，性格中也有湘妹子的果敢与温柔。

20多岁的时候，我终于有机会踏上湖南的土地，第一次去韶山伟人故居，心情激动。之后，橘子洲头、岳麓山、岳麓书院、湘江水、浏阳河……这些曾经遥远却心驰向往的名字，都印在了我的心中。

"惟楚有才，于斯为盛"，我对敢为天下先的湖南精神感到敬仰，希望对独树一帜的湖湘文化深入研究。我喜欢沈从文笔下的边城，迷恋湘西少数民族特色的文化景观。湖南有太多的优秀的传统文化以及散落在各地的民间手工艺——对我充满了吸引力。

我希望在湖南找到陶渊明笔下的桃花源。城镇化的发展，让很多"芳草鲜美，落英缤纷"的桃花林、"阡陌交通，鸡犬相闻"的普通村落发生了太多的变化，有的消失了。而这些都是现代城市人所需要的乡愁，也是我们的心灵归属。

由于工作缘故，我有机会为永顺老司城申报世界遗产作了一些工作和努力，对湖南的情感日益加重。今天，有幸成为省政协湖南发展海外顾问团成员之一，考察了一些地方之后，提交了关于"长沙简牍申报世界记忆名录""韶山伟人故居与德国马克思故居缔结友好城市""关于恢复苎麻种植与繁荣夏布织造技艺、助力浏阳乡村振兴""潇湘文化走出去"等建议，为湖南的开放崛起献上我的绵薄之力，我希望能为湖南的文化遗产保护作出努力。

二

2012 年，通过一个艺术家的活动，我与贵州结下了不解之缘。贵州多元的民族文化、丰富多彩的民间艺术，以及让我流连忘返的古朴乡村、田野——我由衷地喜欢上了这片山水。

在贵州，有着美丽的蜡染、苗绣、马尾绣、锡绣——秀娘们手下的美好世界都藏着蝴蝶妈妈的美丽传说。心灵手巧的银匠打造出巧夺天工的银饰，那是人类智慧、勤劳、灵巧的技艺结晶。这些传统手工艺就像是一粒粒细沙，散落在贵州的大山里，有的山高水远走不出去，有的养在深闺人未识。我心里充满了焦虑——我多么希望把它们带出山区、带向世界舞台！

幸运的是，我成了贵州旅游文化大使，也有了更多的责任和义务去为贵州做点事。我先后参与策划了"贵州国际民间艺术博览会""西江国际文化周""贵州旅游文化捷克行""贵州手工艺赴欧洲展示"，带着绣娘们的作品走到了欧洲，也带着近七八十个国家的手工艺人、政府官员、学者走进了贵州，联合国的官员到达贵州看了天眼、苗寨等，对贵州竖起大拇指。

6 年多过去，我走遍了贵州 30 多个县，也看到贵州发生的翻天覆地的变化，特别是全域旅游。我很荣幸，更是自豪，我希望这里珍藏的文化遗产能够薪火相传，延绵不息，世人皆晓。

三

北京，是我从小生长的地方，在我的生命中，是最热爱的一个停靠点。

<　　北京初雪景

无论它发生怎样的改变，只要我千里迢迢归来，还是对它充满了留恋。

北京特有的文化底蕴，植根于日常生活中的传统文化，无尽地滋养着我，伴随着我走遍世界，给我很多的力量和勇气。

记忆中的故乡北京，是蓝天鸽哨、石榴金鱼、秋水长天；是长长的胡同中，悠然的三轮车慢慢驶来，熟悉的京腔京韵飘过，还有街坊邻居友好地互道平安——那份亲情，多么珍贵。

如今，我始终还怀念着，希望有一天回到北京，看到它的蓝天越来越多，高楼大厦之间绿树成荫，老北京的那份韵味再流转回来。

在我们小时候的课本里，写着中国"地大物博、人口众多""山河秀美、资源丰富"，每一个省、每一个区域都有自己独特的文化，民间艺术千姿百态。

在它身边的时候不觉得，直到出国之后，有了东西方文化的比较，会转过身来，重新认识自己的国家——会发现祖国还有那么多的好山好水没有走遍，那样多的文化资源未曾深入了解，如何去向外国人讲述中国的故事呢？

年少的时候，觉得中国文化是"土"，听说外国的文化是"时髦"——因为不知道外国是什么样子，于是就像一个在家里盼着尽快出门远足的孩子。等出去后才发现，人类的很多文化原来是相通的，而且孩子走得越远，越会想家，因为知道了家的珍贵。

四

走遍世界多地，当看到凯旋门的时候，我会想到故宫，当看到罗马古城的时候，会想到兵马俑，当看到金字塔的时候，我会想到长城……见到国外先进的内容，内心第一个想法就是介绍给自己的家人，也时常希望把中国的美好介绍给世界知晓。这个时候，你会比什么时候都想念自己的祖国，因为这是你的家，你的故土。

有着五千年文化根基，如何向世界展示中国到底是什么样子？中国的文化核心到底是什么？我们还需作很多努力，让海外真正认识一个不停留于表面的中国。

文明只有先后，没有高低、上下之分，但国力有强弱。作为早期出国的海外华人，我们的感触很深：过去，当中国国力不强的时候，外国人把我们当作"乞讨者"，而当这些年中国崛起了，在国际舞台上有了话语权，我们也自然更理直气壮地将中国文化用一种平和、自信的姿态介绍出去，用我们优秀的文化内容去影响、打动别人，让世界真正有兴趣去认识中国的文化。

但另一方面，面对外国人对一些中国游客"不礼貌""不排队""暴发户"的偏见，我们应该如何展示礼仪之邦所应有的风范？作为行走着的"中国名片"，我们每个人都应在海外讲好中国故事。

我现在从事文化遗产的保护与推广工作，特别是关注民间艺术的保护与挖掘，并向世界推广。这些民间艺术就是文明的载体，也是中国文化的一部分。我希望中国祖先创造的智慧与文明，能被世界所了解。

心之所向，素履所往。若是心得到了栖息，在中华大地上踏遍青山，处处皆是故乡。我决意回国发展，为了这片土地上的文化枝繁叶茂而作出自己的一份努力。

（本文原载于〈文史博览·力量湖南〉微信公众号 2019 年 7 月 6 日）

■　**人物名片**　|　Renwu Mingpian　|

陈　平
湖南省政协湖南发展海外顾问
国际民间艺术组织（IOV）全球副主席

在德国生活的 20 多年里，

每一个日日夜夜，

如果闭上眼睛，

依旧能看见我的那匹枣红色的马从草原的远方向我奔来。

李霞：故乡，一直在心中

口述 | 李霞　　文 | 彭叮咛

我是一个很恋家的人，遗憾的是从童年到青年，再到现在身处德国，待在故乡的时间很短暂，但回想起来故乡的一切都充满着宁静和美好。

我的原名叫李艳雯，"雯"在字典上的意思是"带花纹的云彩"，如同我的名字一样，我就像故乡的一片带着花纹的云彩，飘到东来飘到西，但故乡，一直在我心中。

一

我不是蒙古人，但我出生在草原，我的童年在草原，我的青春在草原，我的故乡也是广袤的大草原。内蒙古锡林郭勒的闪电河四季分明，每个季节都如诗如画，春季万物复苏，夏有百花盛开、绿草如茵，秋季牛羊壮硕，冬季白雪覆盖、苍凉磅礴。

如今，有些许疲劳的时候我总是想听听蒙古歌曲，因为在歌声中我总能想起故乡草原的天色、空气都格外沁人心脾，闭上眼睛就会看到闪电河、

<　　李霞的绘画作品

蓝天、白云，还有那五颜六色不知名的野花，似乎闻到了草香、花香和熟悉的牛羊马的味道……草原的冬天是一望无垠的雪，在广阔无边的天地间，在呼啸狂舞的白毛风中，仿佛小小的自己也是一个世界。

每个人都有一个味觉上的故乡，大把大把的光阴都在怀念故乡的味道中溜走，于我而言，大草原上最美好的就是那碗热乎乎的奶茶了，一直到现在我都离不开奶茶。

守着火炉上的锅，一碗一碗地盛上奶茶，递到一家人的手里，热乎乎的奶茶驱赶一天的疲惫与寂寞。奶茶是草原上最好的饮料，解暑解渴，牧人可一日无餐，也不能少了奶茶。吃着炒米、奶豆腐，喝着奶茶，大概就是草原人最舒服的生活了。

草原上的小孩们，最喜欢的就是吹肥皂泡，拿张旧报纸卷起来，在肥皂水里蘸一蘸，一吹，一个大大的泡泡就飘了起来，肥皂泡在草原的阳光下五颜六色，仿佛里头有另一个世界。

而我，最喜欢草原刮大风的天气，大风一起，我便偷偷拿着家里的油布伞，站在顶着风的地方撑开，风吹鼓着油布伞将小小的我带起来，好像能把我带到天空中去，那是一种幻想，其实也不能称之为幻想，因为有一次大风真的把我的脚丫子提起来离开地面，小时候就想体验这种"飞翔"的感觉。

二

不曾想，长大后便真的"飞"了起来，飞到德国工作生活了20多年，我的故乡便成了整个中国。出国了，我才知道自己爱家爱国有多深，而如今祖国的发展壮大，让我爱得更加深切、有底气。

很多年前，一次北德电视台举办"中国问题论坛"，在电视台和《汉堡晚报》上发布消息，打电话报名就可以参加，我想着中国问题论坛肯定有很多中国人，为了学习德语，我就鼓起勇气说，中国问题论坛咱们去论一论。

那是德国汉堡大学的一个大礼堂，进去以后我就傻眼了，大部分都是德国人在论中国问题，加上我只有3个中国人。节目很快就开始了，台上坐了8个汉堡研究中国文化的专家教授，主要围绕执政党、民族宗教、经济发展等问题开展，言语犀利但并不成熟。

一位中国大学生站起来说，德国新闻界对中国的报道负面居多，中国举办2008年奥运会等一系列证明中国强大的正面消息，在德国好似并不关注。

大学生说完后，并没有引起专家们的思考，场面又开始聚焦中国民族问题。

间隙中，我拿起话筒站起来说，我的德语不是很好，讲不了政治上那些深奥的道理，借着这个机会，我想举一个例子，德国人管祖国叫父亲，我们管祖国叫母亲。中华人民共和国是我们的母亲，中国共产党是父亲，这夫妻俩有 56 个孩子，夫妻俩带着他这 56 个孩子一步一步走，他们的目的只是要孩子们有一个光明的前途和幸福的生活。有一天，邻居说，你妈妈没给你买好吃的，你爸爸没有给你好玩的，孩子们也有吵闹的时候，可邻居们的挑拨离间，还是阻挡不了现在 56 个孩子跟着父母一起在奋斗。

听罢，台上的教授顿了顿说，李女士，你的例子我们还是第一次听，确实中国近年来发展非常好，我们需要用更全面的眼光去看待中国问题。

其实，在国外对于故乡的感情，更像是一种家国情怀，已经不是单纯的一个家、一个国，出国了更增添了我对祖国的爱戴和我自己作为一个中国人的一种责任。

在德国生活的 20 多年里，每一个日日夜夜，如果闭上眼睛，我依旧能看见我的那匹枣红色的马从草原的远方向我奔来，峰驼清晰可见，满载着故乡的回忆和国家的强大，让我沉醉而振奋，真是我一生的力量源泉。

（本文原载于〈文史博览·力量湖南〉微信公众号 2020 年 1 月 17 日）

■ **人物名片** | Renwu Mingpian |

李 霞
湖南省政协湖南发展海外顾问
德中护理协会理事、护理专家

辑二

我们开朗乐观、吃苦耐劳的性格，

快乐的成长，

以及之后所获得的一点成就，

都与我的父母、我们的湘雅"大家庭"岁月密不可分。

陈晓红：湘雅南院，滋养我心灵的源泉

口述 | 陈晓红　文 | 黄璐

金色的琉璃瓦，红白相间群墙，这是湘雅医院标志性的红楼。在20世纪前期，长沙城北没有更高的建筑，绵绵湘水绕长沙城而过，船家由北沿江而上，一看到湘雅医院的红楼，便知道是到了长沙。

而我的记忆，也正是从湘雅医院的红楼开始。

我出生于长沙，我的母亲是湘雅医院的医务工作者，我和妹妹从小在湘雅医院的院子里长大。红砖清水墙的湘雅南院3栋，是我们成长的起点。

一

在湘雅南院的岁月十分快乐。我们住的是长条的筒子楼，邻里街坊就像组成了一个大家庭，共用厨房，也经常在一起吃饭——谁家里做了一些辣椒，谁家又做了一些萝卜——哪家里有好吃的，都会拿出来分享。

记得小时候母亲给我们订牛奶喝，但如果别家的小孩缺牛奶，母亲就把我们家的牛奶分给他们喝。我家隔壁邻居是男孩子，我母亲特别喜欢他，有什么好吃的都会给他尝尝，就当自己的儿子一样。

　　这里是"大家庭"，也是小伙伴们的乐园。那时的父母对我们的教育都是"放养式"，我们每天有大把的时间和大自然、社会亲密接触。那时候湘雅南院后面有片很大的空地，有很多樟树，小伙伴们最喜欢在那嬉戏玩耍。让我记忆深刻的是，我们曾在那里捡柴火，因为当时家家户户都是烧蜂窝煤炉。

　　每到夏天的晚上，大家都会到外面纳凉。有些大孩子调皮，喜欢讲鬼故事，常常会把我们吓得不敢单独在家，但大家还是乐此不疲。看露天电影是小伙伴们最高兴的事情，大家会早早搬来凳子，电影的剧情会给小伙伴们带来无限想象。

　　由于母亲经常要在医院上晚班，有时不放心我和妹妹在家，就会把我们带到医院"跟班"。还记得晚上，我有时要带着妹妹穿过医院回家，经过黑咕隆咚的地方，一旦想起院子里小伙伴讲的鬼故事——有时候不禁汗毛都竖起来，不由自主加快脚步。

　　那时我们组织的文艺宣传队经常去病房慰问病人，也会在湘雅医院的舞台上表演。记得有一回，我和小伙伴手持"红宝书"跳样板戏，标准动作是将"红宝书"从口袋里拿出来，做几个动作后再插回口袋。可是当时在舞台上，我们的"红宝书"怎么也插不回口袋，小伙伴们互相帮忙把书插回口袋——现在一回想，这真是舞台上稚嫩又好笑的一幕。

　　我在读初二时，从湘雅子弟学校转学到了长沙市一中。离家远了，每天来回4趟，走一趟要20多分钟，心里还想着学习和家务事——自然而然，这让我养成走路很快，做事风风火火的习惯。

　　在那个"以阶级斗争为纲"的年代，在湘雅南院的20年岁月是"世外桃源"。在互帮互助的集体主义氛围中，大家乐观积极，从不觉得什么是苦。前不久，分别30年的我们湘雅南院3栋"大家庭"重新聚会，大家围坐成一排，就像当年在邻居阿姨家看电视一样，那个年代电视机是稀罕物，看电视时小伙伴们都很兴奋。大家也有说不完的话，在岁月沉淀里，也许改变的只是容颜，而彼此的情谊却越来越浓烈。

二

我小时候有一个外号，身边的叔叔阿姨们都叫我"红管家"。

这是因为母亲在湘雅医院的工作十分繁重，常要上晚班，我的父亲在河西的中南矿冶学院（现中南大学）教书，每个礼拜回来一次。我带着小我 1 岁多的妹妹，小小年纪就开始了"当家"。

"红管家"是名副其实的。母亲经常说我是"打破砂锅问到底，还问砂锅有几个底"，可能真是出于我强烈的好奇心。五六岁时我就会煮饭，7 岁时已经会炒菜，母亲上班繁忙且身体不太好，我则要承担家里的家务，同时还要照顾妹妹——当她在外面受了"小欺负"，我得去帮她"出头"。

我经常开玩笑，我是被学术研究耽误了的"家务能手"。那时家里被我整理得井井有条，每天母亲下班回来，我也做好了一桌子饭菜。因为我做的饭菜好吃，就是父亲在家，也会等我回家"掌勺"。做家务是要"解决实际问题"，我想这是后来"经世致用、天道酬勤"治学理念的源头之一。

可以说，我和妹妹很早就锻炼了独立生活的本领。现在我都会经常回想起在厨房过道里看书的情景——喜欢放点音乐，外界再怎么闹也不影响我。我也常常在厨房里一边洗碗，一边唱着样板戏《智取威虎山》里小常宝的那些唱段。我们一家都喜欢唱歌，如果父亲在家，他会拉京胡，这时家里会特别热闹。

父母教育我们要保持勤劳节俭的作风。那时候，我的节约是"很有名"的。记得有段时间我带妹妹去湘雅医院的食堂吃饭，每次带她都打"酸菜汤"——便宜又下饭。久了，妹妹不同意，抱怨说："老是吃这个，我不干！"有一次被邻居看到后，她就向我母亲"告状"：你们家晓红太"抠门"啦！

于是我每次打饭时给妹妹多加了一根香肠，但我自己还是只打一份酸菜汤。邻居家杨阿姨看到问："晓红，你为什么这么省？"我告诉她说："要节约。"现在，这个片段依旧还被妹妹当作笑料"吐槽"。

母亲要求我和妹妹生活要节俭，但她十分懂生活，她性格开朗、热情，能唱会跳。记得医院里有护士阿姨每次回家乡上海探亲，她总是托她们从上海给我们捎带上几件时髦的丝巾、裙子。但母亲对我们的要求是第一要务把学业搞好，而不要在打扮穿着上攀比。我们家的衣服，时常是我穿了后再给妹妹穿。我直到大学时才穿上曾经流行的"的确良"。

无一例外，每周回来一次的父亲，"固定动作"就是检查我们的作业。一旦发现作业做得不好，他就会很严厉地批评。他对我们的要求十分严格：每天六点钟要起床，每天要跑步、坚持锻炼身体，必须养成良好的生活习惯。

三

对我和妹妹，从读大学起，父亲会定期给我们写家书，信中涵盖工作、学习、事业、家庭，甚至是出行安全等各方面的叮咛和嘱咐。父亲在河西的中南矿冶学院教书，当时的长沙河西可以说就相当于远离市区的郊区。

从河西到河东很远，还没有通桥，只能靠坐轮渡。直到1971年，长沙市修建湘江一桥，记得当时要求每个单位派人参加义务劳动，我母亲身体不好，10岁的我就代替母亲去修桥现场做义务劳动——挑石头。

我16岁参加高考，高考分数还比较高，考上当时全国重点大学中南矿冶学院。我的录取通知书是邻居阿姨给我从医院传达室领回来的，她一边走一边喊："晓红考上大学啦，晓红考上大学啦！"结果整个医院都知

<　　长沙

道我考起大学了。

　　从此我也是每周从中南矿冶学院回家一次。每次从"偏僻"的学校回到河东的家，我的鞋子总是踏着一脚的泥巴，邻居时常打趣地说："哟，从菜地里回来了！"

　　现在，长沙的河西与河东早已没有差别。我工作也在河西——无论是在中南大学任教，还是在湖南工商大学担任校长，河西早已成为长沙时代飞跃发展的见证。交通方便了，美丽的景观道、新建的高楼大厦，还集中了全省科技和大学城等科技教育优势——河西早已不再是郊区。

　　在这期间，我发挥了学者"经世致用"的作用，担任中南大学商学院院长时，我和团队率先提出了"大河西先导区（现湘江新区）"概念，助推湘江新区成为中部地区首个国家级新区。担任省"两型"办副主任时，我牵头组织制定出台了106项原创性改革，完成了生态文明体制机制创新等多项国家重大项目，被国家相关部委高度评价为"两型"社会建设的"长株潭模式"。现在的湘江新区也是"两型"建设的标杆区，这里的梅溪湖、洋湖等也成为长沙的新地标。长沙的发展之快，变化之大，可以说是天翻地覆。

四

我一直追求做顶天立地的学者，更致力于当好一名教育工作者，培养胸怀天下、德才兼备的人才。对于教育事业，我有一种发自内心的热爱，这种热爱源自我的父母。

父母是有着厚重家国情怀的知识分子，他们对我和妹妹的希冀从小到大没变过——希望我们好好读书，将来在高校好好做学问。他们希望我们学有所成，并将所学为国效力。

20世纪90年代初，我在日本东京工业大学做高级访问学者，当时国外待遇很优厚，父亲担心我"不回来了"，经常写信给我。事实上我也没什么留恋，只想把最先进的管理理念带回国家。后来我妹妹和妹夫到日本留学，父亲也担心他们选择留在国外，曾专门写了一封20多页的家书，觉得寄信太慢，则守着我一页一页给妹妹发去传真。后来我妹妹、妹夫也回到祖国，在自己的学术领域攻坚克难、兢兢业业。

父母从小教导我"低调做人、高调做事，清清白白做人，认认真真做事"，他们对待学生像对待子女一样，还十分关心家乡教育事业的发展，生前一直资助家乡小学，建造新教学楼，设立奖学金。我接过接力棒后，除了继续支持家乡学校发展，还曾参与"春蕾计划"，资助贫困大学生和对口扶贫村学生。

在父母的影响下，我心无旁骛地朝着自己的人生目标走，将所学应用到实际，为国家的经济社会发展贡献自己的力量。从最初的关注信息决策、中小企业融资，到后来的"两型"社会建设，再到今天的数字经济和5G时代，大数据、区块链、人工智能等新技术的应用，我始终瞄准国家需求的痛点难点问题，研究成果获得了广泛关注，先后获得国家杰出青年科学基金、全国优秀教师、光召科技奖、复旦管理学杰出贡献奖，入选全球高被引科学家，也当选为中国工程院院士。

　　我们开朗乐观、吃苦耐劳的性格，快乐的成长，以及之后所获得的一点成就，在我看来，都与我的父母、我们的湘雅"大家庭"岁月密不可分，那是滋养我们心灵和精神的源泉。

（本文原载于〈文史博览·力量湖南〉微信公众号 2019 年 3 月 7 日）

■　**人物名片**　｜　Renwu Mingpian　｜

陈晓红
全国政协委员
中国工程院院士、湖南工商大学校长

· 扫码收听 ·

始终忘不了的，

是家乡的水，

家乡的情，

和家乡的根。

刘良：人生如逆旅，最难忘师恩

口述 | 刘良　　文 | 黄璐

20 岁那年，怀揣广州中医学院录取通知书，我搭上从家乡汉寿出发的船，前往长沙。

父亲一路送我。抵达湘江码头时已凌晨 1 点，我们不知去哪，也无处可去，两人在码头上坐到天明。

天光熹微，我们一路步行经过五一路，到长沙火车站买上一张火车票。父亲目送我坐上了最早那班开往广州的列车。

这趟列车载着我走向一个全新的世界，开启一个个人生梦想。

我的家乡是湖南，我是喝着家乡的水长大的。从沅水到湘江，从湘江到珠江，再从香江到濠江……无论行至何处，无论成就如何，始终忘不了的，是家乡的水，家乡的情，和家乡的根。

于我而言，家乡是我成长过程中永恒的起点。无论走得多远，家乡的山水和文化孕育了我的一切。在接近科学和从事医学之路上，我的几位恩师也让我在人生不同阶段有着终生难忘的受益。如果没有他们，也就没有我的今天。

一

在我的中学时代，最令我难忘的是数学老师刘喜珍。

20 世纪 70 年代初，因为特殊原因高考中断，迷茫的时候，我记得刘老师始终鼓励我们说：不管在什么条件下，你们有机会就一定要好好读书，学的知识总是会有用的。

中学时代，十几岁的我们都很调皮，打打闹闹，但刘老师待我们特别好。他们夫妇俩当时住在学校里，我们经常会去老师家吃饭。那时物质条件差，能吃得上的就是红薯，菜也没有，我们就经常去她家吃腌辣椒拌红薯。

她的孩子比我们小八九岁，对我们来说，刘老师既是我们的老师，更像是我们的家长——对待我们像对待自己的弟弟妹妹或儿女一样。

1974 年，16 岁高中毕业后，我在湖南常德汉寿县当赤脚医生。在当医生之前，大队把我送到百禄桥公社卫生院培训了半年。在这里，我遇到了医者路上的启蒙老师：贾医生夫妇，他们是由湖南医学院下放到汉寿的卫生院。我跟着从事内科的贾医生学临床，他待我很好。当时的乡村卫生院条件很差，没有其他多余的工作人员，贾医生夫妇都是亲自打扫卫生。我每天早晨都暗自下决心比他们起得更早一些，做完公共卫生后，等着老师来，只有这样才能表达对老师的感谢。

二

半年后，我的赤脚医生生涯开始了。两年间，走村串户给群众治病，18 岁时我被评为全县赤脚医生标兵，在 1975 年秋被推荐上常德卫校。

在读卫校的这两年，我遇到了另一位启蒙老师，郭老师。

当时我在桃源县人民医院实习，床位不足，病人多的时候直接占满了走廊。遇到有些病人在乡下，我们需要去接病人——有时是三更半夜，需要翻山越岭，花上好几个小时到乡下才把病人接到医院，然后立即送上手术台。

那时郭老师带着我做临床工作，手把手地教。由于还没有等到高考恢复的消息，我以为人生就只有这两年的学习机会，于是争分夺秒地抓住一切时间学习。有时做完手术，有了一点空闲时间，我就跑到门诊大楼的过道上，借着走廊上的灯光读书。

这样的日日夜夜，是人生最难忘的两年时光。即使在读大学、念研究生，以及留学后，我也时常会回想起，在桃源县人民医院的昏黄灯光下的夜晚。

1977 年，高考恢复的消息来得突然又意外，我们感到惊喜却又有点措手不及——要准备高考，连复习的书都没有。

我找到中学数学老师刘喜珍，刘老师把全套的书找出来给我，让我好好准备。两个月后，我走进高考考场。分数出来，达到了录取要求，我报考了湖南医学院，想学西医，没想到被广州中医学院提前录取，由此走上了中医道路。

三

1978 年 3 月 18 日至 31 日，全国科学大会召开，"科学的春天"润泽了神州大地，带来了我国科技的全面复苏。当时我们学校的一位教授王建华被选中参加全国的科学大会，回来的时候身上戴着大红花。当时我们是大学生，看到这位风度翩翩、学识渊博的教授，心生敬佩。

王老是西医出身，后学习中医、研究中医，在医学领域很有建树。大学还未毕业，我提前考取了硕士研究生，并终于有机会拜王教授为导师，后来继续在他的门下攻读博士学位。

<　　日落沅江

对我来说，能受到恩师王老的栽培，受益匪浅。王老严谨治学的科学态度，持之以恒、矢志不渝的科学精神与意志，以及运用现代科学从事中西医结合研究的创新方法和科学思想，给了我对于中西医结合科学研究的启蒙。我的很多学术理念、思想和精神的源泉，都是从王老身上汲取的。

我深深记得王老跟我们讲课时强调，科学研究工作者一定要严谨，即使可以下十分的结论，也仅下七八分为宜。他教导学生要谦逊，忌骄傲，保持科学严谨，不能讲"过头"的话。

在广州中医药大学就读期间，邓铁涛教授也是我的老师和前辈。至今，我一直牢牢记着邓老的教导。邓老特别强调中医药的思想要牢，中医药的功底要厚，中医的生命力就在于临床，所以一定要用扎实的本领做好临床。邓老的学术思想，一直在影响着一代又一代人。

从 1978 年 2 月来到广州中医药大学，在这里我度过了人生难忘的 22 年。在国家改革开放的伟大时代，我在这里汲取了科学的营养，成为一名教书育人、从事科学研究的学者。我始终感恩母校和恩师们引领我进入中医药的知识圣殿，从此对中医药的发展信心满怀，找到了人生方向与努力目标。

四

2000 年，香港浸会大学通过香港"输入内地优秀人才计划"，邀请我到学校创立中医药学院；2011 年，我担任澳门科技大学副校长兼任中药质量研究国家重点实验室主任，2013 年 1 月起接任校长至今。

也有人问我，如何权衡医生、学者和校长这三者身份？对我来说，做医生是我的职业，做研究是我的兴趣，做校长是我的责任。

我从 16 岁就开始学医，医生是我一辈子的职业，如今我每周都有出诊，如果因为别的工作原因和出诊时间冲突了，那么我也一定会用其他的时间把出诊安排补回来。我始终谨记学医路上恩师们的教诲，在从医路上坚守本心。

作为一名校长，我认为培养人才是一所大学的重要使命。澳门回归 20 年，"一国两制"在澳门成功实践，一个重要的标志是教育培养了具有家国情怀、爱国爱澳的优秀人才。这是我们的教育核心价值和办学的根本方向。

我们需要激发年轻人的想象力，对科学研究来讲，想象力是他能保持长期的、持续的兴趣的关键。同时，我们要注重对学生在科学研究设计与方法方面的引导和培养，特别是对青年学生的创造力要进行很好的培育和激发。

作为一名学者，我认为研究本身是一种愉悦，无论拿不拿奖，都是愉悦。我常对学生说，要带着愉悦的心情做研究，尽管科研之路肯定有许多失败，但在一次次失败中总结经验直至成功，便能收获极大的愉悦。

如果要说做科研有什么秘诀，我想有一点：一定要有持之以恒、坚韧不拔的意念。当我的学生做实验遇到失败时，我很少批评，更多是勉励他们；我也常告诫学生，成功不要沾沾自喜，更不能骄傲。

我想，这种风格可能与湖南人的性格相关。湖南人特别坚忍勤奋，家家户户的父母都告诫孩子要好好读书，要低调不张扬，"满罐子水不响，半罐子水晃荡"。

而说到我与湖南的合作，从 20 世纪 90 年代初就建立——当时我就跟湖南正清制药集团开展合作，并取得了丰硕的成果，比如开发出的抗风湿药物——正清风痛宁系列产品得到广泛应用，其中正清风痛宁缓释片进入国家医保和基本药物目录，年产值数亿元；合作的项目"抗关节炎中药制剂质量控制与药效评价方法的创新及产品开发"，获得 2012 年度国家科学技术进步奖二等奖。

湖南人非常之勤劳，不张扬，默默努力，也不骄傲，与此同时敢为人先，这形成了湖南精神文化的特质，一代代沉淀下来，便成为时代创新的一种内在驱动力。

湖南的山水养育了我，血液里不变的是湖南基因。家乡的情不能忘，无论走到哪里，人生的列车行驶过多少站台，我的心始终紧紧牵系着家乡的根——回望，它是我人生出发的起点，也是我回望时永恒不变的站台。

（本文原载于〈文史博览·力量湖南〉微信公众号 2020 年 8 月 5 日）

■ 人物名片 | Renwu Mingpian |

刘　良
中国工程院院士
原澳门科技大学校长

回到故乡的感情是不一样的，

有兴奋，有留恋。

走在故乡，

也总是会想念起儿时简单的快乐。

印遇龙：每次回到故乡，总是去老地方看看

口述 l 印遇龙　　文 l 黄璐

　　我的故乡是常德市桃源县，地理上靠近湘西，是一个美丽又可爱的地方。

　　儿时，我的家乡是一个典型的有着传统生态农业模式的小乡村。还记得我家门口有一口鱼塘，屋旁一个猪栏，用杂草以及农副产品喂猪，猪粪可以用来种植作物，少量的粪水肥塘养鱼，这是种养结合非常原生态的小农经济模式。记忆中的家乡是绿水青山，生态环境特别好。

　　都说回不去的乡愁，对我来说，回到故乡的感情是不一样的，有兴奋，有留恋。走在故乡，也总是会想念起儿时简单的快乐。

　　由于工作繁忙，近年来，我回老家的次数也越来越少，但家乡的山山水水在那儿，这是我总是乐意回家的理由。每次回去，我都会去小时候待过的地方再走一遍，这里是我曾经读书的地方，有着我青春时代最深刻的成长记忆。比如上山逛逛，儿时放牛的情景就会浮现眼前。也会记起我的爷爷，他十分热爱劳动，经常带我上山砍竹子，教我做人要诚实、待人要友好，也让我从小就热爱劳动。

<　　常德市桃源县花海

　　我会去看看老朋友。还记得当年，我和玩伴们最喜欢的就是听村里的一些大人给我们讲薛仁贵等英雄人物的故事。每到节假日的时候，我们都玩得十分闹腾，比如春节玩花灯、舞狮子，热热闹闹过年。如今这些寄托着乡愁的"把戏"正在带着回不去的记忆，渐渐远去。故乡成了回不去的家乡——儿时的玩伴年龄也大了，有的飘散各地，有的已去世，我们也不再如儿时一般，便徒生一种物是人非之惆怅。

　　每次回家，每当看到熟悉的地方，过去的那些场景历历在目。如今，尽管学校已经拆了，地上也长了茅草，见不到以前的一砖一瓦、一草一木，但是我每次都还是要再去这块地上走走，总在那站一会儿，在这望一望——这片土地牵连着的是我内心最深处的回忆。

　　我想，这就是乡愁吧。

　　对我们这一代人来说，个人命运和时代际遇紧紧相连。我的价值观就是在初中、高中阶段形成的。还记得当时我们响应毛主席号召，发展体育运动，增强人民体质——因此我们不仅努力学习，也注重锻炼身体，坚持运动的习惯也让我终身受益。

　　当然，我还会想起人生中的第一个偶像。1975 年 2 月，《湖南日报》

《人民日报》相继刊登新华社电讯《人满七十，粮过三千》，报道了桃源县劳动模范李光庆种科学实验田的事迹。李光庆是一个农民，但是十分热爱科学，他试验了双季稻和三季稻的成功，在全国掀起了学李光庆种高产量田的热潮。

记得当时的农技老师戚朝见，悉心教导我们怎么去养猪、怎么去种田，怎么到一线用科学的办法解决实际问题——那个阶段，成为我人生最重要的基点。在戚老师的带领下，我也在田地里开始学种实验田，思考如何提高农作物产量——最后好像还颇有成效。在他们的影响下，我开启了从事科研的道路。

如今，再回到家乡，变化大了。曾经的朋友们生活水平都提高了，家家户户都更富裕了。但是，越来越多的人离开农村去大城市发展，田地开始荒废，种养结合的方式开始脱节，生态产业链发生了实质性的变化。

"乡村振兴"成了新一代人的使命。如何让田园经济实现种养的结合，是当下需要思考的问题。现在，我们农村养殖业的机械化、工业化程度都比较高，接下来，我们的传统种植业需要在原生态的有机农业的基础上，充分借助科技的力量实现振兴。

未来的农村，是在一片希望的田野上。

（本文原载于〈文史博览·力量湖南〉微信公众号 2019 年 1 月 26 日）

■ **人物名片** | Renwu Mingpian |

印遇龙
湖南省政协常委，中国工程院院士
中科院亚热带农业生态研究所首席研究员

只是苍莽绵延的河洑山还在,
我的外公外婆还长眠于此,每年回乡祭拜,
站在河洑山上,我会不由自主地踮起脚尖,
不断地张望、张望又张望。

张国刚:河洑镇的纯真岁月

口述 | 张国刚　文 | 沐方婷

这么多年来,一直忘不了在常德河洑镇的一个情景。

夏天的傍晚,露天电影场里。涌动的人群外围,9 岁的我踮着脚尖站在随身带来的小板凳上不断地张望、张望……亦如多年以后的我站在时光的这头,不断张望记忆深处那可爱故乡——常德河洑镇。

一

我出生在益阳的资水河畔,不到 8 个月就被父母送到了常德河洑镇的外公家。后来,比我小 1 岁多的弟弟也被送到了这里。河洑镇是个依山傍水的工业小镇,镇上有一座六朝名山河洑山。河洑镇的工业起步得早,它原属于常德县工业发展基地。

记忆中的河洑镇满是各式各样的工厂,新湘卷烟厂(现常德卷烟厂前身)、昌明锅厂、元件厂、机械厂等很多国营大中型企业都落户在小镇上,它们曾经一度走过非常辉煌的岁月,其中昌明锅厂生产的"昌"字牌营养铁锅还荣获国际国内金奖，在当时名气很高，"文化大革命"中改名为常德县红卫锅厂。

小时候，我和弟弟"真的很调皮"，但河洑镇释放了我们的天性。各种各样的奇怪想法、无伤大雅的小"坏事"，我们从没有少做过，我也因此成为小伙伴里头的"孩子王"。但外公外婆始终细心呵护着我们自然纯真的孩童天性。

在那个物资匮乏的清贫年代，孩子们没有什么现成玩具。但这又有什么关系？我们可以自己动手做！先是找来树杈子、橡皮筋儿、白纸条、泥巴等，扑通一声盘腿而坐，小手捣鼓一通，从滚的铁环到转的陀螺、从弹弓到泥巴金刚，从铁丝枪到薄荷枪再到左轮枪……一件件像模像样的玩具就出来了，然后吆喝着迫不及待地蹿出门去。那亲手创作的过程本身就是一种快乐。

童年时候的我们完整地享受着大自然的宠爱与馈赠。每年秋收时，学校会组织我们去田野上捡拾遗落下来的稻穗，捡完后重新送回打谷场，用这样的方式教会我们勤劳与节约。记忆里是故乡的蓝天、白云、金黄色的稻田，还有轻柔的风与暖阳。

记得有一次，我带着一帮孩子爬树掏鸟蛋，一不小心掏回来一只小八哥，我希望八哥快点长大，然后能像鹦鹉一样和我说上话。所以养八哥的那段日子，我几乎天天提着个小袋子，出去挖蚯蚓给八哥吃，看着八哥一天天长大，但它始终没有开口和我说话。有天早上当我醒来时，外公突然告诉我"你的八哥没了"，记得当时我"哇"的一下就哭出声来，因此难受了好一阵子。

我们那里还有一种水上交通工具叫"木排"，排上有一种晒干了可以做柴火烧的沙皮，我时常带着弟弟去沅江上的木排上剥沙皮。剥完沙皮后就是跳水游泳，十来岁的时候，胆大的我就带着八九岁的弟弟横渡了沅江。

<　　记忆里是故乡的蓝
天、白云、金黄色的稻田

　　像一个房船一样的木排极宽极长，如果人一不小心钻到了排下，那么极可能因为无法辨清方向而溺水身亡。有一次，我一不小心钻到了木排下面，刹那间我就有些慌了，感觉自己像是被一扇巨大的木门严严实实地关在了水底。但我努力告诉自己要镇定要冷静，先是一点点地摸着木排，尽力判断、感受木排行进的方向，然后顺着相反的方向游动，就这样才最终挪出了木排，透出了水面。

　　如今，想想都觉得心惊肉跳。

二

　　红色电影是童年时候绕不开的记忆。那时我们唯一的文化生活就是看电影，看露天电影。

　　《英雄儿女》《地道战》……我不知道看了多少遍，透过那些不断闪动的黑白影片，我们熟知运动战、地道战、麻雀战等各种战术术语，并且还运用到我们的日常游戏里。我们看完一遍又一遍，百看不厌，还早早地占着位置看，对电影中的每一个情节、每一句台词、每一个旋律都熟悉到不能再熟悉。

那是一种多么贫瘠又是多么纯粹的快乐。

一部部红色电影就是一场场生动的启蒙教育。在那个崇尚英雄的年代，我们的心头都有一种浓烈的红色情结。

记得当时我们读的小学叫河洑镇工农子弟学校，我的同桌是一个女孩子，她的父亲是个老红军，帮彭德怀牵过马。要知道在当时我们这帮孩子眼中，这是多么了不起的一件事儿。红色电影给我带来的革命浪漫主义教育，让青涩懵懂的我莫名地对同桌有了一种好感，我就在这样的集体主义、革命浪漫主义教育下慢慢长大。

有一天，我们得到风声说，十几里外的红光机械场晚上要放电影，而且是一部从没放过的新电影。我们这帮孩子听完后兴奋得不行，我老早就带领着大家伙儿，拎着小板凳迫不及待地出发了。十几里路啊，我们一刻不歇地走完，就是希望可以占到一个看电影的好位置。没想到最后火急火燎地赶到后，才发现"情报"有误——那天根本不放电影。

知道"真相"的我们又拎着小板凳，再次踏上十几里的归程，翻山越岭。回来的路上要经过一片坟地，传言以前是枪毙人的地方。眼看着天色已经渐渐暗下来了，但却没有一个人愿意走在最后头，怎么办？为了当好那个孩子王，我只得硬着头皮垫后，我明白，孩子王必须有担当，有困难必须冲在最前面。

但害怕终究还是害怕，记得夜晚的坟地上还有绿色的萤火虫在飘，老人家说那是逝者的魂，如此一想，走在最后面的我总感觉后面随时会伸出一双手来，瞬间把我拖走，越想越怕，越想呼吸越急促，越想脚步也越沉。

直到今天，我最喜欢的金庸武侠人物还是令狐冲，喜欢他在危难关头挺身而出的侠义心肠，现在担任中南大学湘雅三医院院长，我也始终希望能够带领出一支勇于担当的团队。

三

我小时候的淘气远不止这些，印象最深的是有一次我带着一群孩子在红卫锅厂的模具车间玩耍，不懂事的我们把车间里很多装沙模具都弄坏了，给车间造成了一笔不小的损失，我原本以为会狠狠地受到一顿批评。

但没想到车间主任并没有大发雷霆，一味责备我们，而是现场给我们上了一堂模具课，亲自告诉我们这些模具是用来做什么的，让我们真正明白，然后懂得珍惜。正是这些可爱可敬的故乡人在我心底埋下了一颗善待他人、包容他人的种子。

那个年代，故乡的人与人之间的关系简单、自然、淳朴，没有过多的攀比、猜忌，更多的是一种和睦与美善。小时候，每次沅江涨水，洪水泛滥决堤时，我们就要集体转移到堤岸另一头的林场去，林场会清点人数，集体安排伙食和住宿，等大水退去再回到堤岸那一头的家。

虽然物质条件并不充裕，但关键时刻政府的帮助、民众的团结让那些苦难的日子也显得与众不同。

我打小是外公外婆带大的，平日里外公在工厂上班，外婆就在家里洗衣做饭，一起生活的还有我的舅舅和小姨。正是他们陪伴着我们两弟兄一起成长。

在家里，我最崇拜的是舅舅，他是一个个头将近一米八的帅小伙，能打一手漂亮的篮球，虽然只有初中文化，但是通过自学成才，聪明的他从一个机修工人变为常德县水泥厂厂长。

一直以来我都觉得舅舅身上有一种典型的工匠精神。小时候，我经常看见他把家里的电器、自行车一件件拆掉，观察分析出其中的原理后，再一件件组装回去。我们家所有坏了的东西，都是靠他那双无所不能的巧手修好的。

记得我上小学时，刚刚学到几何知识，舅舅就向我请教一个关于圆的问题，实践经验丰富的他没有太多理论知识的积累，舅舅所知道的一切都是自己一点一点摸索出来的，但他能够向我这样一个小学生请教，那不耻下问的精神让我至今记忆犹新。

世事变迁，白云苍狗，如今的河洑镇早已不再是记忆中的模样，新修的防洪工程让河洑的百姓再也不用面临当年那样的洪水迁移，卷烟厂、元件厂、机械厂……当年那些国有企业、军工企业在时代浪潮里或改制或消失，原河洑镇与原河洑乡也已合并，成立了如今属常德市武陵区的新河洑镇。

只是苍莽绵延的河洑山还在，我的外公外婆还长眠于此，每年回乡祭拜，站在河洑山上，我会不由自主地踮起脚尖，不断地张望、张望又张望……

（本文原载于〈文史博览·力量湖南〉微信公众号 2019 年 3 月 8 日）

■ **人物名片** | Renwu Mingpian |

张国刚
全国政协委员，农工党湖南省委会副主委
中南大学湘雅三医院院长

故乡的水不再如昨;

故乡的人,

新老更替;

故乡的情,永远不变。

雷鸣强:故乡水,故乡人,故乡情

口述 | 雷鸣强　文 | 黄璐

　　我的家乡安乡县安康乡,位于湖南省北部,属于洞庭湖西北部冲积平原。我们村坐落在澧水河畔,是本乡最南端的一个村子。她的名字很奇特,叫"虾趴垴"。

　　传说中,先辈们刚移民来这里时,这是一片荒无人烟的无名河洲,放眼望去,到处是水沟、河汊。有位先民在一次劳作后,喝了一点酒,倒在沟渠水边睡着了,醒来时,发现满脑袋爬满了小虾子,于是就给此地取了这个很有故事的名字:虾趴垴。

一

　　我们这里是移民地区,有来自望城、宁乡、益阳的,被称为"南边人";有来自常德、澧县、津市的,被称为"西边人"。"南边人"和"西边人"的习俗有些不同,比如过年吃团年饭,"南边人"大年三十吃午饭或晚饭,"西边人"则大年三十早上吃天亮饭。再比如新人举办婚宴,"南边人"男方和女方在同一天操办，而"西边人"则是女方先一天操办，男方第二天操办。

来自五湖四海的移民，虽然习俗不尽相同，但各自的文化互相融合，产生了新的水乡文化。

这种文化的交融首先体现在语言上。我们这里的人一般都会说几种方言。我就是如此，我的母亲是益阳人，因而我的母语是益阳话，我的父亲是常德澧县人，我也会说常德方言，而我们村里大多数人都来自望城、宁乡，我和他们耳濡目染，学会了一口地道的长沙话。

因为祖先们是移民来这里开荒拓土的，所以家乡的人都带着一股闯劲，就像"闯关东"的东北汉。他们凭借一双双勤劳的手，先是修建堤坝，填湖造田，把滩涂变成良田，继而把茅草屋变成一座座砖瓦房、一栋栋楼房。一年四季忙忙碌碌，永不停歇，春天耕田插秧，夏天抢收抢种，秋季再收获一季晚稻，冬天则开始修筑大堤和水渠。

安乡县境内有澧水、松滋河等八条河道自北向南泄流，整个县境被河道分割成五个大垸，临洪大堤长达400余公里。为了安居兴业，乡亲们每年都得在秋冬两季开展修堤筑垸工程，用石硪夯实堤身。

在长期的辛苦劳作中，乡亲们创作了一首地方民歌，叫《安乡硪歌》，其实就是劳动号子。由一人领唱、众人合唱。在修筑临洪大堤、飞硪夯土时，大伙儿唱着歌，士气大振。在那整齐的节奏里，凝聚着我们家乡人的勤劳、勇敢、智慧和团结。

二

因为家乡的地貌多种多样——有河洲、有大堤、有平原、有水田，我们的童年时代也多了十二分的乐趣。

烈日当空的夏天，河流水位上涨，小伙伴们迫不及待地展开游泳比赛——一排光屁股站在河岸边，一声令下，"噗通"一声钻入水中，一直往前游，这叫"打泡汆"。

秋冬时节，水位退了，露出河洲，我们就到防洪大堤的防浪林里爬树、打仗，把秋天的枯枝落叶当作柴火，一箩筐一箩筐地背回家。

抓鱼摸虾也是经常做的趣事。因为水渠多，鱼儿自然特别多，尤其是关上水闸的时候，一条一条的鱼儿搁浅了，在水沟里直直地往上蹦。大家争先恐后地拿着鱼罩、捞头等工具捕鱼，常常收获满满。

印象最深的是，每年四五月份的晚上，一望无际的水田里，星星点点到处都是抓鳝鱼的小分队——或提着马灯，或挑着用罐头瓶自制的煤油灯。拿着用竹子自制的鳝鱼夹，速度快、出手准、收获多。尤其是阵雨过后或者闷热天，出来乘凉的鳝鱼特别多，晚上一出手就能收满一大竹篓。

1968年，知识青年上山下乡，一批来自湖南师大附中的初高中毕业生，来到了安乡安康这片土地。我们村落户了七八位知青，他们有知识、有文化，被安排到村校当老师，教我们读书、认字，带给我们最初的文学和科学启蒙，成了我们受益终身的良师益友。

有一年，两位知青老师回省城探亲，带上我和我姐姐。这是我第一次

<　洞庭湖

进城，也是第一次走出家乡，"长沙"这个名字让我充满无限幻想。

从故乡出发，我们只能坐轮船，速度慢还要在沿途的码头停靠，花了整整一天一夜才到长沙。记忆中，河中漂浮着航标灯——每到一个码头，都会看到亮闪闪的船灯，从最开始的三四盏，到七八盏；再到长沙码头，看到湘江大桥，一排灯影倒映在水中——明晃晃的灯光闪耀，我的内心一震：这是一个多么繁华的令人神往的世界啊！这种激动、雀跃的心情，现在想来依旧难忘。

三

我的父亲18岁就当上了村里的生产队长，后来当过十几年的大队支书，也当过公社乡镇多个单位的负责人。他是一位心系群众、身先士卒的基层干部，很受乡民的爱戴，大家一直尊称他为"雷书记"。改革开放时期，他做过一件引以为豪的事情。

1983年，我们村边的澧水中有一片占地500亩的河洲，那是一大片杂草荒洲，只有百分之十的面积长着几根稀疏的芦苇。安康乡政府为了开发这片荒洲，明确地提出招标承包，每年上交2300元的承包款。告示发出后，人们犹豫、徘徊，不敢揭榜，我的父亲毅然站出来，并提出加价承包的方案，与乡政府签订了一个"包5年，交5万，还500亩芦苇基地"的合同书。

村民们对我父亲的这一举动不理解，说什么"叫花子烤火都往自己的脚下扒，老雷怎么往外扒"。父亲理解党的致富政策，他想：改革，开放，不就是要解放受到束缚的生产力吗？他看到的是500亩河洲中的百分之九十长期荒芜的面积，想到的是怎样开发本地资源。

接下军令状后，父亲充分利用本地资源，一边对原有的50亩芦苇地加强管理，一边请来劳动力大面积地扩栽芦根。到1988年，父亲兑现了自己的承诺，不仅让荒芜的洲子变成了一望无垠的芦苇洲，也让我们家获得不少收益，成为村民们勤劳致富的表率。

四

1983 年，我考入华东师范大学，4 年后又接着读研，成为村里恢复高考后的第一个本科生、研究生，这是让父亲特别骄傲的事情。同时，我的姐姐考上中师、妹妹考上大学，我们家成了当地有名的"大学生之家"。兄弟姊妹毕业后，都把家安在了长沙，并把父母接来一起居住。

20 世纪 90 年代以来，随着改革开放和城镇化建设，我们村里的很多乡亲也来到长沙或广东一带发展和定居，他们经常回故地看看，当他们畅谈往事的时候就会想到我父亲这个"老书记"，每每回乡路过长沙就要拜访我父亲。我们家也自然成了乡亲们孩子考学读书、打工就业的中转站、加油站。

当年插队到我们村的长沙知青，因为受到过我父亲的关照，十分感念我的父亲，一有机会就来看望他。

从某种程度上来讲，父亲已经成为乡情乡愁的精神纽带。故乡，也已经打破了空间和时间的限制，长沙已经成为我们共同的第二故乡。

以前从家乡来长沙，一趟行程要坐 24 个小时的轮船。后来，有了快班船，从 24 小时变成 15 小时，再变成七八个小时。如今，从老家到长沙全程高速，开车只要两个半小时。

这些年，家乡发生了翻天覆地的变化。三峡大坝一修，那里不再是以前的浩渺水乡了，大小河流有些干涸了，传统的农耕社会的生活形态也已经改变，风雨飘摇的茅草屋早已变成了漂亮的小洋楼，凹凸不平的卵石路也变成了平坦的水泥路。

我们也总是会回家乡看看，特别是父亲，依旧心系故乡。每次回去，乡亲们总是热情相邀，"来我们家里吃饭吧！""还是来我们家吃吧！"——父亲的饭局一家接着一家。

乡情，从最开始先辈们一同移民，你帮我插田、我帮你修坝，共同战胜大水、一起修建家园，到如今后代们依旧彼此守望，从利益上的互相帮助，变成人文情感的升华。

沧海桑田，时光流变。故乡的水不再如昨；故乡的人，新老更替；故乡的情，永远不变。

（本文原载于〈文史博览·力量湖南〉微信公众号 2019 年 3 月 16 日）

■ 人物名片 | Renwu Mingpian |

雷鸣强
全国政协委员，民进湖南省委会副主委
湖南省社会主义学院院长

对我来说，

洞庭水就如思乡的酒。

如今，

洞庭湖正在繁华与宁静之间。

杨伟军：洞庭湖如思乡的酒

口述 | 杨伟军　文 | 黄璐

我是湖边长大的孩子，洞庭湖真正是我们的"母亲湖"。

很小的时候，我家就从益阳市搬到了沅江县。每天打开家门，眼前就是一片浩荡的洞庭湖，水天一色，波澜壮阔，烟波浩淼。

洞庭湖滋养了一方水土和一方人。家乡物产丰富，盛产各种水产品，有橘子、西瓜等水果，春秋之际有绿油油的禾苗、黄澄澄的麦子，粮食作物一派丰收——这样的景象里，填充着我们对于生活所有的憧憬和向往。

这片茫茫大地时常给湖区的我们带来丰收的喜悦，也让我觉得，好好活着是一件非常幸福的事。

一

在那样温暖的年少岁月中，给我留下深刻印象的是一段在农村劳动的经历。

那是读小学、初中时，学校实行"开门办学"，经常组织学生去周边的农村实践，和农民一起做农活。一般来说，一学期要实践两周，有时候分两次去，有时候是一次待两周。

去农村实践时，有着我们最为快乐的记忆。除了和小伙伴相约一起去抓鱼、抓虾以外，每逢西洞庭湖退水时，我们都要去帮忙捡鱼。因为一退水，就会有成堆的鱼跳出湖面，全"躺"在河床上。就算当地的渔民以最快的速度、连日连夜地去捡鱼，也没有办法在鱼还新鲜的时候处理完。

所以每次学校都会停课，动员我们学生去帮忙一起捡鱼。那种鱼儿的丰盛场景，捡鱼时万分欣喜和雀跃的心情——现在回想起来，依旧让人心潮澎湃。而今，这场景再难以重现。

除了捡鱼，在洞庭湖中游泳、跳水，也是小时候我和小伙伴们乐此不疲的事。在洞庭湖中总有一些捕鱼、运货的船，大概有两层楼房高，我们每次爬上船的二层，然后一个"跟斗"栽到水里——"优美"地完成我们的跳水动作。

二

在农村大地上，村民们有着原生的善良和淳朴。不管田地里的瓜果长得多"诱人"，只要不是他家的，他都不会去摘，村民们常说："不是自己的东西，我不拿。"

我们每到农村的生产队，队长会细心帮我们安排好食宿，合理安排我们的劳动，而最让我印象深刻的是他们的大公无私。

我们家乡位于洞庭湖边，所有建设所需的材料都是要通过船运输过来。有一天，下着滂沱大雨，运送过来的电线杆在途中滑到了洞庭湖中，队长毫不犹豫跳进水里，和岸上的村民一起，把电线杆艰难地"捞救"回，一步步地推上岸。

当时的场景是十分危险的。但对他们来说，这是公家的财产，是农村建设事业不可缺少的一部分。队长跳进水中奋力保住电线杆的场景，深深地震撼了我。回到学校后，我写了一篇关于他的作文，这篇文章后来公开向全校师生朗读。还记得那篇文章的最后一句我写道：他高大的背影消失在了雨中。

三

洞庭湖不仅有优质的水源，也滋养着肥沃的土壤，其中茂盛的芦苇就是洞庭湖最令人沉醉的风景。"深处泊孤舟，芦花一夜白"，茫茫湖水间，芦苇随风摇曳。

芦苇是我们当地最主要的造纸原材料，沅江造纸厂是当时国内第二大造纸厂。2008年之前，沅江市境内45万亩芦苇全都只为造纸厂提供原料。

我小时候就是在造纸厂里长大，度过了非常快乐的时光，也曾一度为它感到很自豪。那时，因为运芦苇需要，我们厂里有船队、汽车队，还有火车。

<　洞庭湖夕照

为了丰富职工的业余生活，厂里还开展了很多文艺联欢活动和体育活动，当时我都会积极参加。

说起造纸厂和洞庭湖的"关系"，我一直感到很"纠结"。造纸厂是因地方经济发展而生，也陪伴了我的少年，是洞庭湖为它提供了"生长的土壤"。但在一定程度上，产业发展与生态保护之间有着难以磨合的矛盾。后来，地方政府对环境保护的观念有了改变，造纸厂关停了，洞庭湖水慢慢恢复了往日的清澈。

四

1979 年，我考上了大学，从此离开了家乡。而我之所以能考上大学，与我的母亲密不可分。

我的母亲十分善良、温厚，有任何困难和委屈从来不说，对于家庭则倾尽了所有的精力。"文革"时期，她曾被批斗打成"走资派"，派到农村喂猪，尽管她自己苦，但从来都尽自己所能让我能吃上点好吃的。

"文革"后她得到平反，也恢复了原职。从来不求人的她，竟然为了我的高考资料，第一次开口找人帮忙。

准备高考前夕，除了教科书外，我没有任何其他的辅导资料。当时，市新华书店新到了一批"自学丛书数理化"书籍，非常稀缺，大家争先恐后地去买。母亲拜托新华书店的朋友提前把书籍到店的时间告诉她，以便能第一时间去购买。

那一年高考，我考了全市第一的成绩。

考上大学后，回故乡的次数开始变得越来越少，只有每到放假时才能回故乡。父母去世后，我回家的次数变得更少了，但我还是坚持每年都会回家一次，有时候是清明节，有时候是约上在外的三五好友一起回去叙旧，聊聊以前，说说现在，谈谈未来。

每一次回去，都会有新的感受。这些年眼看着沿江的建筑物变高了，城市里的汽车多了，霓虹灯亮了，人民生活水平也提高了，故乡更加繁华了。

我对洞庭湖有着深厚的感情，它是我心中的"母亲湖"。这些年，看着它从一湾碧水，到经历生态被破坏，再到近些年来通过环境整治而逐渐变好——洞庭湖养育了我，我见证了洞庭湖的兴衰。乡村经济要发展，不能以牺牲环境为代价，而要依托产业，关注人居环境，真正让老百姓能安居乐业。

对我来说，洞庭水就如思乡的酒。如今，洞庭湖正在繁华与宁静之间。

（本文原载于〈文史博览·力量湖南〉微信公众号 2019 年 3 月 12 日）

■ **人物名片** | Renwu Mingpian |

杨伟军
全国政协委员，民革湖南省委会副主委
长沙理工大学副校长

记忆里最美的景致，还是夏日长满花草的大草原，

草原上盛开着各种各样的野花，

红的、白的、黄的、紫的、绿的，

大片大片蔓延开来，起伏之间不见边际。

阿拉坦仓：家在草原和柞木生长的地方

口述 | 阿拉坦仓　文 | 吴双江

提起故乡，我的脑海中总是浮现出葱葱茏茏的森林和广阔无涯的草原——曾经，我和母亲在那片走了无数遍的林子里迷了路，走了一个晚上才终于找到家的方向；曾经，我和父亲在流经草原的那条小河里捕过鱼，那柳条编制的"口袋网"里挤满了草原湖泊里常见的"白条子"鱼……

记忆里最美的景致，还是夏日长满花草的大草原，草原上盛开着各种各样的野花，红的、白的、黄的、紫的、绿的，大片大片蔓延开来，起伏之间不见边际，大自然的这种创造生命的力量真是让人惊叹。那时候，放学或农忙后我只要在那里坐一坐，就有一种发自心底的愉悦油然而生，它能让人真正安静下来，放松全部身心，融入到大自然中。

和当下追求的一些欲望的快速满足不同，这种人与自然和谐共处时的愉悦是平静而绵长的。我向往这种平静的喜悦。这样的曼妙草原景致，自我走出那片草原后再没看到了。多年后再回去寻，也不是最初的面貌了。

一

我的故乡在内蒙古兴安盟科右前旗察尔森镇，地处大兴安岭南麓余脉，属浅山丘陵地带。森林和草原风光于一体，树木繁茂，绿草如茵，是一座美丽安谧的边陲小镇。"察尔森"系蒙古语，意为"柞木"，过去因该地满山遍野长着柞树，因得此名。在日本侵占东北时期，察尔森为兴安盟科尔沁右翼后旗所在地，于1952年并入科尔沁右翼前旗，改名为察尔森努图克公所。1984年改为察尔森镇。

我出生在一个半农半牧的农民家里。母亲曾经是大牧主的女儿，后来和他家的长工结了婚，也就是我的父亲，他们生下了9个孩子。那时生活条件非常艰苦，物质相当匮乏，一家人经常饿肚子，即使在这样的情况下，父母还是坚持供我们读书，因为他们坚信只有知识才能改变贫穷的命运。我们也很争气，兄妹9人都通过自己的学习和努力，最终走出了农村。

现在回想起来，父母把我们拉扯大真的不容易。那时地里常年种植的是玉米，因为产量相对比较高，能够勉强供应我们一家的口粮。所以我们是吃着玉米粗粮长大的，一年下来几乎只能吃上一顿白米饭，而且那时每次吃白米饭从来都没觉得吃饱过。

印象最深刻的是，大哥、二哥结婚时，按照我们当地的习俗，要宴请全村人吃饭庆贺。请了两次客后，我们家就没有余粮了，母亲就差我去亲戚家借粮食。那时我才十来岁，就自己赶着牛车出发了。

亲戚欣然同意了，便留我吃饭，我们草原民族向来热情，总是用最好的食物招待客人，那时米饭特别珍贵，所以在亲戚家里我吃到了米饭。一碗饭下肚后，我自然是没吃饱的，但是脸皮又薄，不好说"请再给我盛一碗"，怎么办呢？我举起空碗做上下打量的样子，向亲戚问道："这碗很不错，是什么时候买的？"亲戚自然知道我的饭吃完了，想再盛一碗。但是那时谁家都不富裕，下锅的米也有限，锅里这时早空了。可是亲戚又不能说米饭吃完了，这样也会显得待客很没有礼貌。但是这个亲戚很聪明，她径直走进厨房，把那个空锅端出来，说："和这个锅一起买的。"这样一来，不仅达到了沟通的效果，主人和客人的面子也保全了。

二

儿时上学的岁月也特别值得回味。那时我们上学的地方在察尔森镇上，离家特别远，要走过一片草原，翻过一座大山才到我的学校。我们天还没亮就要出门，走着走着，天大亮了，草原上的蚱蜢也出来了，我们经常抓着几只蚱蜢边走边玩。

乌力格尔，蒙古语意为"说书"，俗称"蒙古书"，是我们蒙古族的一种曲艺形式。它最初的形式与西方中世纪的吟游诗人相似，艺人们身背四弦琴或者潮尔（马头琴），在大草原上随风漂泊，四处流浪，追逐蒙古包和王爷贵族们的府邸，一人一琴，自拉自唱，精彩的说唱、长篇的传奇成为草原上最受人们欢迎的艺术形式之一。

我们把说唱乌力格尔的艺人称为"胡尔奇"。苍茫辽远的草原造就胡尔奇浪漫开阔的艺术气息。小时候，家里没有电灯，也没有广播，一到晚上我们就喜欢听乌力格尔，胡尔奇将悠扬的四弦琴缓缓拉起，生动的故事说唱开来。由于胡尔奇的表演风格和故事内容的差异，或优美如诗，或悬念迭起，直令牧民全然沉浸于故事之中，忘乎其所在。经验丰富的胡尔奇也可即兴表演，只要我们给出题目，他即可出口成章。

从故事的熏陶里，我们从小感受到民族大团结大融合的伟大力量。我们蒙古族很尊崇英雄，谁把国家繁荣了，谁把国家团结了，我们就尊他为英雄。所以乌力格尔大多也是对英雄故事的说唱，比如传统经典历史小说

《三国演义》《水浒》《西游记》等被编译成蒙古语说唱，在广大农牧民中很受欢迎。新中国成立后，艺术家将当代文学作品如《林海雪原》《雷锋的故事》等改编演唱，也对我们这一代人有很大的教育启发意义。

2006年5月20日，"蒙古族乌力格尔"经国务院批准被列入第一批国家级非物质文化遗产名录。我认为这对乌力格尔的保护和传承，对夯实少数民族传统文化，增强少数民族交往、交融的文化根基具有重要意义。

三

尤其令我难忘的，是草原上的河流。家乡的那条河流不大，在绿色的草原上尤其显得蜿蜒飘逸，但是河里却生活着大量的鱼虾，最常见的就是鲶鱼和白条鱼（俗称"白条子"）。

每到夏季，父亲总会领着我们兄妹几人去河边捕鱼。我们用柳条编制成大小适宜的"口袋网"，把它架在河口，雨季来临的时候，水湍急起来，随流而下的鱼儿被冲进"口袋网"里就没法再出去，我们就能捞到大半篓的新鲜鱼儿。

我们还喜欢用自制的鱼竿钓鱼，每次鱼儿上钩时我们都清楚地知道是鲶鱼还是白条子。鲶鱼劲可大了，每次鲶鱼上钩的时候，鱼竿都被拉得老弯了，我们只能屏声静气用大力气把它拉上来。这是我们最兴奋快乐的时刻，仿佛自己征服了草原上的一个庞然大物。

因为我们家的孩子都学习成才了，而且从小学、中学到大学都培养出了校长，父亲觉得很自豪，他说按南方打麻将的说法，这叫"校长一条龙"。村里人说，正是因为我们吃多了草原河流里这些鱼儿，我们兄妹几人才这么聪明，这么会念书。

小时候还有一件难忘的趣事就是在我们的果园摘果子吃。我们这里盛

家在草原和柞木生长的地方　>

产沙果、杏、梨等水果，每到杏成熟的时节，我们就躺在杏树下，用脚去蹬杏树干，成熟的杏子就被抖落下来，那才是已经熟透的、最好吃的杏子。梨呢，我们这里最喜欢吃见了霜冻的冻梨，这沁入心脾的滋味，如今再难尝到了。

我们家 9 个孩子都受教育了，这在当时是十分少见的。因为孩子去念书以后家里就没有劳力了，一家人的吃饭问题就更困难了，但是我的父母坚持再苦再难也要供我们读书。放学后，我们也很自觉地参加劳动，秋收季节，还得帮着家里搞"双抢"。

家中 9 个兄弟姐妹，我排行老六。由于姊妹众多，如果只靠父母在农村微薄的劳作收入，很难供完我们所有人读书，所以我们弟妹们的成长更多的是依靠兄长的帮扶——老大学业完成，工作后供下面的弟妹们读书，这样阶梯式的帮助让我们九兄妹都获得了受教育的机会。如果说要感恩，除了感恩父母，接下来就是感恩我的兄嫂了。

我小学毕业的时候，我大哥就在察尔森中学当老师了，我们下面的四个弟妹于是就去我大哥家吃饭。一个小家，加了我们4个成长期孩子的口粮，粮食从哪里来？那时我大哥的工资才 20 多块，哪供得了这么多？因而大多时候是我大姐、二哥用小车把菜和粮食拉到学校来，我嫂子每天就给我们做饭吃。家里多了4个人，嫂子要做的事情比以前多多了。

那时我们早晨有早自习，学完以后就会看看大哥家烟囱的方向，烟要是停了，表示饭已经熟了，我们就过去吃饭。这样日复一日坚持了几年，大哥大嫂也非常不容易。我们逮着机会也去帮大嫂做做家务，挑挑水，劈劈柴，减轻一点大嫂的负担。

记得我上大学时，我二姐也读中专了。我获得公费培养，学费全免，生活费主要是我三哥从他的工资里匀给我的。那时我三哥已经到部队，他结婚时家里没有置办家具，却给我和二姐一人买了一块孔雀牌手表，说方便我们学习看时间。那时的孔雀牌手表是很贵的，值得上几件像样的家具钱，所以我们家这种家族兄弟的感情真的是非常深厚。

如今，我们一家人都走出了农村，父母也被我们接到呼和浩特生活了十几年。2017年我94岁的老父亲过世了，母亲今年93岁。我的父母都是高寿，这与他们的乐观快乐和儿女们的孝顺有关，这种互帮互助、互敬互爱的家风造就了这种安然和顺的家庭氛围。工作多年，我出过国，去过祖国大江南北，但是最留恋向往的还是我的故乡。希望我的故乡，如初升的太阳那样光芒四射，温暖人心。希望故乡的生态越来越美好，人民越来越幸福！

（本文原载于〈文史博览·力量湖南〉微信公众号 2019 年 6 月 29 日）

■ **人物名片** | Renwu Mingpian |

阿拉坦仓
全国政协委员
呼和浩特民族学院副院长

我也时常会想起我的故乡，

那个宁静、淳朴、温暖的山村。

大山连着大山，

日出而作，日落而息。

陈赤平：故乡，那个宁静的山村

口述｜陈赤平　　文｜黄璐

　　我出生的地方是张家界桑植县洪家关乡，那里是一座山清水秀的山村小镇。提到这里，很多人可能不知道，它也是贺龙元帅的故乡、红二方面军的长征出发地。

　　1916 年正月，贺龙邀了一群农民兄弟，以两把菜刀起家，打开了芭茅溪盐税局，得到 12 条枪，从此走上革命道路。1927 年，贺龙参加南昌起义。起义失败后，贺龙向党中央请示，回老家拉队伍，成立了工农红军，队伍发展 3000 人，壮大了革命力量。洪家关成为贺龙走上革命道路的起点。

　　长久以来，这里是一个具有革命历史的特色山镇。而同时，作为边远革命老区，大山也阻隔着它与外界的联系，记忆中的家乡安静地偏居一隅。

一

　　我出生的村叫榆树坪，背靠高山，前面有一条小溪。这里大山连着大山，一家人过着日出而作、日落而息的田园宁静生活。

在我的记忆中，家乡一直没有通公路，出行完全靠两条腿。记得小时候读书，每天都是走几十里山路。一直到我结婚后，跟我爱人从县城回老家依旧是走上三四十里山路。

没有通电也没有通路，小孩子们玩什么？和现在的小孩不一样，我们的童年是完全和大自然在一起，漫山遍野地跑，无拘无束地到处"野"。

每天和小伙伴一起到山上放牛、打柴，去河边钓鱼。秋天到了，去山上摘果子，摘回来了我舍不得吃，都带给奶奶。到了晚上，大家常常坐在坪里唱山歌，大人带着小孩儿一块儿唱。

我们住的是吊脚楼，建房都是一村村、一寨寨的，房屋多为木结构，小青瓦、花格窗、司檐悬空、木栏扶手、走马转角，古香古色。有时候晚上十点，孩子们在田地、山上追逐打闹没回家，常常是爷爷奶奶、爸爸妈妈站在楼上一喊——多远我们都听得到。

那时我们的生活真的很贫困。常常吃不上什么好菜，半个月、一个月也不一定吃得上一次肉。于是家里常常去河里钓鱼补给生活，每当做了鱼，奶奶舍不得自己吃，等着我们几兄弟回来，给我们"改善生活"。

我们最期待的就是电影下乡了。那时不定期会有电影放映员来村里放电影，全村的小孩们都欢欣雀跃。月夜下，放映员用脚踩发电机，全村人围着那块大幕布聚精会神地看，我们甚至都能把电影剧情背得滚瓜烂熟，怎么回味都不够过瘾。

二

我是土家族，小时候我们那保留着各种有特色的民俗习惯。比如长辈常会穿着土家族的特有服饰，几乎人人都会唱山歌，土家青年男女多由对歌相爱、结婚，结婚时有"哭嫁"习俗——女子在出嫁前7~20天开始哭，哭嫁歌有"女哭娘""姐哭妹""骂媒人"等。开始是轻歌唱，越接近嫁期越悲伤，直到哭得口干舌燥，两眼红肿。

糯米粑粑是最受我们欢迎的食品之一，过年打糍粑，重阳节打粑粑，女儿"坐月"送粑粑，修房上梁抛粑粑。节日里馈赠亲友，一般也都是互送粑粑。

12岁之前，我很少走出过山村，到1987年考上大学，我才第一次走出桑植。而直到1992年，我们村才第一次通电。这些年家乡的基础设施建设大大改善，百姓用上了自来水，公路通到了村，以往要走上三四十里的路，现在开车半个小时就到了。

每次回家看到故友，感情都很不一样，看到那些山山水水、一草一木，总是很亲切，我每次回家也总会在家里住上一晚，和老乡一起坐下聊聊小时候的事，几个朋友在一起还会唱起小时候的山歌。

乡村振兴要留得住乡愁，要能留得住青山绿水和乡风文明。记得小时候坐船，溪水清澈，在船上能清清楚楚看到水中几米深的鱼游来游去，而现在，以前的小河水干涸了，生态环境相比以前遭到一定程度的破坏。

小时候，我们村里的吊脚楼都十分有特色，但是近年来，很多年轻人去外面打工，有钱了回家盖房子，古色古香的青色吊脚楼拆了，盖上了水泥洋房。拆除的，不仅仅是一座木楼，还有和吊脚楼联结的家族记忆，和那破碎的乡愁。

这些年，政府在推动乡村振兴上给予了农村很多优惠政策、财政补贴，这让很多乡村大大改观。

加强教育培训，加强乡风文明建设，推动产业发展，未来让更多的人回到乡村、留在乡村。乡村振兴涉及的是一个系统工程。

我也时常会想起我的故乡，那个宁静、淳朴、温暖的山村。

（本文原载于〈文史博览·力量湖南〉微信公众号 2019 年 5 月 11 日）

■ **人物名片** | Renwu Mingpian |

陈赤平
湖南省政协常委
湖南工程学院副校长

如果你要问我记忆中的一山一水，

我兴许已经答不上来。

但是有一种氛围，

我至今仍念念不忘。

肖北庚：一盏煤油灯，照亮我走出故乡的路

口述 | 肖北庚　　文 | 廖宇虹

　　我的老家附近是一座山，祁山之东谓祁东。

　　如果你要问我记忆中的一山一水，我兴许已经答不上来。但是有一种氛围，我至今仍念念不忘。

　　当年和祁东一中、二中齐名的祁东五中就位于我们的小镇上，因为离城市比较远，大家似乎都能够静下心来读书，非常刻苦。在没有电灯的情况下，家家户户都只能点着煤油灯来看书。高考之前，有些人在熬到灯灭了之后，也依然不会放下手中的书本。

　　我的父亲是一名工人，常年在小镇之外的一个市级煤炭矿山救护队工作，照看我们兄妹四人的重担就落在母亲身上。母亲是一个很淳朴、慈祥的农村妇女，吃苦耐劳，自己省吃俭用，却想尽办法让我们兄妹在艰苦的年代中吃饱、穿暖。同时，母亲又有让子女成才的朴实理念，她严格要求我们，尤其为我们营造良好的氛围与环境，时常恳求父亲从城里带些书籍回来给我们。她一人承担一切家务，只愿让子女在读书中享受快乐。

　　"文革"期间，读书都靠推荐制。我的二哥曾经因为没被推荐上，被

<　摘黄花菜

拦在了高中的大门外。为此，母亲直接找到村支书，就为了让二哥能够继续上高中。否则，他往后的人生还会是如今这样吗？我不敢想象。等到我读书的时候，已经恢复了考试制度。我的数学成绩很好，在衡阳市数学竞赛中都拿过奖，当年高考时，我的数学成绩也是我们县里的第一名。

除了监督我们几姊妹读书，母亲还会在村里主张带动所有的孩子一起读书。在这样的学习氛围里，大家相互影响，所以我们那批一起长大的孩子，几乎都考过了本科线。往后，在小镇上的那个小村庄里，再也很难出现这种成批学生考上本科的景象。

但是和现在的孩子们不同的是，对于学习，我们那时充满动力，却并没有什么压力。每天放学回到家，桌上的饭菜已经备好——母亲把生活上的事都备得妥当。等我们吃完饭，也会很自觉地开始看书，从来不觉得这是一项任务。甚至连考学校的压力都是没有的，在高考的时候，我们都没想过一定要考什么学校。

读书对我们来说，就是一件自然而然的事情，是我们生活的一部分。

当然，我和小伙伴们也会有许多读书之外的快活时光。打仗游戏，就是专属于我们男孩子的快乐。池塘边的柳树枝，被编成了一顶顶帽子，戴在我们的头顶；屋子后面的小山洞，被当作我们藏身、打游击的秘密基地，你追我赶，你攻我防，一旦谁先被"手枪"瞄准，谁就被淘汰出局。

每到放寒暑假的时候，父母也不会对读书管得那么严了，我们这群男孩子还会专门聚集到某一个人家里，晚上都睡在他家，这种一起睡地铺的感情，很深厚也很珍贵。

所以如果让我给在故乡度过的童年标注一个形容词，那一定是"快乐"：在山洞玩游戏玩得畅快，满身大汗，是快乐；晚上回到家中，能够静下心来，看父母从小镇外带回来的书，又何尝不是另一种快乐。

后来，我的求学生涯从中师到专科，又边工作边考了研究生，一直读到博士，还到中国社科院法学所从事过博士后研究。而从小学到博士的教育工作我同样亲身经历。从 16 岁开始，我就在小学实习，17 岁中师毕业后在镇中学教初中，也曾因为进修到祁东五中教高中；研究生毕业后到一所中专学校教中专与大专；博士毕业后，开始进入湖南师范大学，从事本科、硕士、博士教学和指导工作，并接收博士后合作研究。在中国教育的各个阶段学习、从教、成长，对我的人生而言，是最有价值的。

而这些都源于许多年前的那盏煤油灯，影影绰绰中照亮了摊开的书头。微弱的影子浮现在墙面上，是低着头，安静又认真的模样。影子背后的人，因此，才最终获得了走出故乡的力量。

（本文原载于〈文史博览·力量湖南〉微信公众号 2020 年 6 月 7 日）

■ **人物名片** | Renwu Mingpian |

肖北庚
湖南省政协委员
湖南师范大学法学院院长

·扫码收听·

中国文化本身植根于农耕文化，
促成了"安土重迁，黎民之性"。
我们中华民族仿佛自基因中就注入了"乡情"这一要素。
我对故乡，永远深深敬重与难以忘怀……

李德文：维桑与梓，必恭敬止

口述 | 李德文　文 | 夏丽杰

　　我的故乡岳阳市华容县位于长江岸边，依傍烟波浩渺的洞庭湖，与湖北省隔江相望。即使是在艰难和拮据的年代，依仗着得天独厚的地理条件，除水患之外，华容百姓总能衣食无忧。

　　每当说起家乡，我心中都会涌起感恩与怀念。

一

　　华容在秦汉时期就已置县，距今有 2000 多年的建制史。三国的故事很多都围绕着长江、围绕着华容道而发生，洞庭湖周边的很多故事围绕着岳飞而发生，这些都与华容有关。

　　厚重的历史文化，引导了华容人崇尚中华文化的风气。

　　我们那里有一半的地名都和发生在华容的历史事件有关。我家附近有一座官山，最开始时我觉得很神奇：那只是一个小土坡，怎么大伙竟然都管它叫山呢？后来我才听说，岳飞来打杨幺的时候，把自己的帅旗插在那里，他的帅府就设在那个小土坡上。将军们每天都在此商议军事，所以就被老百姓们叫作官山。我曾在这里的官山学校读书。开满荷花的湖边土坡上，一片白墙黛瓦的庭院式建筑。院墙上爬满了各色的蔷薇花，后院里风竹雅韵；而院内梧桐参天，就像卫士一样呵护着读书的孩子。

春天，学校常会组织集体春游。齐人头的油菜花金黄一片，老师会把唐诗宋词写在小纸条上，藏在油菜花田里。有的藏在叶子之间，有的藏在最高的那一朵花里。同学们用竹竿挑，想尽办法找到这些小纸条，玩得不亦乐乎。哪一组找到了小纸条，就高兴得不得了，每一个组员都会把上面的唐诗宋词背会。带着"寻宝"一样的探索感，我们就在玩乐中背会了很多唐诗宋词。

那个时候还很稚嫩，对唐诗宋词只是背诵，并不了解其中的意境，但是背诵唐诗宋词慢慢成了我的一个爱好。随着年龄渐长，个人的心智阅历都有了提升，解词的能力也有了进步。上了大学以后，我更有了时间去系统地学习诗词。这个时候我就发现，古人的诗词对我的为人处世起到了很大的教育作用。

二

夏天，洞庭湖和长江常有洪水的危险，需要大人们轮流巡堤值夜。夜里巡视容易打瞌睡，大人们就总带着我们小孩子在身边，给我们讲故事来解困。

老人们深爱着这片土地，他们想把这片土地上演绎出的一些经典故事代代相传，因此会给我们讲很多历史典籍上的故事：曹操败走华容道、岳飞剿杨幺……静谧的夏夜，伴随着虫鸣和水声，我们在这些绘声绘色的故事里如痴如醉。

现在看来，这也是一种地方文化传承。应该说，我在童年夏夜里听到的故事，很多带有演义性质，不一定是真实的历史，但是这些零散的故事在我们心里累积沉淀，不知不觉中，给我们传递了正义、忠义等积极向上的价值观念。

我爷爷是个抗战老兵，武汉会战中，他的肋骨被日本兵打断了两根，如果那颗子弹再偏一点点，他就没有命了。我还是孩子的时候，爷爷给我传递的都是传统正能量，天地君亲师的传统概念中，充满着他对国家的感情与责任。尽管子弹打断了他两根肋骨，但是他认为，生于长江边，长于长江边，为长江长城、为民族同胞尽责都是正常的。这对我意义重大。

三

到了过年时，华容有与其他地方不同的习俗。过年的时候，全国各地都有大扫除的习俗。家家户户要打扫卫生，这也要扫干净，那也要擦干净，让家里窗明几净。在华容，逝者的"家"也要这样，打扫得干干净净地过年。

过年前，一般在腊月二十八，家族中会组织几个人去"培坟"。"培"

是华容方言，意思大致是护理修剪。经过北风的摧残，坟墓上总是草木凋零，一片荒芜。人们修剪、清理掉那些凋零的草和枯枝，把坟头打扫干净。我觉得这意味着给逝者拜年，像是对逝者表达：我们也一起过年了。

正月还比较冷，大家就围炉烤火，相互拜访问候，相互祝福。到农历二月，万物复苏，天气回暖，清明时分，我们会再去扫墓。这是我们对逝者的两个仪式：过年前"培坟"，过完年以后去扫墓，这是"正月亲人、二月亲坟"。这个"亲"是一个动词，就是"亲近"的意思。

虽然我们也有很多热闹、喜庆的习俗，但让我印象最深刻的还是腊月二十八的"培坟"，以及长辈们强烈地灌输给我们的"正月亲人、二月亲坟"传统，因为这些习俗代表着对亡灵的追思，对先人的祭奠。直到现在，华容人过年时还保留着这些习惯。

四

从我离开家乡去外地求学，到现在已 30 多年，家乡的变化是有目共睹的。

那时候，从岳阳到华容，需要坐汽车轮渡过洞庭湖，要花上大半天的时间。遇上有雾的天气，还得等到雾散了才能走。有一年放寒假回家，湖上起了大雾，但正逢年关，大家归家心切，催着司机开了船。大雾茫茫，司机看不清周围的环境，也无法辨别方向，摸索着开船，结果竟然把船开到湖北去了！

啼笑皆非的故事背后，是百姓对交通条件改善的深深渴望。

时代的发展带来交通条件的改善。20 世纪 90 年代，107 国道建了起来，洞庭湖上也修了桥，自此以后，过洞庭湖就无畏天气、通行无阻了。现在，洞庭湖上已经有了两座桥，而且在建第三座桥——蒙华铁路洞庭湖大桥。

这座桥是蒙华铁路的重点控制性工程之一，蒙华铁路通车后，荆州到岳阳将有动车直达。故乡的交通实现了我曾期盼的便利。

30多年来，最大的变化除了交通，就是通信。1987年，我研究生入学考试是快过年的时候，我写信告诉母亲，今年不回去过年了。母亲很想念我，收到信后立马给我拍了一封电报，要我回去过年。但是，电报三天之后才到我手里，想要回家过年已经来不及了。

那个时候我就想，如果我们经济发展起来了，就会好一些。现在好了，这一切都实现了。不过，事实却和我的想象发生了一些偏差。经济条件好起来了，人们的观念却受到了商品经济的冲击。年节聚会，人们越来越多谈论的是怎么赚钱，钱赚得越多却越发不满足。

我常跟我的朋友说，我们现在需要一篇像《为人民服务》这样的文章，有利于构建中国人理性的财富观，因为我们现在最要改变的，是知道什么才是真正有价值的东西。

中国文化本身植根于农耕文化，促成了"安土重迁，黎民之性"。我们中华民族仿佛自基因中就注入了"乡情"这一要素。经过数千年，乡情仍然是我们中华民族的共同情结。"维桑与梓，必恭敬止"，我对故乡，永远深深敬重与难以忘怀……

（本文原载于〈文史博览·力量湖南〉微信公众号2019年8月7日）

■ **人物名片** | *Renwu Mingpian* |

李德文
湖南省政协委员
湖南省律师行业协会会长、党委副书记

绿野何曾失颜色，

故人永远在我心。

在我心里，

故乡是人永远的根，也是永远的归处。

葛飞：绿野何曾失颜色

口述 | 葛飞　　文 | 夏丽杰

我长大成人后，每每想起故乡，那里的绿野、湖水，伴着亲人的笑颜、食物的香气……都如一阵暖风拂来，把我轻柔地裹挟在其中，让我久久难以回神。

有些记忆不会随着时间的积累而褪色，反而在怀念与回味中愈发清晰。对于故乡的山、水、人，我有着永远无法抹去的情结。

一

我的故乡在常德安乡，虽然没有在安乡出生、长大，但是小时候，我经常跟着父母回到那里的老家。对我来说，"故乡"这个概念所指向的只有常德安乡，这里有我的根。

我们家在湖边的村庄。记忆中，每次从外地回家，都要沿着湖区大堤走很远。那时交通不便，路很难走，小小年纪的我总是被大伯装在箩筐里，用扁担挑回去。摇摇晃晃的箩筐里，大人的说话声，掺着近处的虫鸣，伴

着颠簸感，有时候闭上眼睛，这一切瞬间涌现在脑海，我的思绪就一下子回到儿时那条回家的路上。

如果是过年时节回去的，那我就有口福了。老家有一种食物叫作豆子茶：把花生、豆子和一种江米冲泡在一起，香气扑鼻。天气寒冷时，大家会在堂屋里围着火炉取暖，火盆里烤着糍粑，放一点糖，就是绝好的零食，滋味好极了！那时物质条件不好，平时家里什么零食都没有，每次吃到糍粑，喝到豆子茶，都觉得很幸福。

中国人讲究靠山吃山靠水吃水，生在湖边的我们，总被湖里的水产深深吸引。小时候，我们常常把木盆当作船，坐在里面去湖心摘水灵灵的菱角。那幅景象刻在我的记忆深处，新鲜菱角的味道也一直叫我欲罢不能。直到现在，每次回老家，我都请老家人给我一点菱角，让我带在路上吃，也带回家，做一道菱角炖鸡，勾起我儿时的回忆。

家乡还盛产棉花。前几年，我去老家一位朋友家里，从他家里摘了一株很大的棉花，请人做成插花，摆在我自己家里。别人看到都觉得很奇怪，谁会在家里摆一株棉花呢？我说，这是我老家来的，看到它，我就像在家乡一样。即使那只是一株稀疏平常的棉花，但因为是从我的老家来，在我眼中就有了特别的颜色。故乡永远是不一样的。

二

人对于一个地方的依赖，总与在这里的人脱不开关系。提起儿时的亲人，我的眼泪总会难以控制地落下来。

我的娭毑（湖南方言，意为"奶奶"）做过妇女主任，虽然目不识丁，却有着先进的思想觉悟与坚韧的品格。她做事的风格影响了我父亲一代，影响了我这一代，甚至影响了我的孩子。

奶奶是个小脚妇女，但深深知道劳动和知识的力量。她总用最通俗朴实的话教给我受益无穷的道理，她常说：爹妈有，不会永远有；老公有，还隔一双手；最好是自己有。我就在这浅显易懂的话语中学会了"靠自己的努力来获得一切"的道理。

奶奶希望我们自己能够自立，要自立自强。她不仅用语言教导我们，自己更是身体力行做出表率。她执着地要自己的孩子们多读书，为了供养儿女读书，她不仅白天做事，晚上还出去捕鱼。父亲后来通过努力读书成功走出了农村，我在这个基础上更进一步，成了我们家族第一个博士。

如果没有奶奶当年的执着，也许她的 4 个子女都不会读什么书，而现在不仅有两个读了书，而且她这 4 个子女的后代还都通过知识改变了命运。我想，如果奶奶泉下有知，知道家里出了这么多读书人，改变了家里目不识丁的面貌，一定是高兴的吧。

三

虽然我们离开了老家，但是与家乡亲人的联系常在，对他们的关心常在。我们总通过一个微信群联系，有什么事情会在那个群里分享，听到好的事情很高兴，如果是一些不好的事情，就会感到揪心。同根同源，同片故土，自然希望他们好。

现在，我已经不常回家，但是生长于湖区，房前屋后的水，湖里的水，水里面长的很多好吃的，很多鱼，给我留下了很深刻的记忆，我感觉生活是很鲜活美好的，对水也有别样的感情，总觉得水是让我很亲近的。所以长大后，我执着于水环境的治理，可能还是潜意识里的情结吧。

2018年国庆时，我陪着我的老父亲，回了一趟乡下去扫墓，陪伴父亲重走他的求学路。动情之处，我写下了一首诗来纪念我的故乡。

故乡行

阔别七载故乡行，秋高气爽景色新。

重走当年求学路，老父犹存少年心。

亲人团聚祭先祖，不忘父母兄妹情。

少小离家乡音在，血浓于水骨肉亲。

在我心里，故乡是人永远的根，也是永远的归处，无论如何变迁，那些地方、那些往事、那些名字，都会牵动心绪，令我怀念。

绿野何曾失颜色，故人永远在我心。

（本文原载于〈文史博览·力量湖南〉微信公众号 2020 年 1 月 22 日）

■ **人物名片** | Renwu Mingpian |

葛 飞
湖南省政协委员
湘潭大学环境与资源学院院长

乡愁是模糊的吊脚楼，

是远去的民俗传承，

是晃悠悠的小背篓，

是父亲的叮嘱，母亲的期盼。

彭克俭：小时候想离开，长大后却拼命想念

口述 ┃ 彭克俭   文 ┃ 李悦涵

我是在大山里长大的，18 岁考上大学，离开故乡湘西永顺。

记忆中，故乡有跌宕起伏的山，有蜿蜒曲折的山路，有清明时节欢叫的布谷鸟，有漫山遍野的红杜鹃，有听取蛙声一片的稻田，有夏夜的流萤，有朴素大方的土家族民族服饰，故乡有神秘的茅古斯，有荡气回肠的民间山歌……

9 岁，我跟小伙伴去田里抓泥鳅，弄得满身是泥，听见上课铃声，却仍不舍得扔下手上的那串泥鳅去课堂。

13 岁，为去县城里看电影《少林寺》，我独自伴着朝霞和云海，步行 30 多里山路。看完电影后，花两块钱买一双白跑鞋，再步行 30 多里山路回家……

我的家，有五口人。母亲，是 20 世纪 60 年代正规师范的毕业生，是我们姐弟三人的启蒙老师。母亲是很严厉直接的，哪怕在外人面前，也会及时指出我们的错误，甚至也会揪耳朵、打棍子。相反，父亲对我们就宽容、温和一些，时不时还表扬我们一下，让我们觉得"没那么不中用"。然而，

正是母亲的严格，造就了我们凡事小心谨慎和踏实认真的习惯。多年后，这种习惯让我在工作中受益匪浅。

童年生活中，我最记得姐姐。她从小就帮助母亲照顾我和弟弟，为此还停学两年，她常常用小背篓背着弟弟，一边手里还牵着我……我长大一些后，姐姐还会带着我和弟弟上山砍柴、采蕨菜、挖野葱、采金银花等，我们将"劳动成果"换得了一点零花钱，这是我最开心的事。

时光如梭。一转眼，我离乡已30多年。要说故乡的变化，我最大的感受是高速公路终于修到县城了。县城里，高楼越来越多、人口也越来越多，农村的房子也越来越好看了，村村通公路、通水电、通电视、通电话、通网络了；然而，物质越来越丰富的同时，农村的留守儿童、留守老人的问题也出现了……

永顺县境域地势险峻，长期以来交通不便，信息闭塞，人均耕地偏少，同时旱、涝、雪、冰灾频发，这些客观的条件决定了她的发展水平远比其他地区落后。

过去，这里怀揣梦想的人，会通过读书和当兵走出大山。改革开放后，走出大山，有了新途径——打工。外出打工不但影响着当地的经济发展、社会变迁，同时也改变着人们的思想观念、生活方式和教育方式；同时，劳务输出、招商引资成为了推进家乡发展变化的原动力。

在我懵懂无知的时候，我感觉故乡是神秘的、广阔的，自己是属于它、依赖它的，我可以在它的泥土芬芳里尽情放纵、尽情撒欢。

长大后，我觉得故乡是贫穷的、落后的，所以我喜欢登山，眺望远方，想象山的尽头是怎样的世界。

到了现在知天命的年龄，故乡却成了我梦牵魂绕、时常想回去的地方。

在我心中，乡情是父亲的叮嘱，是母亲的期盼，是家乡淳朴的民风，是诱人的美食美景。乡愁是模糊的吊脚楼，是远去的民俗传承，是晃悠悠的小背篓，是销不出去的农产品。

故乡是小时候拼命想离开它，长大后却要时常想念它的地方。

（本文原载于〈文史博览·力量湖南〉微信公众号 2019 年 7 月 20 日）

■　**人物名片**　|　Renwu Mingpian　|

彭克俭
湖南省政协委员
湖南省环境保护科学研究院土壤所首席专家

如今，我虽然离开了故乡，
但我时刻思念着她，过去我在那里生活，
那里的人们给我的帮助，
那里的山水对我的养育，我都记着。

谢炳庚：故乡，情所在、根所系

口述｜谢炳庚　文｜彭叮咛

一盏灯，独自静默地待在橱窗里转动，如果你仔细观察，可以看见它背后的星辰大海和浩瀚宇宙。这盏灯，留在了故乡的回忆里，打开了我对未来的无限想象。

一

我的故乡在湖南宁乡，它是一座静谧、让人心安的小县城，这里留存着我从出生到大学前的所有记忆。

小时候，我的母亲是邮电局的一名话务员，父亲是一名农村基层干部，他们的工作总是很忙，所以在 6 岁以前，我都是和乡下外婆一起生活。当时的生活虽然贫苦，但现在回忆起来却万分美好。

外婆家的房前有一口池塘，屋后有座小山，山上有很多马尾松，印象最深的是那几棵板栗树，一到秋天，舅舅就带着我去打板栗。不知道从哪里找来的长竿，上面绑一把小弯刀，一伸、一勾，板栗就落在了地上，然后用脚踩着板栗在地上揉擦，把外壳的刺踩光之后，一颗颗可以轻松剥开，我们就可以享受美味了。

那时候外婆家烧柴火，我就跟着邻居的小伙伴们一起去山上打柴草，大家一起坐在山丘上，望着山下的沟壑，绵延向外，一眼可以望到很远的地方。

过年的时候，我们一家人都围着火塘守岁，看着中间的大树墩子被烧得红彤彤的，热气散开来，丝毫不觉着冷。每次守岁，当我快要睡着的时候，外婆会给我压岁钱，五分钱或者一毛钱，最多一次给了五毛钱，我如获至宝，小心翼翼地把它收好。

到了大年初一，我会乖乖地跟着外婆到街坊邻居家拜年，对小孩子来说，这就意味着可以吃好吃的了。去邻居奶奶家拜年喝一碗芝麻豆子茶，是最惬意不过的；有时还会有红枣、桂圆和荔枝煮出来的红枣蛋，好吃极了。这一路上，打花鼓、舞狮子的喜气洋洋，队伍后面经常会跟着一大群小孩子，再热闹不过了，至今我还记忆犹新。

如今，村里的年轻人都外出了。故土难离，守候着这座村庄的人，还依旧是这一群人，那时候享受过热闹，此时就归于宁静了。

二

到了读书的年纪，我便离开了那个小山村，回到了县城父母的身边。

读书时期印象最深的是小学三年级时，在一次去医院看病的路上，我偶然看到了一家商铺的橱窗，里面展示着一个灯，小灯旋转着，一下就吸引了小小的我。后来，我才知道这个灯是模仿我国第一颗人造地球卫星"东方红一号"。

"为什么这么厉害？可以做出这样的小东西围着地球转。"为了弄清

楚，我从家住的北正街，到小灯所在的南正街，从北到南一趟一趟地跑了几十次，趴在橱窗边上，一遍又一遍地看着，百看不厌。后来我也在问自己为什么会如此着迷，我想也许是那一刻我第一次感受到了知识的魅力，它打开了我对未来的想象。

如果问我，故乡最难忘的人是谁，我首先想到的就是那些给予了我知识的老师。

小学的彭老师，曾经当着全班同学的面狠狠批评过我，教我改正粗心的毛病；初中的罗老师，在全社会不重视读书的大环境下，依旧鼓励我们好好读书；高中的文老师，用一封信改变了我的人生方向。

小说《草原新牧民》，描写了知识青年上山下乡的激情岁月令人向往。因读了这本小说，1977年7月18日，当时高中毕业刚三天的我，便主动下乡到了宁乡大成桥的一个林场，这是全国的先进知青点。

10月，在知青点的我收到了文老师的一封来信，信里他激动地告诉我："恢复高考了！"让我好好把握机会，努力考大学。我听了老师的话，认真备考，后来我被大学录取了，老师非常高兴，还经常在学校里骄傲地将我作为优秀典型进行宣传。

时隔多年，我依旧感激文老师，他对我人生的影响非常大，现在我们还时常有联络，一回宁乡我就会去看望他，聊聊学生时期的往事。

2018年春节前，我偶遇了一位当年知青点的同事，我们聊起了过去的种种，勾起了我对知青岁月的无限回忆。赶巧儿子也马上就要出国读书了，大年初一，我开着车带着夫人和儿子开启了"寻根之旅"。

从父亲的老家到母亲的老家，从父母亲原来工作的单位再到知青点大成桥林场，我们随着过去或鲜活或模糊的记忆，循着那些年的轨迹全都走了一遍。在路上，我对着儿子说："你到美国读书，你要记得你是中国人，你要记得你是从中国湖南的某一个地方走出来的人。"

乡愁，是根所在，是情所系，我的根在哪里，我就是从哪里来。如今，我虽然离开了故乡，但我时刻思念着她，过去我在那里生活，那里的人们给我的帮助，那里的山水对我的养育，我都记着。

（本文原载于〈文史博览·力量湖南〉微信公众号 2020 年 11 月 11 日）

■ **人物名片** | Renwu Mingpian |

谢炳庚
湖南省政协委员
湖南师范大学资源与环境科学学院院长

我曾无数次梦见故乡，
梦见家里那座土坯房子，前边临河，
后边有院儿，门前一条窄窄的泥巴路，
一条小水渠从家中穿堂而过。

李洪强：故乡的年味儿

口述 | 李洪强　　文 | 仇婷

　　我的故乡是河北省唐山市玉田县药王庙村，是鲁迅先生笔下曾经描述的"玉菜"生产地。记忆中，最令人回味的是故乡的年味儿。

　　每年腊月二十三就进入过年的氛围了。白天是年前非常重要的一次集会，俗称"二十三小集"，镇上的人一家老小出动买年货，称两斤花生瓜子儿，包两斤果子（"糕点"的统称），提两斤水果糖，后边跟着一堆小孩，推推嚷嚷地馋得直流着口水。那时候，买年货是重要的一件事，没有年货就不叫过年，富余点的人家购置完年货可能还有点钱剩，普通人家买完年货基本上一年辛苦劳动下来的积蓄也花完了。

　　腊月二十三晚上则是传说中灶王爷上天的日子，那时候家家有佛龛，供奉着灶王爷，到了这天，奶奶会把一个苹果放到佛龛前，那个苹果一直要放到正月十五，水分干了，硬了，我再吃掉它。这并不是因为觉得这个苹果有了"神灵庇佑"，而是因为小时候水果是个稀罕物，平常吃不到。

　　进入腊月二十三后，我就可以玩到小时候最爱的鞭炮了。那天，爷爷奶奶通常会给我和哥哥每人一块钱压岁钱，我们赶紧跑到城里买一挂鞭炮，拆下来，一个一个燃放。一挂鞭炮再"精打细算"也只能"扛"到腊月二十八，母亲瞧不了我们这可怜劲儿，贴完年画、春联和窗花，会再偷偷塞给我们一块钱，让我们哥俩再去买一挂鞭炮，这挂鞭炮就得一直燃放到元宵节。

到了年三十儿就能大块吃肉了，这也是件颇有幸福感的事。小时候的故乡贫穷，一年到头只有过年才能置办一套新衣服，这套新衣服还只包括衣服和裤子，一穿上就舍不得脱下。肉也是只有过年才有得吃，母亲会炖一大锅肉，再切成小方块状，不放甜，也不放辣，再配上一碟火腿肠、花生米，一个凉拌猪肝，就是除夕盛宴了。虽说家里有肉了，但也不能一次性管够，除夕吃完一顿后，剩下的要用来待客。母亲把剩下的肉放在院子里，用盖扣上，到了正月里，有客人来拜年了，母亲就会切一块肉端出来，待客人走后，我和哥哥才能心满意足地享受剩下的那点肉。

到了正月十五元宵节，小孩子的乐趣就是"打灯笼"。每年，母亲会给我们每人用纸糊一个灯笼，里头放一根短蜡烛，用金属网罩着，我们提着灯笼在村里打转转，走家串户。至此，愉快而又充满留恋地结束过年时光。

第一次离开故乡是在 1999 年，我以专业第一名的成绩考上西安交通

大学。记得去上大学的那天，那是我第一次坐火车，30个小时，哈欠都没打一个，整个人完全是亢奋的。想起母亲曾经一本正经地告诉我"火车里坐的都是小矮人"，不禁哑然失笑。

时光过隙，白云苍狗，一转眼我已离开故乡20年。这些年里我辗转于国内外，最终定居湖南，却少有机会回到故乡。但好在我一直从事的是跟农业农村有关的研究，无论身处何方，我所做的工作都是为了让农村老百姓过上更好的生活，我相信有一天我的研究成果也能惠及故乡人民。

我曾无数次梦见故乡，梦见家里那座土坯房子，前边临河，后边有院儿，门前一条窄窄的泥巴路，一条小水渠从家中穿堂而过。一到夏天下起雷阵雨，雨水顺着水渠从后院流到前院，竟有一种流水淙淙的美感，雨后太阳露出脸来，空气特别清新。院子里有棵核桃树，夏天阴阴凉凉的，我们每年都要去树下打核桃。

几十年过去，小河没有了，泥巴路变成了柏油路，土坯房子也成了楼房，但小时候的感觉再也回不去了——小时候一颗一颗燃放的鞭炮如今可以一挂挂放，小时候难以吃到的肉如今吃起来也不复当年的滋味。有时候我会静静躺在床上，细细回想故乡的样子，记忆是会慢慢褪色的，我害怕有一天会忘记故乡。

（本文原载于〈文史博览·力量湖南〉微信公众号 2019 年 1 月 27 日）

■ **人物名片** | Renwu Mingpian |

李洪强
湖南省政协委员
湖南大学土木工程学院副教授、博导

故乡就像是初恋，很少能相伴一生，
但每每回想起来，
青涩美好的回忆总能代表着曾经的梦想，
让人温馨一笑。

李海海：故乡老宅院里光景依旧

口述｜李海海　文｜彭叮咛

人生是一场旅行，故乡就像是初恋，很少能相伴一生，但每每回想起来，青涩美好的回忆总能代表着曾经的梦想，让人温馨一笑。

乡愁，就像是对已逝青春岁月的一种怀念，也是内心深处那道难以磨灭的永久刻痕。

一

我的故乡在永州东安县的一个偏远小山村，伍家桥乡竹源村依山傍水，山水之间一排排的大宅院错落有致，与流经的河流相伴绵长。

和中国大部分的农居生活方式不同，我的故乡就是与邻里乡亲们合住的一座座老宅院，那是一处晚清席氏家族的建筑群，湘军三大主力之一"精毅营"主帅、清朝"中兴功臣"、正一品提督、太子少保席宝田之弟的青砖大宅院。

席宝田曾被清廷诰授光禄大夫，赏戴花翎，赏穿黄马褂，追赠太子少保，誉为"中兴功臣"，后因患疾回湘，在东安重建孔庙、修县志、置学田、办书院。席氏家族的老宅院是一处官府与民居相结合的建筑，每个大院的主人都是一名清廷命官。席家大院是永州古民居的经典之作，有着明清江南建筑的典型风格，也是永州地域的自然特色与文化神韵的突出反映。

我就是在其中一座老宅院里长大的，那些古老的故事影响着村庄的格局，也影响着故乡的文化习惯和生活方式。

现在回想起来，那院落间青石铺道，院内 3 个大天井整齐划一，天井过道皆用石条铺成，工艺精湛，雕梁画栋，丰富多变，宅院里处处别有洞天，那代表着人天合一的传统理念。

正是因为这独具一格的建筑和特别的居住方式，我的故乡便有着不一样的故事。老宅院倚山而建，坐北朝南，背靠着旋帽岭，面朝着稻田，河流从田园中蜿蜒而过。宅院里住着 30 多户人家，日出而作日落而息，邻里乡亲和睦处之。

二

小时候，家里过年好像没有很特别的习俗，但是有两个习俗印象较为深刻。一个是"化团年纸"，在大年三十的下午，一家人带上猪肉或是一只鸡，还有酒水、鞭炮，到逝去的亲人坟前祭拜，邀请他们回家过年，我们那里这是一个非常重要的习俗，一直延续到了现在。

其实，这也是中国最古老的孝道。前人栽树后人乘凉，先辈们为社会发展、为家庭做出了贡献，在大年三十的特别时刻去祭拜，这也是寄托了一种思念和尊敬。

还有一个习俗就是"新年抢水"。在新旧年的交替之际，即大年三十晚上十二点一过，所有人都会去"抢水"。由于我们的村子是特别的院落，只有一个古井可以供饮用水，所以大家都会在大年初一最早的时间，去古井挑一桶水回家，就意味着在新的一年里会有喜运。

那时候，不是家家户户都有时钟，时间都是靠自己估计，或者听到有人的家里放鞭炮了，就知道时间到了。然后马上提着桶子就往古井那边冲，打满水后转身又往家里跑，随着"啪"的一声把水倒进了水缸里，就算完成了。

传统中国农村过年真是热闹，大宅院里 30 多户人家齐出动，争先抢后"抢水"，一路上碰到这家打个招呼，脚下的步子也不停，碰到那家快跑一步，生怕慢了去。

大年初一天一亮，新的一年就算正式开始了，我们就必须到村里所有人家拜年，一个家族的或者不是一个家族的，都是同一个大院里的一家人。我们拜年也很简单，不需要礼物，串串门，拱手说几句喜庆话，没有红包也没有礼品，聊一聊天，就算是祝福送到了。

就这样，寒来暑往，村里的人们看起来都亲如一家。

三

竹源村大约有 100 户人家，小孩子自然是不少的，我印象中的童年是光着脚丫度过的。一方面是因为经济不发达，另一方面是没有穿鞋的习惯，那时候小孩子都是光着脚丫满院子跑的。除了在院子里，我们还能光着脚走路爬山，也不怕石头扎到脚疼，只觉得无拘无束、自由自在，长大后我也尝试过光着脚走路，平整的路面也硌得脚生疼。

宅院后面不远处的大山，承载着我对大自然的许多好奇。除了大山脉之外，也有一些小山，它们有点像桂林的山，有些山里有岩洞，这对小孩来说具有无限的吸引力。

我们经常三五成群地去"探险"，带上绳子去比较光亮的洞穴探索，要是遇到比较暗的，那应该就是一个很深的洞穴，我们也不敢往里走，至于具体找什么，我们也不知道。

小时候，故乡只有一条主干道，一路从村头到村尾。改革开放前，流动人口很少，主干道上几乎没有车子通行，大人们都没有去别的地方工作，也没有陌生人进来，村子就是一个相对封闭的农耕文化村。打着赤脚去学校读书，放学回家在马路上玩，也没人管你。

那时候，最喜欢的就是和朋友们耍泥巴泡了。把泥巴做成一个烟灰缸的形状，将它翻过来对着地上"啪"的一下打过去，因为泥巴是软的，里面的气体受到压力后膨胀，往后一冲把"烟灰缸"的底座冲开，发出"啪"的一声响后炸开，看谁拍得响声大和泥巴溅得远，谁就是最厉害的。

除了耍泥巴泡，滚铁环也是我们的最爱。谁家的木桶坏了，木桶上的铁环就可以"物尽其用"。把铁箍取下来，再找一根铁丝在铁箍上绕一下，一个铁环就做成了。小朋友比赛滚铁环，推着铁环就往前冲，经常可以看到小朋友在马路上跑来跑去，笑声此起彼伏。

四

故乡的那条河，也承载着我许多悠长的回忆。在河边的草地上比赛摔跤，看谁能把别人摔倒在地上；还有在河里游泳，河水不深，大人也就放心让我们玩，不过也不是完全不管的。

家里人一般都会严格控制游泳的季节，必须过了端午节以后才能到河里游泳，因为端午节前水温太低，容易引起脚抽筋，到了十月，一般也不会让小孩再去河里游泳了，游泳的时间点都是大家心照不宣遵守的。

1989 年，我从故乡的小山村去到东安县城读书，初中、高中、大学、

故乡的老宅院　＞

工作……从那时候起我离开了故乡的那片山水，到现在已经30多年了。这些年也偶尔回家，每次回到故乡，我都感受到故乡的变化。

在10多年前，家乡开始悄悄发生着变化，但是这个变化好像并不是我所期望的。

在那条承载着童年记忆的河流上，一家家简陋的处理塑料垃圾的作坊建了起来，然而工厂污水的排放、生活垃圾的倾卸……让这条原本清澈的河成为黑臭水体，空气也变得浑浊。让人心烦的是，经济没有好的增长，生态环境却遭到了破坏。

庆幸的是这种依靠对资源环境破坏换取经济增长的方式得到了转变，习近平总书记提出了"绿水青山就是金山银山"的理念，党和国家实施了乡村振兴战略，经过农村人居环境整治三年行动计划实施后，村里又重新发生了很多变化。

村里有了保洁员，家家户户的门口都放上了垃圾桶，并且村里还会有人定期地来收走垃圾、集中处理，尤其是"厕所革命"后，村里的居民都开始注重排污的问题。

近几年来，村庄治理也逐渐取得成效，家乡在绿色发展理念的指引下，慢慢地又回到了记忆中美丽的样子，天蓝、水绿、山青、人和、事顺、令人心情愉悦。

我的故乡在哪里？恍惚和朦胧间，我看到了清末大宅院的繁华、集体公社的奔忙、儿童开心嬉戏打闹、乡亲们的眼泪和笑容。故乡其实始终在我的心中，那是一片青山绿水、乡风文明、治理有效之所在，那是一道永久的刻痕和无边的梦想。

（本文原载于〈文史博览·力量湖南〉微信公众号 2020 年 11 月 28 日）

■ **人物名片** | Renwu Mingpian |

李海海
湖南省政协委员
湘潭大学商学院教授

井水深深，

虽然挑水的日子已成为往事，

那咯吱咯吱的挑水声也成了

思念故乡的回响……

颜拥军：慈母手中线，缝不尽乡愁

口述丨颜拥军　文丨彭叮咛

提到乡愁，我最先想到的就是娘，就是母亲。

如今，故乡的一切已经远去近 40 年光景。在闪烁的光影中，依旧可以看到母亲在那盏昏暗的油灯下一针一线地忙碌着，陪伴惧怕黑暗的我，等我浅浅入眠后，才揉揉双眼放下手中针线，为我掖掖被子，蹑手蹑脚地离开回到自己房间。

一

我的故乡在湘潭湘乡的一个小山村，山美水美景色令人流连忘返，经过一系列的撤乡并镇并村后，成了如今的三迁村。但是，我还是习惯说自己是从仁厚乡桃丰村井湾里出来的农村孩子。自古以来，水井承载着人类繁衍生息的使命，人们关于水的记忆，是最为深刻的。井湾里因为那眼甘甜清冽的水井得名，就是她，多年以来，默默地滋养着附近仁厚淳朴的百姓。

我从小就是喝着这眼井的水长大，那眼井、那段路、那根扁担、那对

<　湘潭湘乡一隅

桶子，都承载了太多太多关于故乡的记忆。小时候总喜欢跟着父母去挑水，羡慕大人们的力气，不厌其烦地像跟屁虫一样，上坡、下坡，一遍遍地走着那段小路。

后来，开始读书了，能帮忙干活了，自己挑着桶子咯吱咯吱地走一里多路去挑水，这也成了每天放学后的必修课。因为年纪小，没有什么力气，只能挑着家里最小的两个桶去担水，一趟一趟地走着，直到将家里的两口大水缸装满。井边上经常还有很多妇女洗衣服聊天，有时窃窃私语，有时放声大笑，很多村里家长里短的消息就是顺着这口井走了出去。

这些情景曾经出现在我的作文中，当时的语文老师非常喜欢，还当作优秀作文在全班朗读。不过我算不上是一个优秀的学生，甚至有时有点淘气调皮。

在"文化大革命"末期，我就读"红孩子班"，就是现在的幼儿园。在一次文艺演出时，我搭档的女同学在舞台因为太过紧张不敢出声，导致我们的节目表演失败了。老师狠狠地批评了我，就选了另外的同学替代我们，我很是委屈，竟然偷偷组织全班同学集体出去玩，不参加活动。

虽然后来被老师和父亲狠狠责骂，但是现在回想起来童年的幼稚青涩和无畏无惧真是值得人怀念。

读书时期，有几位恩师或多或少地改变了我，王老师无疑就是其中一个。她是我的启蒙老师，也是我们村里学校第一个会识拼音的老师。那时候我个子矮，成绩不突出，她放眼望去并不起眼，但是王老师给了我信任，我成了她的小助手、小管家，允许我自由出入办公室……正是因为她的重视和鼓励，使我变得自信，我的学习成绩也越来越好，直到现在我都非常感激。

二

最初的善良和热情，是母亲教会我的。

在我眼里，母亲很善良，她的一生一直在照顾别人，照顾了家里的一切，唯独很少照顾自己。我的爷爷、奶奶都是因病去世，他们去世前的生活起居都是由母亲一手操办，母亲日夜照顾，毫无怨言。

20 世纪 80 年代之前，农民都是在生产队里集体劳动。集体劳作难免产生矛盾，吵吵闹闹的事情经常出现。

但是，这些吵架的人里面从来没见过我的母亲，勤劳的母亲宁愿自己吃点亏、让点步，也不愿意和别人吵架。

母亲还很热情好客，我记得只要家中来了客人，倒茶奉水，张罗饭菜，那些吃的喝的母亲恨不得都拿出来招待别人。对别人大方，对自己却很节省。也许是为了让我吃饱，她养成了一个习惯，每次吃饭她老人家盛饭都是会留些给我。

相比母亲的隐忍和善良，父亲就显得有点大男子主义，他做事有些固执，对人对事都非常严格，不过这反倒也教会了我做事要踏实细致。

我家是传统的严父慈母家庭，父亲当过生产队队长，后来还当过一段时间民办老师，是一个典型的"老学究"，他写得一手好字，现在哪家做红白喜事都请我父亲去写字贴对联。

不过，他对我到了严苛的地步。小学时期，因为成绩优秀，我被选拔出来参加数学竞赛，但是农村的孩子哪里能和城里的孩子比，那次数学竞赛没考好，只得了30多分，没有安慰和鼓励，回去就挨了父亲一顿恶揍。

如今，我似乎开始理解了父亲的做法，多年前的严厉其实一直潜移默化地影响着我。直到今天，作为一个大学教授，对于自己的学生，我也同样信奉着有压力才能有成绩，我将这份严厉带到了工作，带给了我的学术。

三

我还记得，小时候一到夏天，晒谷坪上就充满了小孩子的笑声。男孩子们最爱玩的是滚铁环、打陀螺，有时候还偷偷拿打稻机上面的轴承装在小木板上，你推我，我推你，在晒谷坪上跑来跑去。

家乡的篾匠、木匠们常年在外面做事，会带回来很多故事，小时候就爱听这些走南闯北的匠人讲故事。但是，他们大多讲的是些神奇传说甚至鬼故事，那时候我年纪小，一边害怕一边又喜欢听，每次听完就不敢一个人睡觉，这时候母亲总会在那盏昏暗的油灯下陪着我，等我睡着了才悄悄回到自己的房间。

从一个惧怕黑暗的小孩，到1983年考入县重点高中离开故乡求学，到如今已经有37年之久了。故乡有点"陌生"了，它的变化很大，房屋从记忆中的茅草房到瓦房，现在越变越大、越来越新、越建越漂亮，家家户户都是小别墅、小洋房，当年的泥泞公路已不见踪影，宽阔的道路四通八达、纵横交错，车辆川流不息，人来人往。

母亲已然不在世了，给我讲故事的人也大都不在了。故乡已无春夏秋，只有冬天过年时节偶尔回去一趟，故乡的一切都在变化。

但是，故乡依旧熟悉，依旧亲切，毕竟我的根就在那里。井水深深，虽然挑水的日子已成为往事，那咯吱咯吱的挑水声也已成思念故乡的回响……

（本文原载于〈文史博览·力量湖南〉微信公众号 2020 年 12 月 2 日）

■　**人物名片**　|　Renwu Mingpian　|

颜拥军
湖南省政协委员
南华大学核科学技术学院教授、博导

·扫码收听·

夏布、素菜、烟花……

这些代表着浏阳的传统产业，

曾融在我童年记忆中的每一个平常日子里，

轮过许多个春夏秋冬。

唐承丽：浏阳的秋天、夏天，和今天

口述 | 唐承丽　文 | 廖宇虹

一

我家住在浏阳河畔永和古镇的一个古村落里，村子的名字叫"大岭"，距现在的新镇政府驻地很近。在我有些久远的记忆里，一幢老祖屋，住着4户人家，共享高高的大门和明媚的天井。屋子的西面，据说是一个有300多年历史的大祠堂。夜里，虫鸣声起，站在屋前，透过漫天星辰，仿佛可以看到很远，很远之外。

一草一木，一砖一瓦，我们农村孩子，玩乐仿佛都置于广阔天地之间。

屋子边摆着稻草垛，我们可以在上面跳、可以蹦，还可以躲在里头玩捉迷藏；祠堂里立着大柱子，我们可以从这根柱子躲到那根柱子后面玩"老鼠占角"的游戏；祠堂前有一个大大的场坪，除了晒谷、集会等活动外，也是孩子们游憩的好地方，我的父母还会做铁环和陀螺等，让弟弟们可以在宽敞的场坪里滚铁环和打陀螺玩儿。其实，屋前屋后就算只是随手在地里掘一把土，我们也可以把它搓成泥巴球，互相投来投去……

可尽管如此，我却没有办法淘气。

因为"三年自然灾害"，食物不够吃，我有一个哥哥打小就夭折了。家里剩下的 6 个孩子中，在我之上的有大姐和大哥。姐姐比我大十几岁，初中没毕业就被选拔到公安局去工作了，哥哥比我大 8 岁，后来也出去读书了。

他们都早早离家，而我由于跟下面三姊妹之间的年龄差距比较小，所以在家中，我倒成了老大。我不能淘气，因为我要管着他们，让他们听话，还要帮着家里做许多家务活。

所有人都知道，浏阳的烟花和炮竹最为有名。我们小时候也经常买各式各样的花炮来玩。印象最深的一次，大概在我四五岁的时候，我和哥哥到姐姐工作的公安局去玩，有人给了我一种拉炮——这种炮上有一根线，一拉扯它就会炸，由此而得名。

当时，姐姐的同事正在屋子里头办公。我们便悄悄地把拉炮上的那根线扎到了门搭子上，然后就猫在屋外守着看。不出所料，等她同事出来一拉门，炮仗就"砰"地一声炸开了。这大概算是我小时候难得一次的淘气。

我的妈妈在村里会给人打预防针，也会给家禽类打针。作为一名农村妇女，她应该算是很有文化的，因为她念书念到了高小，即小学五六年级水平。结婚之后，她还上了一段时间农业学校，学的是畜牧和兽医学——

浏阳烟花节 ＞

虽然不到 20 岁时，妈妈就结婚生子了，但她仍然想继续读书。奶奶却说："你要读书，就把孩子也一起带去。"妈妈当时拖着两个孩子，没办法，只好放弃学业回家。正是因为一直被这么多孩子拖着，妈妈才没法到更远的地方去看一看。所以她从来不重男轻女，她一定要女儿们都读书，走出去。

到了 20 世纪 80 年代，我得以离开故乡去求学。又过了一些年，等我再次回去的时候，才发现祠堂没有了，老院子也没有了。可能是因为一方面年久失修破败，另一方面那时也还没有保护这些古建筑的意识。

如今父母已逝，工作繁忙，我回去的机会也少多了。只是偶尔，我会想起那老宅屋的热闹。

二

记得有几年，湖南师范大学资源与环境科学学院的学生到浏阳去做水文实习，后来，那些女孩子都说："待得不想回来了。"因为浏阳实在是个很"好吃"的地方。如今，浏阳蒸菜馆遍布各地，但说到记忆中的家乡味道，我一定会给浏阳的盐津素菜留一个最特别的位置。

先把辣椒进行暴晒，再将它碾成粉状，然后加上五香、甘草和紫苏等进行调味。等到将苦瓜、萝卜之类的主料晾成七八分干，再把它们都拌上之前已经做好的调料，放一点盐进行腌制——这样做成的苦瓜干、酸萝卜带着一丝微酸，口感脆脆的，很特别也很好吃。

从小，妈妈在我眼中就是个能干的人。那时，一到出工休息、做工的间隙，乡邻们到我家来，妈妈总会捧上她做的素菜，而吃过的人也总会赞不绝口。然而到如今，我自己也并不会做，所以我永远怀念那种味道。

除了萝卜、苦瓜等常见的食材，树上的梨子也可以用来做素菜。

在幼时的我们眼中，一棵棵梨树简直就是一个个"巨人"，至少有两层楼那么高。待到秋日结果时，满树的梨子挂得诱人，但伸出手，却又是参天的距离。

所以只要等到风起时，我们便会一窝蜂地拥到梨园里，有的拿着一顶草帽，有的提着一个篮子。刮大风时，梨子一个接一个地往下掉。拿着帽子的，就捡了一帽子；把小篮子放在梨树下的，就可以接了一篮又一篮。因为那时没有冰箱，食物无法储存，家里梨子吃不完的时候，出了太阳，就会把它晒成干，做成素菜——梨子片。

除了浏阳豆豉、素菜这些好吃的，浏阳还被称作"夏布之乡"。夏布是以苎麻等为原料、手工纺织而成的纯麻纤维制品，轻薄细软，从明朝开始就盛名在外。小时候，我感觉身边的乡村人家大多都是穿着用夏布做成的衣服。他们会自己织出布，再将它们染成青色或黑色。

机杼之上，穿梭之间，两尺左右宽的纬经上，经纱排列能多达上千根。一匹十几米长的帐布，卷起来直径可能仅有寸许。每当家家户户从柜中将它取出之时，仿佛就预示着，夏天到了。

三

"大岭大岭，年年吃烧饼，有女儿都不嫁大岭。"过去，我们村子附近一度流传着这样一句话。因为大岭村太缺水了，只能种植高粱、大豆这类相对耐旱的作物。

爸爸那时是村支部书记，为了解决这个大问题，他就带领一批人修出了一条渠道，吃了不少苦。因为村里地势高，只好把浏阳河里的水抽上来，再通过这条渠道，引流到我们的耕地里，从而发展灌溉农业。

那是人定胜天、改天换地的时代。实际上，现在来看这是不经济的，因为这样引水的成本比较高，即便种水稻也不一定高产。但在当时，他们发挥能动性兴修水利，在缺水的情况下，以那条水渠解决了一村子人的吃饭问题，我觉得既有苦劳，也有功劳。

后来，我渐渐看到，在浏阳的许多村子里，村民们已经开始发展花卉、苗木等园艺作物——从水田调整为旱土园艺种植，这不仅是对种植业结构的优化，也能使乡亲们致富。从过去的人定胜天，恢复到人与自然的和谐共生、经济社会可持续发展，我想，这便是最自然、最好的结果。

夏布、素菜、烟花……这些代表着浏阳的传统产业，曾融在我童年记忆中的每一个平常日子里，轮过许多个春夏秋冬。

而在现在的国家级浏阳经济技术开发区，已经形成电子信息、生物医药、智能装备制造和健康食品等优势产业集群。于南边建起来的浏阳高新技术产业开发区，现今也成了国家级再制造产业示范基地。

在我看来，浏阳的产业转型，是非常具有典范性的，它是由原来的国家级贫困县和老革命根据地，一步步走到了今天。

就像浏阳夏布，虽然再难重现"1918 年出口达 485 万担，价值近百万关平两"的盛景，但是近年来，它也和盐津素菜等一起逐渐由过去的家庭作坊，转入到了工业化生产。虽然浏阳的传统产业在被新兴产业逐渐替代，但我依然笃信，一切都是在被推着向前，朝着更亮更美的那一处光点！

（本文原载于〈文史博览·力量湖南〉微信公众号 2020 年 11 月 7 日）

■ **人物名片** | Renwu Mingpian |

唐承丽
湖南省政协委员
湖南师范大学资源与环境科学学院教授、博导

辑三

扫码收听

湘西的土地生养了我，

也滋养着我。

一直未改变的乡音，

是我与湘西之间的牵绊。

郑大华：乡音未改是乡愁

口述 | 郑大华　文 | 吴双江　周欢

　　从 21 岁走出湘西，40 多年来，无论身处何地，我依旧难忘故乡。沈从文笔下田园牧歌、诗情画意般的湘西，也是我故乡印象的底色。湘西的土地生养了我，也滋养着我。一直未改变的乡音，是我与湘西之间的牵绊。

　　我出生在湘西永顺芙蓉镇，就是当年刘晓庆、姜文主演的电影《芙蓉镇》的取景地。芙蓉镇的本名叫王村，是古代湘西最具古色古香的小镇之一，与凤凰镇齐名。它有着 2000 多年的历史，因一条宏伟的瀑布悬挂其中，又称"挂在瀑布上的千年古镇"。我就出生在瀑布旁边的一个吊脚楼里。它还有一条 5 华里长的青石板街，街的两边是土家的吊脚楼，真是美不胜收。

　　芙蓉镇厚重的历史感还来自一根铜柱，名叫溪州铜柱。还记得以前修凤滩电站的时候，为了不让溪州铜柱被淹，便将它迁到了芙蓉镇（王村镇）花果山上，相传那是五代晋天福五年（940 年），楚王马希范与溪州刺史彭士愁，在一次战后罢兵所立的划分疆界的界柱。那更是我们土家族历史珍贵无比的见证，包含了文化、民族、国家等多种含义，是故乡一块值得深入研究的宝藏。

1986年，电影《芙蓉镇》剧组到小镇选景时，他们发现古老的青石板街静默沧桑，悬挂的瀑布如泣如诉，瀑布下小河边，三五个女人说说笑笑捶着衣服；抬头望，悬崖之上顺势而起坐落着一排典雅的吊脚楼，水乡情韵，别具一格，剧组人员顿时被芙蓉镇古朴的风土人情所吸引。也因为电影《芙蓉镇》，王村镇被外人熟知，很多人慕名而来，因此改名为"芙蓉镇"。

　　我五六岁的时候，我们家搬到了高良坪，一个离芙蓉镇30华里的地方。那是一个美丽的小集镇，我在那里读书，在那里长大，还记得屋前不远处有条小溪，溪水清亮清亮的，放学后，经常和小伙伴们到小溪里抓鱼、游泳；记得屋后的那片茶山，每当茶花盛开的时候，我经常和小伙伴们去采茶花，清晨茶花里的露水是甜的，就像蜂蜜水一样好喝；记得曾经的同窗，那些同学习共成长的日子；记得家乡的父老乡亲，那些勤劳、朴实、真挚的人。

　　回想起我的童年生活，那真是多姿多彩呀——"跳飞机"、抓鱼、钓鱼、捉迷藏……只要一下课，我们就像"离弦的箭"一样飞出了教室，上山下河，撒了欢似地奔向美丽无忧的大自然里。那时候老师不怎么约束我们课后的生活，不像现在的小学生有写不完的作业，大人们也忙着农活，管不过来，

芙蓉镇风光　>

任由我们自由成长。

"大人盼莳田，小孩盼过年"。过年是我们小孩子最期待的事情。小时候的日子过得紧巴巴的，大人要等到插完田才慢慢有收成，有粮食吃，这或许是他们最关心的。可小孩不一样，老觉得过年时才有吃有玩，还有新衣服穿。离开家乡几十年了，每年随着新年的钟声响起，随着此起彼伏的爆竹声，心底对于"过年"的那份遥远追忆又飘忽于前。家乡过年的时候，我们家会杀年猪、熏腊肉、打糍粑、做豆腐，这基本上是湘西家家户户过年时都会做的事情。

这些年，我走过了祖国的大江南北，去过国外的很多地方，但是故乡的"三美"却一直萦绕在我心头——山美、水美、人更美。不论是出生地芙蓉镇，还是长大的地方高良坪，它们都是山清水秀、人杰地灵的地方。

记得1970年底，我高中毕业（那时是冬季毕业），当时还不到15岁，我作为知青下乡，一待就是3年，一年干活时间大约都在350天以上，几乎每天都在劳动。

我以前没干过农活，到农村对我是一个不小的考验。还记得我第一天上工，正赶上生产队挖生土（即开荒）。挖生土是最累的农活，我们那里有一句俗："人生两门苦，抬石挖生土。"没一会儿，双手就起了血泡，血泡破后血顺着锄头把儿往下滴。队长和其他人看到后，要我休息，但我这人从小不服输，还是继续挖。这时我旁边一个比我大两三岁的姑娘赶紧拿出了自己的手帕，帮我把手包扎起来。从此，我们也成了很好的朋友。18岁那年，我被贫下中农推荐到公社信用社工作，离开了生产队。后来我又外出求学，她也嫁为人妇，联系就慢慢断了。

故乡的心灵美在于湘西人的耿直、淳朴和助人为乐的性格。从小我父母就教导我们要诚信、善良、感恩，这不完全是他们自己的人生信条，而是被整个土家族的文化和环境所影响的。湘西的整个环境和我的父母教会了我如何做人。我相信一个人能成功是和做人有关的，一定要为人正直，做事要对得起自己的良心。我也坚守着那份诚信、善良、感恩。

我印象中的湘西人，既很能吃苦，又豁达乐观，他们懂得苦中作乐。在曾经艰苦的日子里，湘西人滋养出了一种特有的乐观。为了消解农活的辛苦，唱山歌成为家乡人民一种特有的娱乐方式。当然，为了表达内心的喜悦，以前年轻人处对象也要对山歌。山歌对湘西人来说，似乎有种让人开心的魔力。我在农村时也会唱几句。

在外多年，还是难忘家乡的味道，这是我一辈子的味蕾记忆。在外地的时候，只要一看到湘菜馆，我就会情不自禁地走进去。都说"回得去的故乡，回不去的乡愁"。记得多年前有次回家，乡里的老头老太太们还特别高兴地对我说："你都出去这么多年了，口音一点都没有变，不像有些年轻人，出去了两年，就是一口外地话了，你可真不错！"

我想，或许一直未改的乡音，就是我的乡愁吧。

（本文原载于〈文史博览·力量湖南〉微信公众号 2019 年 3 月 20 日）

■ **人物名片** | Renwu Mingpian |

郑大华
全国政协委员，湖南省政府参事
中国社会科学院中国近代思想研究中心主任

我记忆最深的故乡就是湖南桑植和长沙，

那是两个伴随我成长、

滋养我一生的地方，

也是扎根于我灵魂深处的地方。

钟瑛：故乡是攥住风筝线的地方

口述 | 钟瑛　文 | 吴双江

故乡是什么？

有人说，假如你是一只风筝，故乡就是攥住风筝线的地方，也就是与我们羁绊的根所在的地方。我出生在湖南长沙，但是我又是白族人，因为我的父亲是湖南桑植人，桑植白族是远隔千山万水的云南大理国的后裔。

都说桑植白族是一支漂移的民族，隐居在武陵山区腹地 700 多年，几乎被世人遗忘。20 世纪 80 年代以前，有人说我们是土家族，有人说我们是汉族，就连我们自己也不知道属于哪个民族，于是便有了一个模棱两可的称谓——民家人。

父亲说，在这之前他们不知道祖辈口口相传的渔鼓词、打花棍词和仗鼓舞、霸王鞭中还藏有身份来历的玄机，甚至小时候跳格子所唱的儿歌"我家住在海尔旁……"中的"海尔"和"洱海"有什么关系。他们只知道自己被称为民家人，在桑植已和土家族、苗族、汉族亲如一家，过着安逸自足的生活。

1984 年，桑植民家人被认定为白族。在几百年的迁徙、拓荒和繁衍中，桑植白族虽远离老家大理，但却在千里之外传承着谦虚、包容、善于学习的民族特性。

我们家称得上是医学世家，我的太爷爷当年是桑植当地有名的中医，他是位仁慈心善之人，给穷苦人家诊病，从来不收费。贺龙元帅当年带领桑植弟兄"两把菜刀闹革命"，太爷爷救治过受伤的弟兄。因是同年生，太爷爷与贺龙元帅互称"老庚"（当地方言"兄弟"的意思）。

我爷爷虽然没有继承太爷爷的中医衣钵，但是他在年少时就情系家国。爷爷成长的年代，山河破碎，家国飘零，在"一寸山河一寸血"的救国宣讲声中，正在常德读师专的爷爷热血沸腾地加入了中国青年远征军，那时他才19岁。爷爷曾经随部队在印度接受过英军的训练，曾经寄回来一张照片，照片里的他高大英俊，穿着团副官级别的军装，腰间别着小手枪，非常帅气。可是爷爷的生命却停格在他22岁那年，在缅甸抗日战场上为国捐躯，尸骨无存，他们那支部队全部阵亡。

到了我父亲这一辈，学医的衣钵又被传承下来。父亲在长沙学医后留了下来，我便在长沙生、长沙长，曾跟随父亲去桑植老家探亲。在我儿时的印象中，桑植老家是一个仙境一般的地方，那里山高水阔，风景迷人，还记得长辈们用背篓背着我翻山越岭，脚步起起伏伏，感觉自己在森林的海洋里自在徜徉。

小时候，父亲常给我们讲他儿时在桑植老家的一些"惊险"故事。父亲说，小时候有一次遇到土匪进村，我奶奶就把他卷在竹席子里面，躲过了土匪绑架。土匪是专门来村里面抓孩子做饭票的，抓了后就给你几天时间，用粮食来换，否则他们就扬言要撕票。父亲说，其实那些土匪没有真正撕过几个票，就是威胁、吓唬他们，因为那些土匪很多人也是贫苦农民出生，并没有完全泯灭人性。

相比桑植老家带给我的亲切与神秘，长沙带给我的则是衣、食、住、

< 长沙坡子街美食广场

行、学等具象化的纯真童年时代。我家住在长沙市雨花亭的湖南省地矿医院的家属区，记得当年医院旁边还有一大片果林，里面种满了桃树和梨树。小时候，我和家属院的小伙伴们经常结伴去爬树摘桃子、梨子，那香甜的滋味至今难以忘怀。现在那片儿时的乐园已经建成房屋高楼，早已找不到儿时的乡愁。

直到如今，我还是特别怀念童年时代和家属区小伙伴一起玩耍成长的日子。那时好玩的游戏一个都没落下，一年四季换着花样玩不同的游戏，比如打游击、跳房子、跳绳、丢沙包等等，玩打游击的游戏时我常常扮演女司令，现在想来都觉得挺逗。

后来，我大学毕业，离开了长沙，先后到改革开放前沿阵地的珠海、深圳工作十年后，考上中国社会科学院研究生院博士研究生，毕业后定居北京。我觉得像我这种 A 型血的人挺怀旧的，每次换一个地方的时候，其实我的内心都很落寞、挺挣扎，我总是想，这个地方只是待一待，我还是要回长沙去，因为那才是有父母的家，才有家的感觉，是家的所在。我真想回去再爬一爬那去过无数次的岳麓山呀，再吃一回坡子街巷子里那个老娭毑做的臭豆腐呀，还有火宫殿里那些各式各样的长沙小吃呀……

但是像我这种 A 型血的人也比较专注、执着，每做一件事情都想把它做到最好，这种执着的劲头让我走得更远，最终还是使我远离了故乡。每逢佳节倍思亲，中秋节的时候我总是特别想家，因为我们家从小对中秋节都特别重视，有时还要开家庭会议，共享天伦之乐，那些地道的长沙菜如剁椒鱼头、辣椒炒肉、雪花丸子等等佳肴自然会被端上桌，一家人围在一起吃团圆饭的感觉真好。

现在在北京的家中，我也会常备自制的剁辣椒、豆豉辣椒酱，想吃家乡菜的时候，炒菜的时候就会放一点，但是不能放多，因为北京的气候不像南方那么湿润，太干燥，吃多辣椒了就会上火长痘。果真是一方水土养一方人，离开了故乡，曾经的很多依傍也会不自觉变得脆弱。

还记得上一次泪流满面的时候，是 2015 年在天安门广场观礼台上，出席"纪念中国人民抗日战争暨反法西斯战争胜利 70 周年"大阅兵观礼，当抗日老兵方阵迎面走来之时，我想起了我的爷爷和千千万万抗日志士，瞬间我领悟到，我是替为国捐躯的祖辈们站在这里，向共和国致敬！

爷爷和千千万万的中国远征军战士在抗日战场为国捐躯，他们的身躯留在了遥远的异国土地，我想爷爷也一定很想家。但是，我也相信，爷爷的英灵并不孤独。

（本文原载于〈文史博览·力量湖南〉微信公众号 2019 年 4 月 16 日）

■　**人物名片** | Renwu Mingpian |

钟　瑛
全国政协委员
中国社会科学院当代中国研究所研究员

当你赋予一个地方一种情感以后，

在千千万万个地方中，

那个地方就是你的唯一，

我的家乡就是这样一个地方。

龚胜生：石板路上的悠悠乡愁

口述 | 龚胜生　　文 | 沐方婷

如今，只要一闭上眼睛，故乡的一山一水、一草一木就会在我的脑海中浮现。当你赋予一个地方一种情感以后，在千千万万个地方中，那个地方就是你的唯一。我的家乡就是这样一个地方。

我出生在娄底涟源的金盘村，一个静谧美丽的山间盆地式小山村。我在那里度过了我快乐而又清苦的童年和少年时代，直到我16岁考上大学的那年。

一

金盘村有一条清代道光年间修建的石板路，小路蜿蜒曲折，从山脚延伸至村落，穿过村落再翻山越岭连接到其他村庄，两百多年的风雨和过往行人的踏足将石板路磨得光滑顺溜，即使在昏暗的夜晚，石板的反光也能指引着路人前行。

我就是从这条路走出村子的。

从村东通往山外的约 4 里长的石板路原是通往区公所（民国初年，县以下机构一般均称"地方自治团体"）和县城的必经之路，也是我在区中学（涟源五中）上高中时的必经之路。高中一年级的时候，我读过一个学期的"通学"，所谓"通学"就是不在学校寄宿，每天天刚蒙蒙亮就打着"飞毛腿"从石板路上飞奔下山，然后踩着独木桥，渡过一条不宽的河流，再走上一段十来里长的沙石公路到达学校，下午放学后再原路返回，每天一个来回就是 30 多里路。

有时大水把支在河上的独木桥冲走了，那就得绕更远的路了。石板路在半山腰处有一个分岔口，分岔口处有一块"将军箭"碑，相当于现在城市里的指路牌。每天放学回来，我都要在这里歇息一会儿，然后便一鼓作气，顺着左边的石板路跑回家。这个时候，往往已是夕阳西下。

小时候，我是村里公认的机灵崽、调皮鬼，打架都会搬出毛主席语录，"人不犯我，我不犯人；人若犯我，我必犯人"。特别是秋天，农忙之后，小伙伴们都会在傍晚到村里的打谷坪里去"打仗"。那个时候，可以说是天不怕地不怕，在月光皎洁的夜晚，我们甚至溜到到坟场里，模仿电影《地道战》《侦察兵》里的场景"打仗"，玩得兴起，一般要到村子万籁俱寂的时候才回家。

回家时一般父母亲都已经睡了，因为害怕挨骂，便从廊柱上爬到二楼，再从敞着的没有门的门洞里进去，静悄悄地爬到床上睡觉。其实，再怎么蹑手蹑脚，父母亲都是知道的。我们这个年代的孩子，从小在农村都是放养长大的。

二

我的小学时光是非常快乐的。清晨，天蒙蒙亮的时候，我们就赶牛上山，现在回想起来，牧童生涯每天都是一场游览。坐在山顶石崖上，看着太阳从东边的山峦上冉冉升起，看着从山顶伸向山脚的层层梯田，有时是平静如镜的水面，有时是黄澄澄的稻谷。

那个时候治安很好，有时我们把牛赶上山后，用荆棘堵住牛儿下山的道路，然后下山上学，放学后再把牛赶回来。村子里通公路大约是在20世纪70年代后期，那个时候看到解放牌汽车都很新鲜。放牛时，我们会坐在山头数远处公路上过往的车辆。那个时候来往村子里的车子很少，我们时常会跑到马路上去闻从汽车上散发出来的汽油味道。

在我幼小的心里，始终对外面的世界充满着好奇和向往，其中10岁时候经历的一场"小长征"让我终生难忘。那是我读小学四年级的时候，唐山大地震后的那个春节，正月初二，我父亲要到70里外的县城蓝田镇大姨家去拜年，我便吵着要去。那个时候，村里未通公路，从区里到县城也只有一班车，家里也没有钱，父亲决定步行去，不让我去，说我要去的话走不动了也不会背我的。

但我一心想去，父亲拗不过，只好带着我上路。那天大约是从早上五六点开始，走走停停，一直走到下午五六点钟才到达县城。好不容易看到希望了，可因为已是掌灯时分，父亲却记不得县城大姨的住处了，只好继续赶往十几里外的三甲乡的另一个大姨家。

在半路上，母亲给我做的新布鞋底都磨穿了。当我实在走不动了的时候，我是多么希望父亲能够背我一程，但是，我答应过我自己走的，不敢向父亲说。父亲看见我落得远了，只在前面停下来等我。就这样，我硬是坚持走到了涟源三甲乡的大姨家，结果，第二天，我的脚根本无法下地走路。

现在想来，这次"小长征"是我人生一笔宝贵的财富，锻炼了我不轻言放弃的精神。我的父亲是个极能干的人，木匠、铁匠的活儿都能干。他曾经是钢铁厂的工人。20世纪60年代初期，正值国家"三年困难时期"，

梦里最美是故乡

通货膨胀严重，工厂工资发不下来，为了生活，父亲只得回家做农民，种点庄稼起码还能填饱肚子。父亲在我 16 岁高考前夕的时候就去世了，他一辈子没享过福，但是却给我留下了一生的精神食粮——认定的路一定要坚持走下去。

三

我是我们村子里的第一个大学生，也是我们乡里的第一个硕士，还是我们那个区里的第一个博士。1992 年我博士毕业，当时全国据说只有 5000 多名博士，我是华中师范大学首批应届博士。曾经，迫于生活压力，父亲看见人家的孩子辍学帮家里挣工分，也动过让我辍学的念头，但是我知道后坚决反对，"家里两间房，有我一间，我把那间卖掉，我也要读书！"

父亲在煤矿事故中去世时只有 40 余岁，我下面还有一个比我小 5 岁的弟弟和小 10 岁的妹妹。我是靠着助学金走完了我的大学和研究生的求学生涯的。直到我博士毕业，暑假回家我都干农活：打农药、插秧、割稻子……什么农活我都干过，除了犁田。有时，我自己都惊奇那些日子是怎么走过来的！也许，这就是那次"小长征"带给我的坚韧不拔和永远积极向上的精神吧！

求学生涯中，我在故乡遇到过好几个"贵人"。

其中一个就是我的堂祖父"四阿公"。他是那个年代少有的知识分子，是个乡村老师，很有威严。小时候我时常在他们家玩。他觉得我是个读书的好坯子，因而一直支持我读书，一定要我父亲送我读书。父亲也是在他的劝解下，才逐渐打消让我辍学的念头。他说："读得书多胜大丘，不用耕种自有收。"这句话像种子一样埋在我的心底，直到今天我都忘不了。如今堂祖父 90 多岁了，老人家基本上都不认得人了，但是他对我学习的奖掖，我一生都忘记不了。

我的另外一个"贵人"是我高中班主任兼语文老师邱老师。他在"文革"期间曾经被打成右派，"文革"结束后恢复了老师的职位，他瘦瘦高高，古代汉语教得很好。邱老师总说我有悟性，愿意教我这样的学生。他见我上学每天要来回跑30多里路太辛苦，不利于学习。他到我家来家访，和我父亲商量，让我住他家里，他大儿子年纪和我一般大小。

邱老师妻子早逝，家里有两个儿子和一个女儿，负担很重，但他并不介意再多一个"孩子"。就这样，我住进了邱老师的筒子楼家中，他在家里挂两张床，他和小儿子睡一张，我和他大儿子睡一张，她女儿到女生宿舍睡。

后来，我转到另一所学校读书，得知我父亲去世的消息后，他专门给我写了一封信激励我发奋读书，信中说，"天降大任于斯人也，必先苦其心志，劳其筋骨，饿其体肤，空乏其身……"鼓励我走出痛苦。

四

上大学后，我曾经幻想当一个作家，疯狂地阅读各式各样的世界名著，发表过一篇短篇小说，拿到平生第一笔6块钱的稿费，那个时候相当于近半个月的生活费。虽然后来，我没有走上文学创作的道路，但对文学的热爱这么多年来始终没有改变，现在也依旧会写点东西，而这份热爱就是源于邱老师的鼓励与支持。

每个人的一生中都会遇到一些"贵人"，他们不经意间的一句话可能就会改变一个人的一生。

在湖南师范大学毕业后，我又来到陕西师范大学读硕士和博士，离故乡的距离越来越远。那个时候，经过涟源的火车都是过路车，根本买不到票，

只好找关系先进站，把人从窗户塞进去。然后在车上只能站着，有的时候连站的地方都没有，甚至车上的厕所也挤满了人。

有一次，我从涟源一直站到郑州，足足站了 24 个小时，郑州到西安还要七八个小时的路程。每次回到学校，在接下来的一个星期里，我就像病了一场，提不起精神，不想动腿、不想走路，因为站的时间实在太长了。那个时候，到了学校怕回家，回家了怕回学校，主要是交通太不方便了。

博士毕业后，我到了武汉工作，现在高铁从武汉到长沙只要两个小时，高速公路基本上修到了我家门口，回家的时间越来越短，回家的次数也越来越多。现在，原来的金盘村和另一个村子合并成了"共兴村"，山上的那条石板路也越来越少有人走了，只是每次回到故乡，我还是会去走一走。

故乡的变化让人欢喜也让人忧。乡亲们越来越富裕，买了汽车，建了洋房，如果回到童年时代放牛的山头，看到的是公路上的汽车一辆接着一辆，只是看不见曾经涟漪般荡漾开来的梯田了，村湾里曾经是良田的地方，现在全部建了房子。

由于开采煤矿，村里清澈的泉水也干涸了；原来郁郁葱葱的森林，现在也光秃秃的了。有能力的村民到城市去住了，不再依赖土地。村里的有些变化，令我感到隐隐的忧愁。面对村庄里越来越悬殊的贫富差距，我真希望有一个能人能带领乡亲们走上一条共同富裕的乡村可持续发展之路，给我们的后代子孙留下一笔真正的绿水青山的"财富"。

走在故乡的田埂山头，面对这片生我养我的土地，还有那些沉寂在岁月里的人人事事，如果你问我"何为乡愁"？我想，对故乡的思念是乡愁，牵挂是乡愁，以及希望所有乡亲都能过上美好的生活也是乡愁吧！

（本文原载于〈文史博览·力量湖南〉微信公众号 2019 年 5 月 18 日）

■ 人物名片 | Renwu Mingpian |

龚胜生
全国政协委员
华中师范大学城市与环境科学学院教授

最近几年，
每次回老家陪父母，
住到家乡修整好的房子里，
我都能获得一种真切的宁静。

袁爱平：故乡是心灵休憩的地方

口述｜袁爱平　　文｜吴双江　李悦涵

最近几年，每次回老家陪父母，住到家乡修整好的房子里，我都能获得一种真切的宁静。故乡，确实能够给我们带来心灵上的休憩。

我的老家在湖南最北面岳阳的一个小山村里，海拔不低，有几百米。故乡在我年少的记忆里，是一种非常传统的中国乡村的印象，保持着淳朴、勤劳的民风，村民们日出而作，日落而息，沿袭着这种传统农耕文明的习惯和风俗。

我的家乡山不高，但是特别明朗秀丽；水不大，但是很清澈。小时候，我们上山打柴，口渴了，脑袋往水里一钻，直接就喝水解渴，那些都是清冽甘甜的泉水。如今，在外面漂泊多年，我总会忍不住回想故乡那一幕幕——那种清早一起来听到的"叽叽喳喳"的鸟叫声，那种独属于山里的新鲜的沁人心脾的感觉，对我来说都是非常宝贵的记忆。

我的童年，是在无忧无虑的玩耍和嬉戏中度过的。那时候，我们这些小孩子经常在一个屋场里玩耍，就像一个大家庭的孩子一样。每到吃晚饭的时候，我们都是端一家的碗吃几家的菜，俗话说"一双筷子托三家锅"。

那个年代，虽然物质的贫乏已经接近极限，但是大家把日子过得热闹，锅里有什么，就给邻里贪玩的孩子夹什么，大家都过得开心自在。乡民们彼此之间的相处，既有几千年来那种传统人伦的温情，也有国家新的政策的理念，那个年代的"大家庭"的情感是非常独特的。

我们儿时的学习，更多的是跟劳动结合在一起。我父亲是独子，这在那个年代并不常见。父母两人要养活家里的六姊妹，我是长子，所以就成了父亲的小帮手。还记得五六岁的时候，我就开始上山放牛、砍柴、打猪草。那时老黄牛在山坡上悠悠地吃着草，我就在不远处悠悠地找着猪草，日暮时牛儿要回家了，我篓里的猪草也找好了。

儿时上学的日子是比较艰辛的。山村到中学距离很远，路程有将近30公里，所以我们都是寄宿。那个年代的寄宿是很有意思的，一切是按农村里的搞法——自给自筹，每个人要带好自己的油、盐、菜、大米，还要把柴送到学校去。那时带的菜都是一些腌制的坛子菜和干菜，最大的问题是缺油，因为长期吃坛子菜，我和好多同学的嘴角全长满水泡。

最有意思的就是给学校打柴。那时候，每年一个学生要交几百斤柴到学校，但我们家离学校很远，要把柴担过去，非常辛苦。记得有一年，我父亲带着我，清早从家里出发，在离学校有几里路的一个大山里，我俩尽

<　　传统习俗舞龙灯

了自己最大的努力砍了两担柴，打算挑往学校。那时我才十来岁，担的柴几乎超过了我的承重能力，父亲于是走得快一点，然后走一段再回来接我一下。当时我们爷俩想，就算挑到天黑，也得把柴挑到学校去，得一次性把这一年的柴火交足才行。

后来，我通过自身的努力，终于考上了大学，走出了山村。离开家乡前，我们是处在一种天性的形成过程；国家的高考政策让我们有了"跳出农门"的机会，我们就发奋读书，也显现出我们山民的韧性——一种能忍受长期艰辛而没有太多收获的韧性，这很大程度上支撑了我们后面的成长。我见证了这种变化，这是我们这一代人的幸运。

家乡这些年发生了很大的变化，公路通到家门口了，电力通信建设越来越完善，已经不能和我们当时点煤油灯的年代相提并论了。但是在生产生活上，基本上还维持着传统的农耕社会的生活方式。直到现在，我的家乡附近还没有工厂，只是在生产上，会适当地增加一些现代机械化的应用。

前些年，我的老父亲还在坚持种田，我当时坚决反对，因为怕父亲辛苦。父亲说，他们已经不像以前家里搞"双抢"时那样辛苦了，现在不需要自己去收割，有专业的机械化服务，父亲也是"新农民"了。

父亲还说，农民如果不种田了，他心里是过不得的，因为这是他一辈子的生活。从这里可以看出，村里老一辈人的内心，仍然保有一种传统的农耕文化的观念。

什么是传统的农耕文化的观念？拿一句话来讲，就叫作"慎终追远"。我们每一家都有自己的祖先，每一个族都有自己的祖先，可以延续得很远。几千年的中国人为什么会有对故乡的情怀，我认为主要的核心是对祖宗的祭祀上。流传的族谱和激励后代的家训，让我们知道更多关于他们的故事。事实上，在无形之中，通过"家"的这种文化，就把我们串在了一根绳子上，串了中国几千年。

所以，每年大年三十和初一，我们家正式就餐前，父亲肯定先要叫祖宗，要让他们先来吃饭、喝酒——事实上这表示的是灵魂的归宿，这更多的是一种文化的传承，这种观念约束我们的行为，也激励我们不断努力。

关于故乡的传统，另一个我记忆很深的是玩龙舞狮。那时候，我们袁姓在几个村镇大概有一万来人，玩龙舞狮队伍每家每户走遍，都要走几天几夜。如果晚上到了，人家还会给他们安排住宿和吃饭。这是不需要给钱的，顶多给他们装点烟。记得有一次，我跟着队伍连续玩了很多天，走了20多里路，白天玩龙晚上舞狮，一条龙下有几百人举着，晚上灯一点，极其壮观，有的灯上还绘有诗句。

如今，每次回家乡，我会去找儿时的玩伴聊天——他们现在也是乡村的中坚力量了，这时总会让我感到世事的沧桑。大家的沟通，有从前传统里那种人和人之间交往的温情，也有我带给他们的一些新的经验和视野。我也特别愿意到曾经常打柴的地方走一走，带着家里的小孩，去培养他们对山林乡村的情感，原来打柴的路如今已经不在了，我们只能"野爬"，这又别有一番滋味。我们这一代是幸运的：我们出生在山村，仍然能体会中国两千年以来的传统文化，同时也见证了这几十年来，中国完成了几千年来人类文明大变革的历史过程。

（本文原载于〈文史博览·力量湖南〉微信公众号 2019 年 3 月 4 日）

■ **人物名片** | Renwu Mingpian |

袁爱平
全国政协委员，湖南省新的社会阶层联合会监事长
湖南启元律师事务所首席合伙人

扫码收听

释悟圣：那湖，那船，那家

口述｜释悟圣　　文｜仇婷

　　我的家乡沅江市，地处八百里洞庭腹地，位于益阳市东北部，以沅水归宿之地而得名，是典型的"三分垸田三分洲，三分水面一分丘"的湖乡地貌。

　　1975 年，我出生在原北大乡湖区的一户渔民家庭，自小跟随父母居住在船上，以船为家。

一

　　我的童年生活几乎常年与水相伴。家里有几条船，我们兄妹 5 个跟随父母住在其中一条船上，船停泊在芦苇荡里。在我儿时的记忆里，八百里洞庭湖碧水蓝天，渔舟唱晚，美景如画，有看不完的鱼、捞不尽的水产，藜蒿、茭白、水芹菜、菱角、莲藕……而我也过着天真烂漫、无忧无虑的生活。

　　白天父母外出劳作，我们几个小孩就在船上看看书，或是趴在船沿看来来往往的船只，看成群游过的鱼，看天上偶尔路过的小鸟，累了就躺在

<　　洞庭湖渔民

甲板上睡上一觉，也没人来打扰，自由自在。吃完晚饭，父母会检查功课，一般就是抽查背书了，若是没背出来，父亲手中的柳条就会直直地挥过来。记忆中，《三字经》《千字文》《百家姓》《伤寒论》《唐诗三百首》都是那时候这么靠柳条背下来的，不过现在已经忘得差不多了。

20世纪70年代，船上最"先进"的设备是一台收音机，每天都要依靠它来记录水位，一天天、一年年记录在本子上，以此来掌握汛期和渔期。那时，洞庭湖区还没有"捕鱼期"这个说法，渔民几乎一年四季都在水上捕捞，逢交易或每月采购才会上岸，添置点油米、火柴之类的日用品。因为要腌制水产品，渔民家庭消耗最大的是盐巴，一户人家一年要消耗几十吨。

我的父亲既是渔民，也是一名赤脚医生，在当地颇有威望，对子女的教育也相当严格。湖区长大的孩子都爱玩水，而在玩水这件事情上我没少挨父亲的打。

印象中，每年一到夏天，湖区就会出现小孩溺亡的安全事故，而每当有这种事发生，整个村子的男孩子无一例外都会挨一顿狠打。后来我才明白，挨打并不是因为你犯了错，而是父辈不知道该如何去教育孩子不要玩水，只好采取最简单、最粗暴的方式，给孩子留下深刻印象，并产生警示效果。

我曾亲身经历过儿时伙伴溺亡的事情。那时候，计划生育政策严格，很多外地人跑到湖区来躲计划生育，只为拼个二胎，或者拼个男孩。村上有户人家也是如此，前后生了4个女儿，最后终于得了个儿子，全家当珍宝一样养着。正是因为如此，附近跟我们年纪差不多的男孩子都不敢跟他玩，生怕万一出什么事要怪罪我们。可不幸还是发生了，一年夏天，这个男孩还是被水淹死了，直到现在我还能回想起他的母亲撕心裂肺、震天动地的哭声……

尽管不能偷偷玩水，但游泳是必须学会的生存技能。大概4岁的时候，父亲将我带到河边，他坐在岸边，手里拿一根竹竿，将我吊在竹竿另一头。父亲先将我推到河里，等我呛了几口水快要沉下去时将竹竿慢慢提上来，等我吐完水、吸满气，又把我放下去，循环往复，这样扑腾几次基本就能学会简单的狗刨式。等到能够独自在水里游上一两百米，父亲再教我正确的游泳姿势。湖区的孩子基本上都是这样学会游泳的，这是人的一种本能，但放到今天，父母肯定不敢这么做，毕竟很多家庭只有一个孩子，哪里舍得。

二

那时候的湖区老百姓大多没什么文化，勤勤恳恳劳作，踏踏实实做人，但因都在水上劳作，因此都很敬仰神明。

在湖区人心中，神明似乎是万能的。一遇到什么难事只能听天由命，怨自己运气不好，再去菩萨面前拜一拜，求菩萨保佑。那时候湖区卫生条件差、医疗物资匮乏，常年居住在此也容易生病，遇到感冒发烧就吃辣椒、刮痧或者拉筋，再不行就祭拜神灵，根本没有西药可吃。我记得自己第一次打点滴是在 18 岁，当时躺在床上，看着药水一滴一滴流进我的血管里，总觉得自己在体验死亡的感觉，甚至害怕这个东西会影响寿命，现在说来也是好笑。

奶奶也很信奉神灵，家里供奉着一个小神龛，每逢初一、十五，奶奶就会亲手制作糕点，摆放在神龛上供奉菩萨，并带着我们跪拜。奶奶告诉我，菩萨会 24 小时看着你，不能做坏事，要一心向善，所以我从小对神是很崇拜、很敬畏的，看到出家人的庄严威仪也会心生羡慕，后来当自己遇到不如意的事情也会不自觉地跪在菩萨面前去诉说。

1990 年，我 15 岁，我的命运轨迹在某一天发生了改变。那天，我后来的剃度师父觉知老和尚来到我家，跟我父母说我们有出家的慧根，劝我们兄弟姊妹几个出家。母亲思考后并没有反对，她觉得与其世世代代在水上漂，不如过稳定的生活——她只盼着我们平安、健康。我本身就对出家人的生活充满向往，听师父这么一说，决心好大，书本一丢就跟着走了。

就这样，师父领着我在桃江县浮邱古寺走入了佛门，从此云霞相伴，暮鼓晨钟，这是我人生的第一个关键转折点。

我的师父觉知老和尚原本出生于我们当地的一个书香门第，他的俗家与我家是世代邻居。他的书法写得极好，在出家之前从事文书工作。出家之后，他又看了大量的经书与医书，是一个很有智慧的人。在后来的三年时间里，师父教我唱念、打坐，教我佛教的仪规，教我静心。他对我们有问必答，哪怕是一些关于生死、关于六道轮回等稀奇古怪的问题，他都能一一作出回答，半点不敷衍，这对初入佛门的我来说是意义非凡的。

师父在医学上也很有造诣，那时寺庙的香火就靠他给人看病，但对于穷苦百姓他是分文不取的。印象中，他还会医治一些疑难杂症，他开的药方治好过 14 个白血病患者，可惜我当时年纪小，光顾着拿药方去开药，却忘记记下那张药方。

再后来，我遇到一个游方的和尚，他告诉我可以去上佛学院，于是我跟着他去了苏州，在佛学院上了 6 年佛学研究班。读书其间，遇恩师妙华师父摄受教导，佛学院毕业后，又在妙华师父的引荐下拜了一诚老和尚为师，于 2002 年跟着师父回到了洗心禅寺。一晃 20 年过去，至今我依旧认为出家是这辈子做得最正确的选择，也是人生最难得的一次机会。

三

再次回到故乡是 1996 年，虽然离家只有短短 6 年，但还是有一种物是人非之感。我的剃度师父早在 1994 年就已过世，而我那时年纪尚小，不愿写书信，因此师父去世时我并不知晓，也未能送他最后一程。在我出家之后，我的 4 个兄弟姊妹也都陆续出家，家中只剩父母和年迈的奶奶。

想起上初中时，父亲给我买了人生中第一辆自行车。那个年代能拥有一辆自行车是很稀罕的。我虽不太会骑，但十分喜爱，于是每天推着自行车去上学，放学后又推着它回家。就这样推着它走了一年，每天不厌其烦。

想起家乡的湖田月色，一排屋舍一排田地，沟渠边种满了柳树，风自湖上吹来，柳条也跟着摇摆。劳作休息时歇在田边，若是渴了，将稻田扒开一角，手舀起一捧水就能喝，那水真是清澈见底。

想起那时候家家户户都教导子女，一不能偷抢，损害福德；二要信奉因果报应。如果一个家族里有一个人有不良作风，整个家族都会在左邻右舍中抬不起头来。所以尽管当时自行车是个稀罕物，但我随意放在一边不上锁也不会丢。现在回想起来，当时的这种重视自身信誉度与美誉度的社会风气确实让人如沐清风，我们自小在这种教育中长大，也大多本性善良，踏实淳朴。

想起以前从家乡来长沙，一趟行程要坐一天轮船。如今，从老家到长沙全程高速，开车只要两个小时，但我回去的机会却越来越少。2006 年母亲过世，2019 年祖母过世，她老人家出生于 1919 年，去世时刚好 100 岁。此后，故乡只剩父亲一人。从某种意义上来说，父亲成了我们整个家庭连起乡情乡愁的精神纽带。

这些年，家乡变化很大。以前是浩渺的水乡，如今小河流有些干涸了；以前大多乡民靠打渔为生，如今都上岸做起了其他行当；以前以船为家，如今不少人家已经建起了漂亮的小洋楼……故乡的水也许不再如昨日清澈，故乡的人也许不再是昨日旧容，但故乡情，永存心中。

（本文原载于〈文史博览·力量湖南〉微信公众号 2020 年 10 月 18 日）

■　**人物名片** | Renwu Mingpian |

释悟圣
湖南省政协委员
长沙市望城区洗心禅寺方丈

·扫码收听·

故乡于我而言，
是一片播种梦想、
滋养梦想的沃土，
鼓舞我在实现梦想的道路上不断前行。

方联民：沿着故乡的"路与桥"筑梦前行

口述 | 方联民　　文 | 夏丽杰

我的家乡在岳阳县的一个村庄，儿时的记忆里，充盈着身处鱼米之乡的安心与快乐。如今，回望来时路，我在人生中所获得的那些重要的成就感、幸福感，与我在故乡的经历分不开。故乡于我而言，是一片播种梦想、滋养梦想的沃土，鼓舞我在实现梦想的道路上不断前行，令我永生怀念。

一

中学时，我就读的学校附近有一条篑口河。现在想想，河并不宽，水也不算深，但我那时只有十二三岁，胆子也小。学校建教室，需要我们去挑砖，必须跨过篑口河。这对那时的我来说，实在是不小的挑战。

那时的篑口河上，人们架起了一架所谓的"桥"，就是用十公分左右直径的松树干搭设的木桥。人走在上面时，整个"桥墩"摇摇晃晃，稍有不慎，就会跌入水中。每一次从桥上走过，我都难以抑制地紧张、心跳加速、发起抖来，我紧紧屏住呼吸，只想飞快地过去。

然而这还不算是最坏的情况。湖南水系发达，河流众多，许多河流连最简陋的"树枝桥"也没有——几块石头铺在河里，人踩在上面大步跨过去，就这样过河去。逢上下雨天时，常有意外发生：雨急脚滑，总会有人跌落到水中去。

那个时候我就想，要是能修一座大桥多好，不管刮风下雨，不管有没有人从对面相对走来，大家都可以顺畅地过河，不仅人可以过，甚至车也可以。这一架理想中的车水马龙的大桥，就这样在我的心里扎下根来。

二

上学的路上，我们还要走上一个小时的公路。那条路还是抗日战争时期修起来的，窄窄的沙石路面，坑坑洼洼，一有车经过便尘土飞扬。上学路对我来说是"晴天一身土，雨天一身泥"。

那时候，我最开心的事情就是在上学路上爬手扶拖拉机。手扶拖拉机速度不快，也比较矮，轻轻一跃就能爬上去。站在上面，比走路快，还省力气，我觉得很幸福。多年之后，我参加工作了，别人安排车时对我说，要让我坐更好一点的汽车，我说："这个车就行了，已经很好了，想起我小时候爬手扶拖拉机，都感觉到很幸福。"

那时候，从我家到岳阳市去，需要先走路到公社的公交站，6公里的路程要走上一个小时。公交车一天只有两趟，上午一趟，下午一趟，赶上了点才行。那个时候没有手表，不知道具体的时间，就需要早早地去到那里等。有时候等车就要等上大半天。坐上车后，还要一个多小时的车程，才能到岳阳。而现在，从我那时的家到岳阳去，开车只需要十多分钟。这在那时，根本无法想象。

三

故乡民风淳朴，人们有许多为人处世的大智慧，很多话、很多事都对我产生了深远的影响，令我受益终生。现在回忆起来，这些人、这些事都还非常清晰。在故乡那些教导了我、帮助了我、启发了我的可亲可敬的人里，最令我感动的是我高中时，教我化学的一位姓余的老师。

那时候，我的学校离家有 17 公里远。有一次，我在学校里生了病，余老师就把我放在单车后座上，因为我肠胃痛不能颠簸，老师就推着单车，徒步走了 17 公里送我回家。午后从学校出发，到我家的时候，天已经黑了。

一路上，为了让我的痛苦减少一点，老师就跟我聊天，转移我的注意力。他很熟悉我家里的情况，对我父母也很了解，就跟我讲，我父母年轻的时候是怎么苦过来的，为了抚养我们 6 姊妹吃了多少苦，也讲他自己读书的时候是多么艰辛。他还问我：有没有什么理想？

生平第一次，我对别人讲出那个从小放在心里的关于桥的理想。

余老师听了很高兴，他赞扬我的想法非常好，他说："你如果留在农村干农活，对国家的贡献就受局限了。你有这么好的成绩基础，理想肯定有办法实现。以后，你更要好好学习，要去为国家做更大的贡献。"

40 多年过去，想起这段往事，我还是非常感动，为余老师不辞辛苦、走上 17 公里送我回家，为他让我明白我的学习机会有多么珍贵，更为他肯定我的理想，鼓励我去实现目标，这对我意义重大。

四

转眼到了新学期，第一天，老师要求写新学期的打算。那个年代，革命浪漫主义盛行，男同学大多是写要当解放军，女孩子大多会写想当护士，

或是到供销社当服务员。那时，从农村里走出去，当兵、当护士、当服务员，都是非常体面、令人羡慕的职业。我却写道：我的理想是要当技术员。

但在当时的环境下，我这样的孩子成为技术员简直是天方夜谭。幸运的是，我赶上了国家恢复高考。1979 年，我顺利参加了高考。填报志愿时，我毫不犹豫地填上：湖南大学土木系路桥专业。

回到家，父亲把我臭骂了一顿——那时，高考才恢复没多久，在一辈子没有走出过农村的父母眼里，只要读个中专，离开农村，到外面去读书、工作就已经光宗耀祖了，湖南大学这样的好学校在他眼里未免有些"好高骛远"的意味。

但在我心里，这个志愿我是一定要这样填的，一方面，我对自己的考试成绩很有把握，另一方面则是因为我心里非常坚定：一定要就此起航，去实现修路架桥的梦想。

五

1983 年，我参加工作以后参与的第一个项目，就需要从长沙到常德去，我花了一天时间坐车，午饭是在中途的益阳吃的。而现在，从长沙到常德只要一个多小时。从岳阳到长沙的高铁也只需要 32 分钟。看到国家的交通、家乡的交通已经这么发达、这么便利，我感觉到非常欣慰。

20 世纪 90 年代末，我的工作单位负责建设岳阳洞庭大桥第一座桥，通车时，我看着桥上来往穿梭的车辆，回想起小时候，百感交集。从筻口镇的那一条小河上最简陋的"树枝桥"，到如今飞跨八百里洞庭的这么一座雄伟的桥，我深深感觉到我们国家的经济发展、经济实力发生了很大的变化，我们的建桥技术也得到了很大的提升，老百姓的交通有了翻天覆地的变化。

到现在，现实的情况比我小时候理想中的模样更要好得多！我们的国家，除了自身的交通基础设施建设已经达到了新的高度，还有很多项"走出去"：我们的技术、设备走出了国门，贡献到了国外，整个世界都看得到中国的强大，全世界都在享受中国进步发展带来的红利。

从到湖大学习路桥专业开始，一直到现在，40 多年来，我始终从事路桥建设这项工作，一辈子也就做了这一件事，应该称得上是不忘初心。故乡的那些路、桥，在我心里埋下"路桥建设"这颗种子，在此后的人生中逐渐生根发芽、长成大树，让我从一个有梦想的少年，一步步怀揣着梦想成长起来，在见证中国交通事业发展的同时，也成长为一名路桥事业的建设者。

我永远感谢我的故乡，让我一路步履不停，筑梦前行。

（本文原载于〈文史博览·力量湖南〉微信公众号 2020 年 11 月 17 日）

■ **人物名片** ┃ Renwu Mingpian ┃

方联民
湖南省政协委员
湖南省交通水利建设集团有限公司党委书记、董事长

无论走多远，
在流泽的岁月始终存留在我的心底深处，
是故乡给了我最初走出去的勇气与力量，
给了我历练与成长。

曾佑桥：心灵深处的流泽岁月

口述 | 曾佑桥　　文 | 沐方婷

　　我的故乡流泽镇位于湖南省邵东县，西距县城 14 公里，北距廉桥仅 4 公里。廉桥自古以来就是一个热闹的街市。在清道光年间所修的《宝庆府志》中，称廉桥为楮塘铺。附近盛产黄花菜、白芍、丹皮等，其圩场集散的物资多为药材、铁铸件和竹木制品，以及农副产品等。

　　在我儿时的记忆中，廉桥比流泽热闹多了。流泽山地崎岖，地势较高，是涟水与资江的分水岭：大雨过后，雨水东流涟水，西泻资江。这里的庄稼人希望年年风调雨顺，减少干旱，让潺潺的流水终年润泽这片盛产黄花菜、茶叶、玉竹、小麦的土地，于是这个地方有了一个如泉水一般叮咚作响的名字——流泽。

一

　　1938 年，在外公的指点和帮助下，我的父亲从仁让堂迁到了流泽镇积福街十字路外公家，开始弃农经商，母亲打点家里的"祥记南杂店"，父亲一边经商一边务农。因此我就是在积福街长大的。

邵东人多地少，为了糊口历来就有做生意的传统，集市比较繁华，当地农民自古就有赶集的习惯。集镇上也有定期的墟场。定期墟场，其实就是当地农民俗称的"赶场子"。每月以一、四、七，或以二、五、八，或以三、六、九为集日，同时也有逢五逢十赶场的大集市。每逢赶场的日子，集市上就会鸡飞猪叫、人头攒动，非常热闹。

1964年，农村经济稍微有所好转，往年萧条的集市也逐渐繁荣起来，当时我和弟弟左桥还在大塘小学读三年级。4月的一天，正逢星期天赶场子，父亲叫住我和弟弟："佑桥、左桥，今天不上学，你俩跟着大哥去仁家坪赶场啊！""好！"我和弟弟一听可以去赶场，兴奋地答应。

但是我们不是去墟场上闲逛，看热闹的，而另有一份重要"使命"。农民为了期盼有个好收成而企盼神灵的护佑，这是农村的一种传统习惯，因此纸钱、香烛等就有了市场，做这种买卖，本钱不大，收效较快。

于是，我们跟着大哥小山到附近的市场上，学着大哥的样子，把竹篮里的纸钱一沓沓摆放在人来人往的路边，大哥告诉我们，摆摊子要占人多热闹的地方，这样生意才好。我们三兄弟的摊子就紧连一排，占去一片地方。

流泽仁让堂　＞

"买香烛吧！"我们吆喝起来。那天虽然我们赚的不多，但也许是我们学做生意上的"第一堂课"，我的生意启蒙是在积福街上真正开始的。

二

后来，我们家办起了"纸钱"作坊，我和左桥自然就成了业余生意人。每逢学校休息或者放假，我和左桥就各自挑着一小担"纸钱"、香烛去墟场上摆摊。父亲看到我们回家，就会嘱咐一番："你们还是学生，别忘了读书，学习对你们两个是第一，一定要抓紧啊！"为了消除父亲担心我们因为做生意，荒废了学业的疑虑，我们白天如果去赶场，晚上就在煤油灯下复习功课。一直到母亲喊："快去洗脸洗脚，该睡觉啦。"

父母们虽然辛劳，但是看见我们几兄弟都很听话，心情特别好，平日里脸上总是堆着笑。

后来，随着我们慢慢长大，能够为这个家庭承担更多的担子，挑过煤、用面条兑过小麦、挑过麦秸、卖过鞭炮……虽然辛苦一些，但是想到能够解决家里的实际困难，我们愈发勤快。这些活儿，虽然苦，但是也磨练了我们稚嫩的肩膀与意志。

其中，"面条换小麦"是我青年时代最难忘的一件事。邵东是典型的丘陵地区，水田少，旱地多，适宜种麦子。1969年是个风调雨顺的年头，流泽的小麦长势喜人，收割之后，家家户户的小麦都是大丰收。父亲"用面条兑换小麦"的想法随之产生，我挑40斤面，换回了60斤麦子，去时担子轻，回来肩头重，一天下来，还未到家，肚子早就饿得咕咕叫了。这"面粉条换小麦"的生意做了一个月后，真是累坏了我们，肩挑肿了，腿也走酸了，但是我们的内心却是满足而欢快的。

三

　　1978 年 12 月，党的十一届三中全会在北京胜利召开，《人民日报》发表了振奋人心的公报，让流泽人的心中生出无限的希望。邵东流泽是一个小地方，可是流泽人赶市场是出了名的。改革开放初期曾流传着这么一句话："有市场的地方就有邵东人。"

　　瑞雪兆丰年。1980 年的春节，流泽下了一场罕见的大雪。塘里的清水不再荡起波浪，而被厚厚的冰层封住了。长长的冰棱垂挂在屋檐下、树梢上。然而，春天的气息是冰封不住的，在田野里散发着、在人心灵中传递着，万物复苏的春天就要来了。

　　春节一过，为了进一步扩张心头的商业蓝图，我们家将所有能变现的东西全拿出来，变卖成现金，把存栏猪也卖了，凑齐资金，大哥承包新泉综合厂，我和左桥、铁桥做眼镜生意……从流泽这个小集镇出发，我们四兄弟各自打拼在经商创业的道路上，流泽成为我们经商道路的始发站。

　　改革开放初期，办个体工厂的人并不多，但是面对萧条已久的市场，当时正是办个体工厂最佳的时期，在这样的大背景下，大哥 1981 年和我还有姐夫刘杰灵等人办起了"十字铝制品厂"。后来，随着工厂发展，我们四兄弟相继投入铝厂的经营中。

　　解决原材料来源问题、交通运输紧张问题……一个问题接一个问题的解决，我们四兄弟发挥各自专长，互相协作，互相支援，事业也越做越大。自 1987 年开始，流泽的铝制品厂就像雨后春笋般冒出来，激烈的竞争让我们不得不思考铝制品厂未来的走向与发展。

四

面对我的故乡流泽，那片历经时代洗礼的土地，回想那些卖香烛、挑麦秸、挑煤的艰苦岁月，我开始慢慢明白，曾经经历的一切不是让我停留，而是为了积蓄力量重新出发，走向更远的地方。

1988 年改革开放的大潮开始从沿海涌向内陆。这一年，湖南开始建立湘南改革试验区，这个好消息让我们兴奋不已，决心将企业转移到永州冷水滩市，曾氏企业也开始从作坊蜕变成了现代化的工厂。

1995 年 10 月，我们兄弟"三上沈阳"，说服沈阳双喜压力锅公司与我们在长沙联合办厂，这次合作也促成了曾氏企业的第二次转移。2000 年，随着国家实施西部大开发战略，我觉得是时候走出湖南了，在广袤的西部寻找企业发展的新战场，于是贵州安顺和六盘水等地，成了曾氏企业跨省发展的新一站。2010 年，为顺应传统企业转型升级的时代潮流，曾氏企业投巨资着力打造高新技术产业基地。

但是无论走多远，在流泽的岁月始终存留在我的心底深处，是故乡给了我最初走出去的勇气与力量，给了我历练与成长。无论在外面走多远，还是希望时常回家看看，那里有我们的初心与梦想，这个我始终忘不了。

（本文原载于〈文史博览·力量湖南〉微信公众号 2019 年 5 月 29 日）

■ **人物名片** | Renwu Mingpian |

曾佑桥
第九、十、十一届湖南省政协委员
湖南曾氏企业有限公司董事长

故乡，

是我梦想起航的地方，

我往后几十年的人生轨迹，

都与故乡的经历密不可分。

金鑫：故乡教给我的本事

口述 | 金鑫　文 | 仇婷

我是土生土长的桑植县人，土家族，桑植是贺龙元帅的家乡，而我的家乡又位于桑植县最远、最偏、最穷的地方，以前叫五里溪公社，后来改叫白石乡，撤乡并镇后又并到了人潮溪镇，但是"白石"这两个字已经深深烙在了我的心上，永远不会忘记。

土家族民俗文化众多，比如我们是腊月二十九过年，要先汉族的春节一天，这一天也是土家族最隆重的节日。为什么是二十九过年呢，这里边有个传说。相传在明朝嘉靖年间，土家族的先民随胡宗宪征讨倭寇，在腊月二十九那天提前过了年，慰犒将士。将士们吃了丰盛的酒席，养精蓄锐，到除夕那天狠狠打击了倭寇，取得了胜利。之后，为了纪念土家先人，土家人提前过年，并相沿成俗。

我是 20 世纪 70 年代出生的人，那时候的湘西大部分偏远地区还是贫穷的，乡里面流传着一句话"小孩望过年，大人望栽田"，因为栽田就会有收成，大人们有着丰收的盼头，小孩则盼着过年，因为过年才有好吃的，有新衣穿。

<　　制作糍粑

　　记忆中过年才能吃到糍粑，那是小孩心中的美味佳肴，同时，土家人素有"二十八，打粑粑"的说法，也因此，我们几乎每个小孩都参与过打糍粑。先将糯米蒸熟，放在一个大石墩凹进去的圆孔里，然后两个人对站，各拿一根木锤，你一锤我一锤把糯米锤黏。打糯米糍粑是一项劳动强度较大的体力活，一般都是后生男子汉打，即使冰雪天也要出一身汗。做粑粑也很讲究，手粘蜂蜡或茶油，先出砣，后用手或木板压，要做得玉圆光滑，讲究美观。

　　虽然如今回忆起家乡都是美好，但实际上，我们小时候的生活是很艰苦、贫穷的。村里没有通电，更别提公路了，从家里去学校需走好几个小时，通常是凌晨3点钟母亲就起床，给我们煮上几个土鸡蛋兜着，要一直走到白石大峡谷旁我们才能开始吃鸡蛋。白石大峡谷是我们上学必经的路，一旦遇上涨水，还得绕路两个小时，走到学校天已经大亮。穿着一双破鞋，走着同一条路，我走了整整6年，个中艰辛，现在回忆起来依旧心酸。

　　小学毕业后我就随父母离开了白石乡，来到了县城，但我始终记得我的小学语文老师刘冬银，某种意义上，他塑造了一个最初的我。小学时，我的语文成绩很好，能一口气背诵88首唐诗。虽然生在湘西、长在湘西，但是我普通话发音很标准，尤其热爱朗诵。有一回，白石乡有人要去当兵，在欢送仪式上有一个节目是童声朗诵，刘老师安排了我去。那时我刚上小学三年级，虽已记不清当时朗诵的内容是什么，但底下军人及他们的家人们都听得泪流满面。我大大方方、不怯场的样子让刘老师很是满意，打那之后，一有什么朗诵、主持、唱歌的比赛，刘老师都会极力推荐我参加。

也许正是那时种下了爱朗诵、爱唱歌的种子，再加上母亲对桑植民歌的热爱，我开始从一个"业余选手"成长为一个"半专业选手"，后来成为桑植民歌的传承人。

桑植，于我而言，是生我养我的家乡。在那里度过的童年，夏天摸鱼、冬天砍柴，穷人的孩子早当家，艰苦的生活铸就了我健康的体魄；离开之后，故乡的那条大峡谷、土家族的吊脚楼、满眼青色的草场时常出现在梦境里；再后来，年岁渐长，故乡变成了对过往岁月的追忆与怀恋。

回想起来，唱歌是故乡教给我的本事——是故乡的山山水水赐予了我略优于常人的天赋，又是故乡的人发掘了这些天赋。故乡，是我梦想起航的地方，我往后几十年的人生轨迹都与故乡的经历密不可分。

这些年，桑植发展得不错，老百姓种植烟叶、茶叶、萝卜，养牛、养羊，日子越过越好。人们都说："回不去的叫家乡"，而我的想法不甚相同——我想回家。我时常想，等到我老了，退休了，就回到白石，叶落归根。

（本文原载于〈文史博览·力量湖南〉微信公众号 2019 年 7 月 24 日）

■ **人物名片** ┃ Renwu Mingpian ┃

金 鑫
湖南省政协委员
张家界旅游集团股份有限公司常务副总裁、董事会秘书

人的记忆会被时间慢慢冲淡，

但味蕾和心的记忆不会，

每一种故乡味道里流淌的都是淡淡的乡愁，

随行随忆，慢嚼细品，一生难忘。

周奇志：随行随忆，慢嚼细品

口述 | 周奇志　　文 | 沐方婷

儿时记忆总是通过味蕾被反复释放，搜寻故乡的点点滴滴，故乡的人人事事就会慢慢清晰，故乡的味道无法被取代。

我的故乡在浏阳。

记忆中，浏阳有一道简单美味的什锦菜，名为"合菜"，寓意"和和美美、顺顺利利"。合菜是浏阳人阖家团圆抑或重要酒宴上必做的一道菜，讲究荤素搭配、营养均衡，菜里既有黑木耳、芹菜、胡萝卜，也有蛋卷、猪肝、炸肉皮等，再挑食的人都可以在合菜中找到心之所爱。

虽不是什么山珍海味，但小时候，每逢过年，一家人围成一大桌子，有说有笑，七八双筷子同时伸向一盘合菜，除夕爆竹的味道从门缝里偷偷挤进来，那份简单和睦在我的脑海中挥之不去。

除了合菜，记忆中的浏阳还有一道菜，每每想起我总会口齿生津，那就是酥肉。先是将鸡蛋、湿面粉调成糊，然后将肥瘦相间的五花肉块挂匀鸡蛋糊，下入油中，炸成金黄捞出，其中，香上加香的莫过于用茶油炸出来的酥肉，香酥、嫩滑、爽口、肥而不腻。上桌前，再将酥肉切成片，爆炒、清蒸抑或拌糖，最后将精心熬制的汤汁淋在酥肉表面。

　　小时候，家里买不起太多肉，加入面粉和鸡蛋的酥肉满足了贫苦人家对肉的渴望，满满一盘酥肉端上来，可都是结结实实的"肉"啊！酥肉给那个时代的人们带来真切的饱足与幸福。除此之外，羊肉炖粉皮也是浏阳知名菜之一，带皮的肥肉肥而不腻，咬起来稍微有点弹性，越咬越香，羊肉微甜嫩滑，煮熟的粉皮味道自然呈现，新鲜纯正、透亮明朗，像玻璃纸一样明亮光泽，吃起来非常滑爽，少有颗粒感。

　　在浏阳，每逢重要客人来家里做客，一壶辛辣甜香的茴香茶必不可少。大人们在大堂里坐着谈事，母亲就会安排我泡上一壶茴香茶。质地饱满、色泽黄绿的茴香在清水中上下浮动，怡人的茶香在氤氲的茶雾中扑鼻而来，呷上一小口，唇齿留香又祛寒暖胃。

　　谈及浏阳味道就绕不开浏阳蒸菜。据《浏阳县志》记载，"宋德祐二年（1276），元兵破潭（潭州，今长沙），浏遭歼屠殆尽，奉诏招邻县民实其地"，自此以后，江西、福建、广东等地的外地移民为躲避战乱纷纷迁往浏阳河上游——大围山脚下。

　　智慧的浏阳人为了反抗官府躲避抓丁，提前准备一天的饭菜，在蒸饭的时候装好几个菜碗放到饭甑里一起蒸，只要饭蒸熟了菜也就熟了，端起

浏阳蒸菜　＞

饭甑就可以吃饭，这样节省了做饭时间，也尽量少见炊烟。这一习俗被广泛流传，沿袭至今，形成一种极具特色又营养健康的风味菜系。

浏阳蒸菜品种多样，有干扁豆蒸腊肉丁、剁椒蒸土豆、清蒸土家腊肉、清蒸干豆角、清蒸芋头等等。在我的印象中，用茶油做的浏阳蒸菜最美味，因为茶油的珍贵，那个时候每家每户都会把茶油珍藏起来，只有在招待贵客时才会拿出来使用。蒸洋芋头、蒸水蛋、蒸豆豉辣椒时，母亲会接一小勺淋在菜上，香味顿时就布满在鼻子周围，香得我们小孩子直咽口水。

那种感觉，那种香味，让我至今记忆犹新。

浏阳实属丘陵地带，山多田少，适合油茶这一类经济林的生长。近年来，越来越多的浏阳人回到故乡，投入油茶产业发展，故乡的山水资源正在为越来越多的家乡人提供创业致富的可能。记忆里，那时的油茶并非人工种植，而是零零星星地生长在山野的灌木丛中。

小时候，我们家的日子过得清贫，8 岁不到，我就跟着父亲走上 20 多里路，上山砍柴，我紧紧跟在父亲后头拾柴火，通过卖柴火凑学费。

当时我还小，走这么远的路，一是累，二是怕，母亲看出我的不情愿，便鼓励我："伢崽，你现在是大人了，不能怕苦怕累了。"但看到我眼神依旧畏缩，便补充道，"妈妈给你做油茶饭团带在路上吃可好？"

母亲的这句话是真灵，我一听"油茶饭团"，眼睛就亮了，不由自主地咽了下口水，故意抹了一下额前的细软刘海，然后忙不迭地点头，生怕母亲收回这句话似的。

母亲看见我这副馋猫样，"噗嗤"一声笑了。

我时常守在灶边，看母亲做油茶饭团。先是将油茶慢慢倒入加热的铁锅中，然后将煮熟的糯米倒入，让每一粒米饭表层都薄薄地包裹上一层油茶，随后撒上一点点盐，用锅铲将米饭捣碎，使香软的大米之间产生黏性。母亲有时也会让我捣，我一边捣，一边捻起锅灶边溅出来的米粒"吞"入口中。捣完后，母亲将盛起来的油茶米饭放入一块布里来回揉捏，按压紧实，连布带米放入碗中，最后扣上一个碗，用以保温。

隔着布、隔着碗的油茶饭团自出锅之后就牢牢地吸住了我的心，所以20里路我总是走得最起劲，我等着午饭时间，等着掀开扣碗、等着拨开包布、等着油茶饭团的清香飘入口鼻，等着软糯又不失嚼劲的油茶饭团被送入口中……事实上，母亲的饭团里什么都没有，只有米、盐和油茶，但却是我这辈子吃过的最好最香最美味的食物。

十年前，我投入油茶产业的生产，在家乡一次性流转了50年期限的2万亩荒山、荒坡。其中，乡亲们多有不解，以为我占用林地。但一户一户地走访，一遍又一遍地分析、讲解，我告诉乡亲们：其实，我们的家乡是何其富有！

如今，硕果累累的油茶丰产林绵延数十公里，浏阳的油茶产品也已远销日本、韩国及欧美等地，我希望将乡愁的味道带到更远的地方，带给更多的人。每当微风四起，我仿佛就可以闻到小时候油茶饭团的清香。

人的记忆会被时间慢慢冲淡，但味蕾和心的记忆不会，每一种故乡味道里流淌的都是淡淡的乡愁，随行随忆，慢嚼细品，一生难忘。

（本文原载于〈文史博览·力量湖南〉微信公众号 2019 年 5 月 23 日）

■　**人物名片**　|　Renwu Mingpian　|

周奇志
湖南省政协委员
湖南湘纯农业科技有限公司董事长

和上万的家乡人一样，
我希望冷水江也成为一个可以触动别人的城市，
儿时记忆的鲜花烂漫、鸟语花香将会重新回归，
给更多冷水江人带来记忆与梦想。

姜东兵：资江"伊甸园"之梦

口述｜姜东兵　　文｜沐方婷

　　我亲眼看见身边的绿意一点点消失，一并消失的还有那座小城的美与宽广，但幸运的是它们活在了我的记忆里，我选择回到冷水江发展，是希望那些美好可以继续留在更多人的记忆里。

　　和绝大多数人一样，我童年的故乡也有鲜花烂漫、鸟语花香。那时候我还没有上学，年纪很小，和父母一起生活在冷水江的乡下，那时候的孩子只会漫山遍野地疯跑，摘桃子、梨子、杏子……还要扯野菜！小时候的我们认识很多野菜：荠菜、马齿苋、雷公丝、野芹菜……但是最为有趣的还是和哥哥一起，像非洲人一样在树上建"房子"，尽情发挥想象，自由"创作"。

　　20世纪80年代，作为典型的重工业城市，具有"中南煤海"和"世界锑都"名号的冷水江慢慢进入了掠夺式的资源开采鼎盛期，当时冷水江的锡矿山一个山头上就挤有96家小型冶炼厂。

　　然后我开始上小学，因为小学在山上，我亲眼看着一路上的树一年少一点，一年少一点，慢慢地就没树了，一棵树都没有了，甚至连草都变得稀有。大家都在拼命挖矿，到处都是黑烟滚滚，裸露的废渣遍布全山。一般来说，乡下的空气吸起来都是甜的、清新的，但是那时候开始我们已经呼吸不到一口新鲜空气。记忆中站在山顶上，灰蒙蒙的天空没有一只鸟飞过。

没有亲身经历过这些的人很难想象也很难感受到，过度的资源开发给那片土地带来的无尽伤害。

1997年，我们举家从镇上搬到了冷水江市。过去通往市里的路都是泥土路、石子路，14公里的路程，公交车摇摇晃晃地要开上将近一个小时。对儿时的我们来说，进城是一件非常开心的事情，当时的第一感觉就是这个城市真大啊！到处都是宽阔的马路，没有灰尘，过往行人的脸上都带着盈盈笑意。

那时候的冷水江有自己悠然的城市气度，不仅市政府会规划建造各种公共设施，各个厂矿学校里，这些公共设施也一应俱全，有文化宫，有灯光球场，有荷花池，有古树参天，两个硕大无比的喷水池，夏天蝉噪时，常有附近的小孩儿扎在那儿捞蝌蚪。甚至那个时候冷水江就已经准备建设特色商业街，一直以来她都是一个富有创意和开拓精神的城市。

冷水江　>

记忆里，我家房子的前头就是一条宽阔的公路，还有一个广场和集市，站在我家的阳台往远处眺望，可以看得很远。但是随着人口的涌入，房屋的随意搭建，原本宽阔的公路和街道被一点点地侵蚀，变得越来越狭窄不堪，厂房、商铺和民居摩肩接踵，难分彼此，单是市区内就有八百多家工厂，虽然看起来车水马龙，热闹非凡，但是这座小城已经达到了它承受的极限，更谈不上城市发展过程中应有的层次和美感。就这样，我的故乡冷水江这个曾经一度走在全省前列的重工业城市在资源的枯竭中走得越来越缓慢。

那个时候我就产生了一种信念：将来自己无论做什么事情，一定要是美好的、宽广的。

后来，我离开故乡，天南海北地走了好些地方，每当看到其他城市美丽的环境与科学的规划和布局时，我总会不由自主地想起自己的故乡，心头会生出一种莫名的失落感，久久挥之不去。为什么我的故乡不能如此？她曾经不也同样美好吗？她的未来难道就此定格？

2007 年 3 月，冷水江市被国务院批准列入全国第二批资源枯竭城市名单，"十二五"期间，湖南加快两型社会建设，一系列政策和规划相继出台，冷水江走上了一条"转型 + 提质"的新路，许多重工业企业相继关闭，冷水江市新旧动能加速转换，新能源、新材料、生物医药等新兴产业蓬勃发展，钢铁、有色金属、化工等传统产业加速转型升级，冷水江的自然环境也逐渐好转，一个天清气朗、绿色生态、充满活力的现代化工业新城已初现轮廓。

看到故乡的努力与改变，我开始明白自己是时候回去了。

打造梦想中的"伊甸园"成为我回到故乡的初衷。一开始的想法比较简单，就是希望让更多人有一个美丽舒适的安身居住的地方即可，但是在参观学习了几个优秀的旅游示范城市的经验后，打造资江旅游度假区的想法开始慢慢萌芽、定型、成熟，从方案设计、程序审批、实地考察到各项手续事宜，一切都要从零开始。

在项目开始时，很多人都抱着不看好的态度，认为冷水江一没有得天独厚的自然风光，二没有深厚悠久的人文历史底蕴，打造一个这么大规模的旅游度假区不是把钱往河里砸吗？但是这么多年的发展项目历经了许多挫折，我们也付出了许多辛苦，最终还是取得了一些成果。

对人而言，最难的莫过于从内心深处真正改变他的想法，但是慢慢地我发现这些年旅游区的发展让一些人从当初的不理解变成打心眼里希望这个项目建好，愿意为项目的发展出一分力，希望通过它改变人们对冷水江的"刻板印象"，改变冷水江这座城市的气质与形象。

有一次，我收到一条来资江旅游度假区度假的当地游客的短信："我们和所有的冷水江人，都希望度假区可以发展得越来越好，她是这座城市的一个缩影，她的美好就是我们最大的幸福。"

仅仅感伤失去的美好是不够的，关键在于能否重新创造美好。冷水江需要改变，需要回归，需要重新出发。和上万的家乡人一样，我希望冷水江也成为一个可以触动别人的城市，儿时记忆的鲜花烂漫、鸟语花香将会重新回归，给更多冷水江人带来记忆与梦想。

（本文原载于〈文史博览・力量湖南〉微信公众号 2019 年 6 月 9 日）

■ **人物名片** | Renwu Mingpian |

姜东兵
湖南省政协委员
东灏集团董事长

我出生在流沙河、成长在流沙河，

一辈子的事业、寄托和归宿都在流沙河，

这里是我的故乡，

而我一直都在这里……

李述初：流沙河是故乡，是初心

口述丨李述初　　文丨李悦涵

我 1967 年出生于宁乡西南部的流沙河镇，宁乡四大水系之一的楚江横贯境内，楚江也叫流沙河。

那是个"破四旧"的年代，还记得上小学六年级快清明的一天，爷爷说要带我去挂山。我很清楚这在当时是要被批评的。琢磨了一两天后，我终于决定向老师请假。第一节课，我开不了口，到了第二节课，我终于鼓起了勇气。

"请假干什么？"

"爷爷要挂山，我和他一起去。"

"哦，述初啊，可以啊，有孝心，去吧。"

我没想到老师答应得这么爽快，还夸赞了自己。请完假后，我如释重负地走在回家的路上，我仍然清晰地记得那一天，要过一个很长的桥，一大片农田，晴空万里之中路上一个人都没有，青蛙在田间欢快地呱呱叫……

这个场景深深地印在了我的脑海，我现在 50 多岁了，每当睡不着的时候，就会回想故乡的那个画面，渐渐地也就能入睡了。

一

准假的老师姓李，他教我们语文。那个时候，我家里有三姊妹要读书，学费也经常交不上。一次，李老师走了两三公里来我们家里家访，和母亲聊完之后，母亲还塞了米给他。后来我才知道，那一次是他帮我垫了学费，老师也没要米。当时，老师一个月工资也就20多块，帮我垫付学费是他几周的工资。

那个年代常常是吃不饱饭的，虽然物质匮乏，但镇子上人和人之间却是很厚道、诚实。

家乡在西部山区，山多田少，每个人只有5分多田的口粮，一年有一半以上是吃红薯杂粮。每年生产队会分肉，每人一年也就半斤肉。有一年，正好分到我家里6口人没肉分了，队上只剩下一头负责下崽的母猪。但最终队长还是把母猪杀了，给我们家分了猪肉。

队长的守信，让我记得一辈子。

流沙河山多田少，虽然分到每户的田很少，但每一户都有政治派购任务——每一年都要养一头猪。

猪要卖给镇上的肉食站。我的爷爷、父亲他们都是靠养猪给我们交学费的，我们需要去割野菜，剩饭剩菜都要喂猪。

事实上，从我家祖上来到流沙河的这十代人，都是养猪的。小时候爷爷卖猪，而我七八岁到后来十七八岁，都跟在爷爷后头看他做卖猪生意。一次，邵阳地区来了一些客商，爷爷带他们走了30多里路去买猪，爷爷对客商说："计元。"

当时我问爷爷是什么意思，他就和我讲这是"局档"——就是我们流沙河镇子上的行话、暗语，一块一斤是"计"，二块一斤是"则"，三块一斤是"春"，这样的话，农户、经纪人和客商在一起的时候，也可以谈价钱。

　　我很小的时候，就听爷爷讲过猪要吃熟食，这都是祖祖辈辈口口相传下来的经验，去年开始，大面积传染非洲猪瘟，但是我们流沙河镇的花猪，因为喂养的大米、玉米碎米等都煮熟，花猪就有一部分没被传染瘟疫。老一辈养猪都有一套经：母猪怀孕的时候，不能放鞭炮，否则容易让猪流产，选猪苗的时候，要选像熊猫一样的，脖子上有一个白圈圈的……

　　到了20世纪80年代初期，我们条件好一些了，过年就杀年猪，杀年猪的时候，要祭狮子神——因为狮子是六畜之王，祭祀礼节很隆重。杀完猪后，猪肉会切好，有的送人，有的腌制。

　　其实我们镇子那块地，4000多年以前的新石器时代就有养猪的迹象了，2016年12月的时候，家附近的青山桥镇罗家村就出土了一个陶猪首，而与我们宁乡四羊方尊齐名的还有一个青铜猪。

　　可以说，我们家乡那一块地方，猪的驯化、培育历史从古到今都有，起码有六七千年了。

二

　　其实我30岁之前，没有想过会养猪，更没想到会做养猪的企业。

　　10多岁的时候，一心一意读书，就是想离开农村，不种田养猪。毕业后，我做了不少事情，开餐馆、挖沙我都做过。到30来岁，钱赚得差不多了，用现在的话来说，算是实现了财务自由。但那时候总觉得自己缺了什么，好像还要做一件特别的事情。

　　20世纪80年代后期，我们国家吃的猪肉，大多是"洋猪种"，国外引进的品种，骨头比较大，生长速度很快，但其实肉质很粗。当时的社会是迷信进口，那时候，我也去国外去看过，但当时我就坚定地认为：国外

流沙河 >

的月亮并不比国内的圆。

2000 年左右，我在一个日报上正好看到介绍家乡流沙河养猪的历史，看完后自己才恍然大悟——自家猪肉和国外的猪肉，养殖和肉质上差别极大，流沙河的花猪的价值和潜在的市场很大，原来自己家乡养猪的历史这么源远流长。

如果说，20 世纪八九十年代，解决的是猪肉的数量，那现在解决的就是质量了。

20 年过后，我们的花猪市场价比猪肉平均价高 2 到 3 倍，但我们的猪肉仍然是供不应求。我想，如果当时没有我对宁乡流沙河传统、历史和文化的观察、反思和信心，就不会有今天的流沙河花猪。70 年代，一家养一到两头猪，到 80 年代的专养户，用一栋房子专门养猪，可以养五六十头，那时候的格局是前面是厨房，然后是猪圈、厕所。到了 2000 年，搞规模养殖，一栋房子可以养 1000 头，而现在是智能化时代，自动控温控湿等技术都非常先进了。近一年两年的非洲猪瘟，更是逼着农业产业化升级。

三

人生的际遇真是有些不可预想。

初中时，有一段时间有自己的想法，那时候我觉得"述初"不好听，要改名字，读书的时候，也一心一意想要离开农村和农业。但没有想到的是，我出生在流沙河、成长在流沙河，一辈子的事业、寄托和归宿都在流沙河，这里是我的故乡，而我一直都在这里。

懵懵懂懂的时候，父亲跟我说，名字不是随便取的："史太公有一句话是：述往事，思来者。你是"述"字辈第一个出生的，我们祖上是清康熙年间的时候，有个叫李美璋的人40多岁的时候带着两个儿子和老婆迁到宁乡流沙河的，那时候他就开始买小猪苗养猪了，我们是从他那个时候的第10代人，再往前追的话，还可以追到800年前，祖上从江西迁到湖南"。父亲还跟我说，《三字经》里那句："人之初，性本善"，就是取"初"字的原因，这是对我的寄望。

其实当时我听得不是太懂，但隐约觉得有道理，现在我53岁了，愈发理解并且感慨这两个字的重要。

（本文原载于〈文史博览·力量湖南〉微信公众号 2020 年 1 月 16 日）

■ **人物名片** ｜ Renwu Mingpian ｜

李述初
湖南省政协委员
湖南省流沙河花猪生态牧业股份有限公司董事长

在外面打拼，
时常想回到故乡、呼吸乡土气息。
乡土的泥巴味道、稻田的味道，
给我的感觉还是那么绵绵悠长。

曹力农：辽远一方，绵绵悠长

口述 | 曹力农　　文 | 沐方婷

那时候的乡村空气通透明净，可以看得很远。我 8 岁，一放学就坐在门口，等妈妈回来。开始是一个不断晃动的黑点，然后渐渐清晰起来，变成两座大山似的担子，中间夹着一个瘦弱矮小的女人，最后变成我的妈妈。

父亲在外做通讯员，自立要强的母亲大字不识，却双手撑起家里的一片天，8 岁的我是老大，下面跟着两个鼻涕涟涟的妹妹，一个 6 岁，一个 4 岁。

背着母亲，我牵着妹妹，去自留地里偷黄瓜吃，那是那个年代难得的美味。母亲疼惜正在长身体的我们，将那时候谁也看不上的南瓜皮，一丝不苟地切碎，放进竹筛里晒干，清炒给我们吃。没有甜味、没有咸味，但那时怎么就吃得那么香？

我 5 岁开始下地插秧，晨雾弥漫，曙光初露，插满 500 米远的稻田，得来回跑上 6 趟，趁着清晨日头小，一刻也不能停息。看过我插秧的乡亲们都会夸奖，这秧苗插得又快又齐整。

累了，我也会伸伸腰，抬抬头，然后看见不远处的油菜花金黄灿烂，前几天刚插好的秧苗们翠绿饱满，天地之间明晃晃地闪烁着一分亮丽明媚，

< "禾苗吐穗织绿毯,
油菜开花镶金边"

就像歌手春雷的那首中国风歌曲《八百里洞庭美如画》里唱的那样"禾苗吐穗织绿毯, 油菜开花镶金边"。

农村那时还是集体养牛,将养牛的任务分配到户。待牛吃饱喝足,我就牵着自己的"坐骑"赶赴"赛场",10头水牛被拉成一排,"哞"成一片,"三二一开始",看谁先把各自的"坐骑"赶到指定的地方。

如果不赛牛,那就斗牛吧,孩子们抱着牛脖子,爬上牛背,轻轻拍拍屁股下的牛,然后把眼对着对手,做出一副必胜的样子。两头牛开始相互撞击、比拼……

如果不赛牛,那就捞鱼吧,大家伙儿人手一个竹簸箕,限定时间10分钟,10分钟内谁捞的鱼最多,谁就可以免费享受他人战果的五分之一,以此作为第一名的奖励。

那是个没有游戏的年代,童年生活就是我们的游戏。

我就这样长大到11岁,离开了童年生活的村庄,转到县城读书。1990年11月27日,我只身前往深圳,在深圳、香港等地一待就是30年。

只是,我时常会回到故乡。

我是从农村走出来的,知道贫穷的苦,所以经常带着粤港澳地区的企业家一道回来,从资助各种贫困学子开始,到为家乡的招商引资牵头拉线,不仅带他们看农村，也带他们看城市，看企业善心所需之地，也看湖南的进步发展之处。破除一种隔膜，首先从了解开始。

推广南县"稻虾种养"是这几年我一直努力的事：让虾与水稻共生。对水质要求很高的虾而言，即使在 50 米远的地方打农药，药水气味飘过来，虾都可能死掉。一亩地稻谷 600 块，虾收入 7000 块，谁愿意"捡了芝麻丢了西瓜"？

越来越多"出走"的年轻人正从城市回到他们的故乡，在这片有着无数可能的乡土间创业打拼，相比于陌生的城市，如果有发展的可能，哪里会比留在自己的故乡更自由、更惬意、更让人安心？

如今我常年在香港、深圳、长沙几地之间来回跑，每当我告诉 80 岁的老母亲，自己要回趟湖南，老母亲总会叮嘱，别忘了那好几千号人的企业，自己的事情要顾好，不要怪我的妈妈，他们那一辈的老人家有自己的思维与想法。

时光流逝、世事变迁，如今的故乡田埂间既无孩子斗牛，也无大人插秧，一栋栋安居楼盖起来，清澈的沟渠之水汩汩流淌，虾苗和秧苗一齐生长。

在外面打拼，时常想回到故乡、呼吸乡土气息，乡土的泥巴味道、稻田的味道，给我的感觉还是那么绵绵悠长。

（本文原载于〈文史博览·力量湖南〉微信公众号 2019 年 5 月 15 日）

■ **人物名片** | Renwu Mingpian |

曹力农
湖南省政协委员
深圳市力嘉龙科技有限公司董事长

·扫码收听·

这些年，

乡愁始终在。

我时常会想起我的故乡，

想起我的梦开始的地方。

陈登斌：故乡，是梦想开始的地方

口述 | 陈登斌　文 | 黄璐

我是湖南常德人，说到故乡，很多儿时的画面依旧历历在目。

故乡很美，很纯，天是蓝的，水是清的，路是净的，人是和谐的。故乡的记忆也总是开心的，虽然当时并不富裕，但就是简单的快乐。

还记得，我家门前有一条河，河水清澈见底，可以看到鱼儿游来游去。我们村里喝的水都是从河里打的，而每到夏天的时候，我们就在河里洗澡、游泳、捉螃蟹、抓小虾小鱼……扑腾的浪花里，是我们天真无邪的欢笑声。

儿时我们的游戏也相当丰富，比如我和同伴们经常会一起玩打陀螺、跳绳、爬树……那时的我们很顽皮，也很淘气，但这真是无忧无虑的时光。

那时的乡亲们之间的感情是相当纯朴的。比如，记得有一次和小伙伴玩，由于玩耍不小心，我的手臂摔断了，但是当时我们相互之间从来没有责怪，不仅我们是很好的朋友，我们的家人之间也从来没有过怨怼。

有时也想起家乡的美食，比如豆浆皮、米花糖，这些特色小吃始终停留在小时候的味道，还有拉二胡的老手艺人，带给我们贫乏生活里的珍贵审美享受。

当然，我最想念的，还是我孩童时代的老师。

从小在我记忆里，老师就是很慈祥的，无论是课堂还是课余时间，他待我们都像亲人。记得上小学的时候，有一次在课堂上，老师发现我感冒发烧了，当时他家住在学校里，离得近，于是他二话不说，立马背起我到他家中，为我洗了个热水澡，煮姜糖水给我喝。那时天很冷，但他让我感到特别温暖。

第二天，我的感冒好了。而9岁的这个片段，在我心里种下了一个小苗，对我这一辈子的职业选择起到了决定的作用。我认为老师是伟大的，立志将来一定投身教育事业。

揣着这个梦想，凭借改革开放的春风，10多岁因为读书、工作，我走出了我的家乡，曾经南下深圳、珠海、海南，创办公司，积累资本，又折回长沙，遍访名师、租房办学。1997年，我终于实现了梦想，创办了湖南信息科学职业学院，20余年里，历经3次搬迁，学校也从专修学院到专科再到本科的三级跳。

"教育报国"是我儿时就立下的志愿，也是我毕生追逐的目标。还记得1997年，我在学校开学仪式上说："今天我们学校虽然小，但我们再过10年或者20年，一定会办成万人大学。"今天，这个愿望也已经实现——

故乡的小河　＞

我们学校在同类学校中首次拿下教育部人才培养工作水平评估优秀等级。

21年办学之路，背后所付出的辛劳和代价无法用言语表达，其中的酸甜苦辣只有自己能刻骨铭心地体会，但我教育报国的初心和热爱教育事业的赤诚之心从未改变。我也很庆幸，自己所从事的是一项崇高而光荣的事业。我希望让更多农村地区学生通过教育改变命运。

30多年一直在外，如今回家，家乡变化很大。当年的泥土路成了水泥路，有了电、电视、自来水，可以说变化是翻天覆地的。

看着这些年家乡各项基础设施建设的不断完善，我想未来会有更多青年人愿意回到农村。乡村振兴是新一代人的使命，要加快乡村发展必须加大对农村技术人才的培养，要继承和发扬乡村的传统文化，要提升农村现代化水平，发展特色农业，提高规模化生产，未来最有作为的一片天地就在农村。

这些年，乡愁始终在。尽管很多时候人回不去，但是情是经常回去的，也总是想为家乡做点事，于是为家乡修路、建养老院、改造田地……我也被常德市委、市政府授予新农村建设功臣。如今，我的家乡小渡口黄丝村已成为新农村建设市级示范区。

我时常会想起我的故乡，想起我的梦开始的地方。

（本文原载于〈文史博览·力量湖南〉微信公众号 2019 年 4 月 11 日）

■　**人物名片**　| Renwu Mingpian |

陈登斌
湖南省政协常委
湖南信息学院董事长

我试着去定义乡愁，
却又无法真正准确地去定义，
因为乡愁已经融在了家乡与
我的千丝万缕的联系之中。

郝建东：让思乡的情愫化为归乡的旅程

口述 | 郝建东　　文 | 彭叮咛　　陈汝菡　　周欢

"九嶷山上白云飞，帝子乘风下翠微。"毛主席的一首《七律·答友人》一下将我的记忆带到了我心目中谓之"故乡"的地方——永州宁远。

位于九嶷山下的宁远，保存着我人生最开始那十余年的回忆，在这里，有我从出生到高中毕业的所有青春和成长。读大学后，我鲜少回去，但是它一直在我记忆中鲜活着。

一

在我的心目中，永州宁远是一个民风淳朴、老百姓讲情义的地方。舜帝是中华上古三皇五帝之一，九嶷山舜帝陵是"德圣孝祖"舜帝的安寝之地，因而九嶷山也被称为"德孝之源"。也许是深受舜帝精神的影响，德文化和孝文化在当地老百姓身上展现得淋漓尽致，外迁来此的我们感触尤为深刻。

小时候，父亲曾和我说过他的故事，也经常告诫我们几个要牢记别人对我们的好。20 世纪 30 年代，父亲随着南下的部队来到了宁远，当时孤身一人的他在这里扎了根，母亲也刚从东北来到这里，人生地不熟，没有什么亲戚朋友。

刚来时，因为气候不适应，睡觉的床铺冷得像个冰窖，空气太潮湿，饮食口味重辣重油，导致父亲经常身体不好，生病住院都是常事。那段时间，周围的邻里乡亲给了我们很多帮助，渐渐地，我们家慢慢适应了这里的生活，从"外地人"变成了"宁远人"，我家也算得上是个南北融合的家庭。

生活在这片民风淳朴、重德重孝的土地上，家里的教育自然耳濡目染地发生了变化。父亲的"老干部"作风深深影响着我，虽说我现在是民主党派的成员，但是我从小接受的教育是来自父亲这位老共产党员。他经常教导我们："一定要努力学习、善良向上，别人有困难时要多帮助别人。"

提起故乡，当然少不了儿时的玩伴。小时候，由于受父亲影响，我和哥哥、姐姐都喜欢看书，我最爱看的是《三国演义》《水浒传》《红楼梦》《西游记》，每每看完之后，都喜欢用故事的形式讲给小伙伴们听。可能也是这段际遇，培养了自身的演讲水平。

还记得那时候，每当下课铃声一响，同学们就不约而同地、三三五五

<　　永州宁远位于九嶷山下

地围拢在我的课桌旁，等着我给他们讲上次没听完的故事，一个个聚精会神、争先抢后地占到有利位置，生怕错过了精彩的部分。上课铃声响了一会儿，他们都意犹未尽，依依不舍地离开，又回过头和我约着下节课后时间继续。

二

除了看故事、讲故事和听故事，孩子们之间的游戏可多了去了。

那时候，我还算出生在一个物质比较丰富的年代，小时候就有各种各样精巧的玩具，让我至今回忆起来，都是一段充满快乐、无忧无虑的孩提时光。

印象最深刻的游戏应该要数与邻居家的小伙伴一起"滚铁环"。手里紧紧捏着顶头呈"U"字形的铁棍或铁丝，推一个大黑铁环向前奔跑，有的还会在铁环上套两三个小环，滚动时更响亮，谁跑得久、谁走得远，谁就赢了。

孩提时期的快乐就是这么简单，而像"滚铁环"这些旧时的传统游戏，其实也是人与人之间的一种互动，不仅让那时的我学会了如何更好地融入集体，处理人际关系，更帮助我通过这些小的游戏让我和小伙伴们建立了深厚的情谊。

除了玩，关于故乡的回忆更多是在于舌尖的记忆。

香味萦绕挥之不去的，是永州宁远的酿豆腐、血鸭……这一道道关于家乡的味蕾记忆，让我每每在外地吃到这些菜时，都会勾起思乡的心绪。不管我走得多远，我都会想念身在家乡的家人、家乡的美食以及家乡的环境，这些给了我无数的温情和善意，让我把乡愁融进了血脉里。

什么是"乡愁"？对我来说，离家远了就会想家，想家就是乡愁，而想家自然就想起了那熟悉的味道。但如果让我试着去定义乡愁，我是无法真正准确地去定义的，因为乡愁已经融在了家乡与我的千丝万缕的联系之中。

永州宁远的这方水土滋养了我，如今，我也正在努力通过自身的力量，呼吁更多的人爱护好那里的一草一木，爱护好九嶷山的威严和生机，传承好舜帝象征的传统文化。

如今，父亲已经90多岁了。逢年过节，我们都会回宁远，陪陪他老人家。父亲习惯了在永州生活，不愿到其他地方去。前几年，父亲还会在电话里说，"不用担心我，把工作做好就行。"

随着时间的推移，父亲也开始变得像孩子般需要更多地陪伴照料，他经常说："你们什么时候回家啊？"

"常回家看看"就是给家人最好的礼物，而万千乡愁常常与节日相伴相生，端午佳节已至，就将这一缕思乡的情愫化为一趟归乡的旅程吧。

（本文原载于〈文史博览·力量湖南〉微信公众号 2020 年 6 月 25 日）

■ **人物名片** | Renwu Mingpian |

郝建东
湖南省政协常委
株洲市行政审批服务局局长

故乡的痕迹已经刻进我的骨子里，

流淌在我的血液里。

时隔经年，无论行走何处，

我身上都还带着故乡的烙印。

魏玛丽：故乡的集体生活里，是凝聚，是链接

口述 | 魏玛丽　　文 | 夏丽杰

一

想到故乡，家乡的味道总是最先让人回忆。提起家乡，我脑海中最先涌现的是一句话，"世界上没有美味，只有习惯。"常德人是最喜欢吃圆粉的，在每一个常德人心目中，任何美味都抵不上那一碗牛肉圆粉。

在外闯荡多年，我曾品尝过大江南北的各色风味，也吃过海外多国的特色美食，但是那些都比不上每次回到常德，直奔最老的那个粉馆吃的一碗粉和一个圈眼粑粑。小时候，每天早上上学之前，我妈妈就给我端碗牛肉粉，再放一个圈眼粑粑在上面，那就是我每天的早餐。

当时，我觉得这就是我每天的日子，普通、平常。后来我发现，这已经成了我的习惯，并且当它形成习惯以后，它已经成了我心里的美味。无论过了多少年，无论我走多远，吃多么名贵的食物，我真正最喜欢的，还是那碗粉和那个圈眼粑粑。

在外出闯荡的常德人的心里，常德的音调、语音也是每一个人的深刻回忆。常德话被很多人称为"小北京话"。与湖南其他地方的方言不太一样，常德话发音很接近普通话。所以我们常常讲：常德人讲话，任何地方的人都听得懂。许多常德人即使在外多年，也乡音不改，永远操着一口标准的常德腔。

我哥哥就是这样，常年在外面做生意，总是用常德话和人交谈。我问他，为什么到别的地方做生意，不讲普通话或是当地话，偏还要讲常德话？哥哥只答了一句：都听得懂。这个回答，让我既觉得骄傲，又觉得满足，我想：常德人到哪里都可以不用改腔调，这真好。

二

有句话说：常德人是湖南人中的犹太人。这正是我的父辈给我的感觉，他们特别勤奋，吃苦耐劳。外出经商的常德人，很多都小有成就，他们踏实肯干，不管自己做的生意是大是小，都愿意一步一个脚印、踏踏实实去做。

我的父母就是非常勤奋、善于经营生活的人。小时候，我觉得日子并不苦，甚至觉得家里很富足，很久以后我才知道，其实我们只是普通的工人家庭，父母工资并不高。而我们吃穿不愁的生活，来自父母对生活细致的、智慧的安排。

父母坚持把钱花在刀刃上，能够自己做的东西绝不花钱买。那时候，家里有菜园，平时吃的菜父母都自己种。我们家有三姊妹，衣服都是老大穿了老二穿，老二穿了老三穿，但是穿到最小的孩子身上时，仍然一点也不旧。因为父母很注重培养我们爱惜衣物的习惯，衣服脏了、坏了，父母会带着我们细致耐心地把它们缝好、折好。

在父母这样的精心经营下，我们觉得，生活在这样的家庭里面物质很富足，精神也很富足。

在每一个常德人心目中，
任何美味都抵不上那一碗
常德米粉 ＞

　　常德人不仅对生活和工作非常努力、善于经营，而且十分团结，大家
都很愿意互相帮助。在我看来，这也是常德人普遍成功的重要原因。有一年，
我们同学聚会上，大家提起在外的常德人，都说：常德人无论到了什么地方，
大家都特别团结。

　　这一点，我深有体会。

　　我参加工作以来，无论是到长沙，还是到深圳，常德的老乡都会尽心
尽力地帮助每一个常德老乡。比如说，第一次去深圳、对深圳人生地不熟
的常德人，一到深圳，马上就会有常德老乡接待、帮助。有的时候，常德
人想要出去打工，也会依靠老乡推荐一些工作，刚开始去打工，没有地方住、
没有吃的，老乡就会帮你。技术也好，生活也好，工作也好，但凡有任何
需要帮助的地方，常德人都会非常给力地协助。

三

　　记忆里的故乡是一方自有生趣、人情味浓厚的小小和睦天地。

　　我父母在常德变压器厂工作。我从小在厂区长大，童年几乎所有的玩伴也是在那里。厂里面有几栋宿舍，家家户户都关系密切、彼此照应，每一家都不用关门。有时候大人有事要出门去，无法照顾孩子，就委托三楼的叔叔帮忙管一下，或是五楼的阿姨帮着看一下。

那就是一种大家庭的感觉，我不觉得我是属于我自己家里，我是属于厂里面的。这个厂里面的任何人我都特别亲热，经常去这家吃饭，去那家玩耍。在厂里，我有好多干妈，好多干爹，大家都很照顾我，那种感觉特别美好，感觉我周围的这些人都是我的亲人。

那个时候，妈妈要是打了我，我就跑到三楼去找阿姨倾诉一下；我爸批评我了，我就跑到一楼去找叔叔倾诉一下，会有好多倾诉的机会，而且信任感又足。这对于我童年时的心理健康是非常有益的，"幸福的人用童年治愈一生"，我想，那时人人都可倾诉的氛围给我带来的益处，甚至影响了我的一生。

反观现在的孩子，除了父母，很难找到倾诉的人。我在对孩子做心理咨询的时候，问他们：你这么多情绪，都跟谁讲？跟同学、老师讲吗？他说没有，和同学讲，他们会笑我，也不和老师父母讲。我说那怎么办，孩子说：我就放在心里。都放在心里面，无处排解，孩子们怎么会快乐起来呢？这也是现在的孩子很多心理问题产生的原因。

四

现在的孩子没有太多的玩伴，而我们那个时候，只要是同年龄的小伙伴，我们都会玩在一起，爬树过河，翻江倒海一样去疯玩、去折腾，能做的事情我们都会去做，父母也不担心我们碰着摔着，放任我们去跑、去跳，那种感觉特别自由。

印象深刻的还有一件事情：家家户户的米饭都是送到集体的蒸笼里去

蒸的。每天早上我爸妈把米淘好，装在锅里，提到厂里去蒸，蒸出来的大锅饭吃起来特别香。有的时候，爸妈没下班，我就跑去帮着把饭提回来，感觉给家里做点了事情，我是有贡献的，有参与感，就感觉到很快乐、自豪。

那时候洗澡也是集体澡堂，洗澡有时间限制，冲水位又少，我们这些小孩子灵活，就会担起占位置的"大任"。不管是蒸饭也好，还是洗澡也好，我们当时都很有参与感，觉得在这个家里面不是只有父母为我们服务的，其实我们也可以为父母做很多事情。而且每次做这些事，我们都是一群小伙伴在一起，特别好玩。

那时候没有空调，天热的时候，家家户户都会摆个竹床出来乘凉，一起聊天，说说话，那样的日子像是那时候白铝锅烧出来的白开水一样，平平常常，但是却有特别的味道，让我很怀念，现在已经不可复制了。住进商品房之后，邻里之间甚至可能互相不知道对面住的是谁。我深深怀念从前的集体生活。

五

集体生活真的很有乐趣，以前在物质匮乏的时候，大家必须通过互帮互助、共享资源的集体生活来满足日常所需。如今社会发展，更加崇尚聚焦于个人，更加具备私密性，这是好的，但是如果还能够增加一些集体色彩，那就会更加完美了。

长大后，我在新西兰留学，后来在新加坡工作和创业。新加坡的集体生活给我留下了非常深刻的印象。作为一个发达国家，新加坡在集体生活方面发展得非常好，在给足每个人以个人空间的同时，又给出了无限的集体生活感。

在新加坡，每一个社区都有一个社区活动中心，里面有图书馆，有活动中心，还有专门请的社工。孩子放学回来以后，可以在里面写作业、聊天，还有专人在这里组织孩子们活动。每个大商场的门口都有一间屋子，如果说有孩子不想陪爸爸妈妈逛街，就会被送到这里来，有专人来看护他们。

在新加坡的所见所闻给了我很大的刺激和启发。2006 年，我从新加坡回国，给自己立下一个目标：把教育作为我的奋斗方向。

六

我想，除了学习以外，我们还可以给孩子什么？

我们可以给他更多的阅历，可以给他更多的乐趣，还可以给他更多的交际活动、更多朋友，增加他与社会的连接。那么哪怕他在学习上没有获得成就感，他仍会觉得还有很多东西值得留恋，孩子与社会的联系从单一的"一根线"，变成了"千丝万缕"的联结。我希望能够通过自己的努力，让孩子们独立自由发展的同时，也能享受到集体生活的快乐。

2006 年至今，我一直在努力。我在长沙市开福区四方坪左岸社区打造出了活动中心，包含社区图书馆和社区心灵氧吧，提供专业的心理咨询。活动中心有很多活动项目，把大家凝聚在一起："甜蜜荟"每个月都会组织甜甜蜜蜜的聚会，邀请大家一起来做游戏、聊天；"故事妈妈"活动里，妈妈们把动听的故事演绎给孩子们，不仅让妈妈懂得如何专业培养孩子的阅读力，更让孩子们对舞台上的妈妈充满了爱与欣赏；"超人老爸"活动里，爸爸必须来参加，陪着孩子进行游戏竞赛，很多父亲在这个活动中真正认识、了解了自己的孩子……

一路来，我一直在寻找一种人和人之间的这种联系，也是一种集体里面人和人之间的联合，这可能真的就是故乡带给我最大的影响，它是根深蒂固的。我想，这也是政协委员所要做的事：去把大家的想法凝聚起来，心往一处想，劲往一处使。

当我们谈起故乡，也许我们最先想起的是美食、亲朋，但故乡给我们更多的是在那样的氛围与经历中带给我们的潜移默化的影响。故乡大院里发生的桩桩件件，或许有些我已经记不清晰，但它们让我无意识形成的习惯，深深影响了我的性格、我的价值观，故乡的痕迹已经刻进我的骨子里，流淌在我的血液里。时隔经年，无论行走何处，我身上都还带着故乡的烙印。

（本文原载于〈文史博览·力量湖南〉微信公众号 2020 年 12 月 5 日）

■ **人物名片** | Renwu Mingpian |

魏玛丽
湖南省政协委员
长沙市开福区中新儿童发展中心教育总监

虽然露天电影已然成为了过去式，
但乡亲们对美好生活的向往依然一直在进行时：
整齐的村道，干净的庭院，
节奏明快的广场舞……

蒯建英：故乡的电影院

文 | 蒯建英

当电影《流浪地球》携带着一股旋风穿越960万平方公里领土的时候，我和丈夫也走进了电影院。当我们惬意地靠坐在松软的椅子上，偶尔享受一点零食，悠闲而从容自得时，我想起了儿时故乡的电影院。

我出生在20世纪70年代的桃源县陬市镇三里铺村，对那时候的乡亲们来说，日出而作、日落而息还是他们主要的生活方式，偶尔想起儿时的事情还要偷笑半天……

父亲兄妹6人，均生活在农村，80年代之前基本没走出过桃源县，大姑父是父辈们中唯一一个吃"国家粮"的，有一次他出差带回一串香蕉，听说这东西好吃得很，我和几个老表眼巴巴地看着，却不知如何下口，几个姑妈居然也从没见过，更不会吃。从小就机灵的小姑妈端详老半天，"既然是吃的，无非水煮、油炸、用锅炒，我看就用水煮最稳当。"一家大小望着锅里煮成了泥的香蕉，和贴在锅沿的香蕉皮面面相觑，香味在屋子里弥漫开来……真怪，我这一辈子再也没有闻到如此诱人的味道了。

春夏之交是孩子们最活跃的季节，没有经过改良的李子、桃子挂满枝头，即便成熟后也是又酸又涩。可孩子们哪里等得了熟，趁大人们忙时，带上早早准备好的竹棍、铁丝钩，三五成群扫荡整个村子，往往在得意忘形时，远处传来一声大吼，孩子们便四处散开，跑得慢的免不了被抓到一顿责骂，并佯装要打，其实都是农家孩子，大人们哪里舍得真打！物质极度匮乏，家家的孩子都饿、都馋呀……

在刚刚吃上饱饭、远远谈不上精神生活的时代，最大的娱乐就是能看一场放映队送的露天电影。通常是在队屋地坪里，竖两根粗粗的木杆，挂上镶着蓝边的正方形的银幕，一个大大的高音喇叭悬挂在木杆的顶端，一台"嗒嗒"作响的放映机，这，就是一场露天电影的全部设备了。

如果哪天下午，队屋地坪里挂起了银幕，不消半个时辰，四邻八村的乡亲们就全知道了。即便没有任何通信工具，晚上有电影看这种难得的好消息，还是会像金银花在晨雾中散发的香味一样迅速溢开了去：放学回家的孩子告诉了姆妈，姆妈赶紧搭信给娘家人；看牛的告诉了养鸭佬，养鸭佬就把这好消息带回了村。

当夕阳的余晖在天边逐渐淡去的时候，忙完农活、吃了晚饭的人们就三三两两地从四面八方汇聚拢来，男人披着衣裳捐着长条板凳；女人手里

露天电影院　＞

拿着电筒臂弯里挂着小儿女要添加的衣裳。最高兴的是孩子们，他们早早就守候在操场上，相互嬉笑、打闹，快乐得像在过年。当暮色来临时，高音喇叭唱起了当时流行的电影插曲，操场上已经挤满了密密匝匝的人，他们或坐或站，无一例外地全神贯注地盯着银幕，享受着这难得的闲暇。

露天电影，就是那个时代农村的精神寄托与赋闲方式。在这种简易的"露天电影院"，我随着长辈们观看了一部又一部至今还记忆犹新的优秀电影：《甜蜜的事业》《喜盈门》《牧马人》，甚至还有动画片《哪咤闹海》《三打白骨精》……正式放映之前，通常是加放短片《祖国新貌》，这几乎是当时乡亲们了解时代发展的唯一途径。就是它，让信息闭塞的乡亲们逐渐感受到了社会日新月异的发展与变化，听到了时代在飞奔的脚步声……

80年代初，随着农村包产到户责任制的推行，农村经济条件一步步好转，人们的生活也日渐丰富起来。各乡镇都修建起了室内电影院，露天电影逐渐淡出了乡亲们的生活，而我，因为学业与工作，也离开了家乡。

如今，每当有热映的电影，我总会叫上丈夫和女儿一起去观看。当我们惬意地靠坐在松软的椅子上，悠闲从容地享受着时光时，我总会想起儿时故乡的露天电影。虽然露天电影已然成为了过去式，但乡亲们对美好生活的向往依然一直在进行时。把日子过得美满，就是乡亲们最大的心愿。

（本文原载于〈文史博览·力量湖南〉微信公众号 2019 年 7 月 27 日）

■ **人物名片** | Renwu Mingpian |

删建英
湖南省政协委员
常德市鼎城区重点建设项目事务中心主任

年岁渐长，渐行渐远，

故乡的点滴化作阵阵婀铃，风起，铃动，

那是思乡的飘絮，

往往"才下心头，又上眉头"……

刘曼文：思乡的飘絮

文 | 刘曼文

梨花风起，桐花烂漫。清明时节，携妻女回乡祭拜父母，静立坟前，对儿时故乡的美好记忆也晕成了一池秋水……

一

家乡地处罗霄山脉中段，海拔800余米，三面环山，中间被围成一块呈椭圆形状的平地，长约1000米，宽约400米，像一把天然座椅。有一小溪自南向北哗啦啦从村里流过，溪上建有一石拱桥，传说是江西籍商人张正礼在清道光二十四年（1844）建成，历170余年，至今仍完好无损。几十户人家沿山脚建房，聚居一起。1980年前，这里不通公路，一条翻越潞岭，绵延十余公里，用石板铺设而成的古商道，是与外界联系的唯一通道。

潞岭坐落在村子东边，崇山峻岭，茂林修竹，每年4月，漫山遍野盛开着映山红，远远望去，如火如荼，灿若云霞，像一团团燃烧的火焰，蔚为壮观。燃烧的火焰引来了孩子们的目光和脚步，放牛的时候，我们钻进山林，信手采来映山红，做成草帽，往头上一戴，俨然一个个小红军。我们建碉堡，挖地道，打游击，抓特务，笑声、呐喊声此起彼伏，在山谷中久久回荡。

而今，也是映山红盛开的季节，拾阶而上，放眼望去，山花显得格外妩媚。路上不时遇见城里人带着孩子来游玩，看到漫山遍野的映山红，孩子们欢呼雀跃，一如当年的我们。以前，书本是孩子的世界，现在世界是孩子的书本。我想，这潞岭映山红必将给孩子们打开崭新的一页。

二

家乡与茶陵县潞水交界，地理位置偏僻。在20世纪那个特殊年代，县里一些干部被下放到我们村里接受"改造"。记得大概是在1971年，县里一位叫文德章的干部下放到我们村，村里安排他住我家，因为比父亲年轻，我们兄妹几个管他叫"文叔叔"。

文叔叔身材魁梧，衣着朴素，和蔼可亲，没有一点儿当官的架子，与我父亲他们同劳动同生活。村里人很热情，每逢家里有点像样的菜，便争着请文叔叔吃饭。但文叔叔不白吃，在我们家厅屋墙上贴了一张表格，记载着哪天在哪户人家吃饭，早中晚餐分别标明，非常详细，待到月底按规定标准再与村民结账。

劳动之余，文叔叔或看书、或读报，时常跟我们讲一些"悬梁刺股""凿壁借光"等古人刻苦求学的典故，鼓励我们努力学习，走出大山。在他的浸染下，我生命的触角开始感知到外面的世界，"知来者之可追"。

文叔叔回城以后，依然与我们父子保持着联系。记得我读高一那年，父亲带我去拜访文叔叔，他热情地接待了我们。临别时，文叔叔拿着一沓厚厚的草稿纸送给我，说"读书人纸贵"。嘱咐我好好读书，将来考上大学，

甜酒酿　　>

为父母争光。接过沉甸甸的草稿纸，我感觉到更加亲切，心里暗下决心，一定努力学习，将来报答文叔叔的引导之恩与关怀之情。1984年，我顺利考上大学，成为我们乡恢复高考后第一批大学生，从此与"纸"结下了不解之缘。

三

家乡山高路远，不通公路，往来货物，全靠肩挑手提，劳动强度大，因而村里的青壮劳力大都爱喝酒，一来解乏，二来闲话家常。每到冬季农闲时节，各家各户都酿制糯米甜酒。

甜酒的酿制工艺并不复杂。首先是"选米"。选用自种的无夹杂仙米的纯糯米，糯米是用土碓将糯谷剥壳而成，用这种工序制作的米称为"糙米"，糙米耐蒸，用它酿出的酒，酒味醇厚且清亮。其次是"浸米"，糙米要在水中浸泡1~2天。再次是"甑蒸"。蒸酒甑形如圆桶，高约90厘米，直径约40厘米，糯米洗净后放在甑内，置于水锅，用大火蒸，一般要蒸3个小时左右。第四步是"拌酒药"。糯米蒸熟后称为"糯饭"，先用冷水将糯饭降温，待 30℃ 左右时把糯饭摊在盘箕里，撒上适量自制的酒曲，用双手拌匀，置入缸内，再用棉絮将酒缸包裹好，并在室内放置火炉，以保持 20℃ 左右的温度。最后一道工序是"榨酒"。2~3 天后散发酒香，即来酒汁，4~5 天即可食，称为甜酒糟；7~8 天后就可榨酒。酒制作量大的，用专用工具人力挤榨。量少的用手捏榨，榨出的头道酒汁甜而浓，称为"酒湖"。榨头次后，酒糟又可用山泉水浸泡，待 3~4 天后捏出的酒汁，称作"二酒"。二酒与酒湖相兑后称"甜酒"，用酒坛装上，便可直接饮用。

隆冬时节，映着雪花一两片，村子里三五好友围坐一起，将甜酒放置火炉上稍稍加温，顿时，酒香四溢，满室氤氲。五六杯下肚，人已微醺，七七八八开始闲扯，或谈论庄稼收成，或议论邻里家常，或讨论来年耕种，或评论"天下大事"，无关名利，无关荣辱，不必藏拙，亦能知著，兴之所至皆为话题，在海阔天空中感受到乡情的温暖，在推杯换盏中享受着劳动的喜悦。欢声笑语和着火炉上的酒香，暖了严冬，醉了人心。

年岁渐长，渐行渐远，故乡的点滴化作阵阵婀铃，风起，铃动，那是思乡的飘絮，往往"才下心头，又上眉头"……

（本文原载于〈文史博览·力量湖南〉微信公众号 2020 年 9 月 7 日）

■ **人物名片** | Renwu Mingpian |

刘曼文
攸县政协常委
县委理论宣讲团高级讲师

辑四

故乡也像围城，

在家的幻想出远门，在外的想回家，

不知不觉间，故乡终究已成为人心无以替代的熨帖和抚慰，

成为人心柔软温馨的源泉。

鄢福初：君自故乡来

文 | 鄢福初

君自故乡来，应知故乡事。

我的故乡在梅山沟壑纵横的皱褶深处。小时候对太阳从东边的山头升起总是充满欣喜，对山的那一边充满无限遐想，一种奔赴他乡闯荡世界的志向，早已随着那朝阳日复一日的在心底潜驰暗长。离开故乡的日子久了，慢慢地就又有了另一种回望，故乡也像围城，在家的幻想出远门，在外的想回家，不知不觉间，故乡终究已成为人心无以替代的熨帖和抚慰，成为人心柔软温馨的源泉。无论身处何地，故乡的背景长在。

乡音难改，工作的需要，我在很多场合十分努力地学讲普通话，总是掩藏不住故乡新化的口音，不免也有沮丧的时候，唉，那乡音毕竟是和父母血肉相连的调调，早已沉淀在血脉，融入于骨髓，根深蒂固！老家的口音质朴、直率、温馨、热烈、底蕴深厚，铿锵有力。离开故乡久了，无意中听到一句家乡土话，精神就会莫名的兴奋。和家乡人相聚，相互说着朴实无华、毫不雕琢的老家土话，浑身上下感到的除了自在还是自在！乡音连起的是一方水土，乡音串起的是一些熟悉的面孔，闪现的是一些温馨的

儿时往事。

乡味难忘！记忆里却始终是小时候母亲做的饭菜最香。厨房的设施是越来越高级了，记忆里却始终是妈妈在老家烟熏火燎的灶台、砧板上制作的那稀松平常的几道菜才是真正的佳肴美味！离厨房不远的乡下菜园是宝藏，在黄瓜架下是浑身青涩带刺的黄瓜；矮矮的辣椒秧里满是红色的、青色的辣椒；在遍布南瓜花的瓜藤间有大大的南瓜；高高的豆角架下垂下来无数长长的、嫩嫩的豆角……新鲜、清脆、地道，想起都要满口香甜。

小时候物质生活条件其实是很艰苦的，能餐餐吃大米饭的人家是很稀少的，要靠红薯、玉米等各种各样的杂粮辅助填饱肚子。现在的人讲究减肥，讲究吃杂粮，把红薯当宝贝，我于红薯却是有许多无奈、心酸、难以下咽的记忆。那些旧时乡下味道好得不得了的柴火熏出来的腊肉、腊牛肉、腊鱼，只能是逢年过节或贵客临门时才有吃的，因为贫穷，所以珍惜，因为难得，所以刻骨铭心。

记忆里那些熟悉而顽固的味道，都一一对应着童年岁月难忘的生活场景：老家烟熏火燎的灶屋里，小孩生火，大人备菜，用食物凝聚家庭，慰

儿时的烟火气　＞

藉家人。平淡无奇的锅碗瓢盆里，盛满了中国式的人生，更折射出中国式伦理。人们成长、相爱、别离、团聚。家常美味，人生情味。

如今物质生活极其丰厚，大鱼大肉，山珍海鲜，花样百出，却怎么也吃不出少时的那份香甜与满足，我想那是我们的的味觉、嗅觉早已失出了童年的那分单纯与美好。美食家李渔说世间最美好的香气莫过于稻米饭煮熟时发出的香气，"人莫不饮食也，鲜能知味也"。能静心地闻得着香气，真正懂得饮食真味还真不是一件容易的事。孟子说："饥者甘食，渴者甘饮，是未得饮食之正也。"这"饮食之正"的道理还真是大得不得了，唯有童年，唯有故乡可以给我们启示。

阅读过一些兴亡，拍打过一些栏杆，细数过燕子去来；人生匆匆，转眼间风物凄凄望断，步入天命之年，仿佛已依稀望得见桑榆树梢上的霭霭暮景，对故乡便有了更多的回望，有了些许别样的情思。在方兴未艾的城镇化大潮里，故乡变得格外的寂寞、安详、宁静、不染纤尘，一切都是那么与世无争。披鳞含结的屋瓦，有一种令人沉溺、不生虚妄之心的魔力，山外所有繁华喧嚣，那些津津乐道的大场面，那些壮怀激烈的志向，在故乡风物面前不免黯然，一切都变得无足轻重。

人之一生，不管路途如何颠沛流离，曾经沧海，又如何目迷五色，佛说"还至本处"，还是老家的风景更能让心笃定。每一次回家，落车那刻，仿佛已穿过纷纷扰扰的尘世，穿过迷离的岁月，来到一片平和安宁的世界。万事的洪流就不再冲到心头，身体洋溢的只有轻柔和安宁。欧阳修尝云："在夷陵，青山绿水日在目前，无复俗累，琴虽不佳，意则自释；及作舍人、学士，日奔走于尘土中，声利扰扰，无复清思，琴虽佳，意则昏杂，何由有乐？"欧阳公所谓"琴虽不佳，意则自释"，缘于老家之松声、涧声、鸡鸣狗吠声、煎茶声，皆人间声之至情至亲，皆都市无价之大背景也。

记得有次回乡，特意去小时砍柴的山道上走走，有长风从山谷一路吹来，在林间穿梭，不时还可听到板栗啪啪落地的响声，桂花开了，鼻底清芬，神怡心旷。山腰回望，不远处烧过的田野里留下一道一道粗狂焦黑的痕迹，仿佛颜鲁公宽阔厚重的墨色，尤具六朝爨龙颜碑纵横开阔的力量，古朴、宁静、悠远，那时，想想自己研习书法数十年来的种种艰辛与纠结，始知纸上得来终觉浅，以后的笔墨，在挥洒自如里只要融入故乡风物那分旷达、高古、沉静的气息就好！

黄永玉先生在一首诗中写道："我的心 / 只有我的心 / 亲爱的故乡 / 它是你的。"世间还能有什么样的情感敌得过童年和故乡？所谓乡愁，是水土，是文化，是人世欲说还休的永恒渴望。可以说，所有的作家下笔之由都不过是在回味、追寻那最初的美好，他所写能写的都不过是回忆童年、歌唱故乡而已。文学如此，书法乃至全部的人生莫不如此，因为只有故乡，给了我们一生难忘的少年憧景，并始终给我们的心以最朴素、淡定、安详的力量！

君自故乡来，怎能不知故乡事。故乡最大的名字就叫厚德载物。

（本文原载于〈文史博览·力量湖南〉微信公众号 2019 年 6 月 15 日）

■　**人物名片**　|　Renwu Mingpian　|

鄢福初
全国人大代表
湖南省文联主席、湖南省书法家协会主席

· 扫码收听 ·

说到乡愁，

我觉得传统的乡村文化需要保护。

留住了乡村文化，

就留住了乡愁。

王跃文：故乡是我记忆里最诗意的风景

口述 | 王跃文　文 | 黄璐

我的故乡在湖南怀化溆浦县。溆水河从两山之间流过，河水冲刷形成的河谷平地上坐落着一个小村庄，漫水。我就出生在那里，直到19岁离开。

我曾经以"漫水"为题目写过一篇中篇小说，这部以故乡名字命名的作品在2014年获得"鲁迅文学奖"。

那是一个很美的地方。溆水河谷平地宽阔，当地老百姓就叫它平原，土壤也十分肥沃。每到春夏，可望见漫无边际的稻田，白鹭优雅地栖息在田野上。村子里是勤劳朴实的农民，包括我的父兄辈在内，他们日出而作，日落而息。童年的记忆，自然最为深刻。到了深秋，河谷沙地上的柑橘红了，村民们开始采摘柑橘。进入冬季，又开始熬甘蔗糖。这时候，学校放寒假了，我和小伙伴们一天到晚守在糖坊，看师傅熬甘蔗糖。一大锅滚烫的甘蔗糖汁，浇到制片糖的竹簟上。我们从早守到晚，都不觉得累。

我们守在那里的动力，是能在熬甘蔗糖的铁锅上刮些糖渣吃。每个小孩都有一把小刀子，那是用大人割水稻割坏的镰刀磨成的。小时候，孩子们个个都是小工匠。每当从锅上刮到一点点糖渣，都特别开心。

小时候，我们玩的游戏不仅花样很多，而且是分季节的。比如，春天要去放风筝，秋天就开始打陀螺，冬天来了我们就玩滚铁环、踩高跷。夏天的时候，有趣的游戏最多了，下到河里面去捉鱼，爬到树上去抓蝉，掏鸟窝……

那时的孩子们天真无邪，乡村人淳朴厚道，我到现在还是很喜欢和他们在一起。记得这样一个小故事：有一次，我二姐在路上捡到一个信封，打开一看，原来是一个在长沙念师范的女学生，托她的同学给家里捎回一封信，信封里有30斤粮票。那时，物资短缺，粮食是凭粮票供应的。30斤粮票，算是一笔大财富。二姐把信交给了母亲，我母亲就顺着这个地址，把信和粮票送还回去了。凑巧送回去的时候，那位捎信却不小心掉了的同学，正在她同学家里哭泣着解释。后来，那位给同学捎信和粮票的学生回到长沙，专门给我二姐寄了一本笔记本，上面写着：赠给拾金不昧的好学生。

我的老父母仍住在漫水老家，他们都是年届九十的老人了。现在一到节假日，我都会回老家看看父母。每一次回去，也都会感觉到家乡的变化越来越大。我们村是省美丽乡村建设示范村，乡亲们越来越富裕。小时候常见的低矮破旧的木房子没有了，家家户户都盖了新房。最让人可喜的是，家乡生态环境保护得好，四周连绵起伏的群山，树木青翠葱郁。

怀化溆浦　＞

如今的乡村同我儿时的乡村相比，进步和变化翻天覆地。但是，有些传统风俗和生活习惯也渐渐地消失了，我们儿时的游戏现在农村的小孩子也很少玩了。这也可以说是我的乡愁吧。

当前，乡村振兴是一代人的新使命。我认为首先应该加强乡村基础设施建设，推进城乡一体化，包括供电、供水、供气等等。城乡融合发展，重要的发力端不在于推进城市化进程，而是从乡村现代化建设入手。

另一方面，我认为当前最重要的就是人才怎样到乡下去。只要人才回去了，资金就回去了。现在，很多从乡村出去的人，他们在城市落了户口，想再回到乡下就很难了，有制度障碍。清朝规定，官员致仕，必须在五个月内回到原籍。目前，省里正在推行城乡合作建房试点，期望可以探索出新路子。如果允许从农村走出去的人，顺利地回到家乡安居，哪怕是他们退休之后再回乡安居，对农村的长远发展也是很有积极意义的。

（本文原载于〈文史博览·力量湖南〉微信公众号 2019 年 1 月 28 日）

■ **人物名片** ｜ Renwu Mingpian ｜

王跃文
湖南省政协委员
湖南省作协主席

我爱天下所有的名山，
但是，我更爱我的故乡大别山。
生活在山的家族中，
我感到充实。

熊召政：踏遍青山人未老

文 | 熊召政

一

处处水从千涧落，

家家人在数峰间。

这是少年时读到的清代戏剧家李渔所写的《英山道上》的诗句。英山是我的故乡，它地处鄂皖交界的大别山腹地。

位于英山、罗田、金寨三县交界的大别山主峰天堂寨，秀耸天际，总揽群峰。它不但是长江、淮河两大水系之大别，亦是荆楚文化与吴越文化之分界。

我17岁时第一次登上那烟霞纠结、岩石荦确的峰头，放眼望去，不但看到了李渔诗中所赞赏的千涧飞腾，万山簇拥的自然大观；也看到了众鸟浮漾、翠雨横空的奇异诗境。欣欣然、陶陶然的我，情不自禁写下这样的诗句：

我欲摩天五尽寒，

羲和飘泊隔云烟。

寒星腋下生双眼,

望绝中原百万山。

以我 17 岁的肉眼,当然看不到百里乃至千里之外的城郭山河。但是,用天边的疏星作我的眼睛,辽阔的中原便尽收眼底了。

我一向认为,人活在世上,要有大胸襟、大眼界。有了这两点,才有可能产生大格局、大气象。而故乡的大别山,则给了我这种可能。在幽深的峡谷里我们可以练气蒸霞,在崔嵬的峰巅上我们可以引颈四顾;在白云之上安顿我们的飘逸,在清泉之中洗濯我们的情怀。

有一年,我到了大别山北麓的红安县七里坪,在那条曾诞生过共和国的主席、总理、元帅与将军、部长与省长的窄窄的山街上,我且行且止,徘徊良久,挥毫写出如下的诗句:

我爱红安五月花,

杜鹃如血血如霞。

为何二百屠龙将,

尽出寻常百姓家。

而另一次,耽于禅思的我,在大别山东麓的一个名叫桃花冲的山谷里,我躺在溪流中一块平坦光滑的巨石上,耳听樵风松韵,又吟出另外四句:

风起竹邀花扫石,

寒来云为客添衣。

禅家活得无拘碍,

尽日南山一局棋。

同样一座大别山,它既能养育铁血男儿、救世英雄;又能培植禅风道骨、尘外神仙。侠气与文藻相得益彰,入世与出世并行不悖。这就是大别山,人的故事即峰峦的故事,当下的平易即后世的神话。

二

> 我见青山多妩媚，
>
> 料青山，见我亦如是。

南宋大诗人辛弃疾行旅江南写下的诗句，最为恰当地表现了人与自然的相亲相悦。每次我回到故乡，面对绵延起伏的峰峦沟壑，心中便生出无尽的眷念。中国地大物博，名山众多。在山的圣殿里，它们都卓然独立。我们可以偏爱某一座山，但不能因此而轻侮别的山脉。近20多年来，我的足迹踏过了太多的名山。而且，数十座名山都留下了我的礼赞。但是，每当我回到大别山的时候，耳畔总会想起毛主席雄奇豪迈的诗句：

> 踏遍青山人未老，
>
> 风景这边独好。

我爱我的故乡。我有太多的理由，证明大别山"风景这边独好"。它既是山水的，也是人文的；既是雄浑的，也是清丽的；既是水彩，也是淡墨；既是交响乐，也是小夜曲。试想一下，如果有这样一座山，它的盘旋曲折

故乡英山风光　>

的山道上既驰过元戎的战马，也走过大儒的芒鞋；它的蓊郁的山谷与青青的田畴上，既诞生了诸如大乔小乔这样的绝代佳人，也养育出道信弘忍这样的禅宗领袖，我们还有什么理由不承认它的独特性呢？

用堪舆家的话说：千尺为形，百尺为势。大别山的形与势总是展现出天造地设的妥帖。它没有像张家界那样彰显鬼斧神工的艺术，也不会像九寨沟那样精心构造童话的世界。它向我们展示的更多的是生动活泼且又温婉如牧歌的人间景象。

小时候，仲夏的夜晚，老人摇着蒲扇向我讲述人与自然的关系："山厚地厚人忠厚，山薄水浅人轻浮。"在心智未开的童年，我并不能理解这两句话的意义。

但是，当我脸上的酒窝变成了皱纹，满头的青丝变成了花发，并经历了20世纪60年代的大饥饿、70年代的大动荡与80年代的大变革之后，当我有资格说"涉世日深，阅人无数"这八个字之后，我才真正理解了那两句话的意义。

人永远在模仿自然。大自然有鲜花，人有笑语；大自然有雷霆，人有咆哮；大自然有风霜雨雪，人有喜怒哀乐。大别山是地球上最为高寿的山脉之一，它的美早已从外形走向了内心。对于鹤发童颜的老人来说，美不在容颜而在于气质，而气质则是学养与阅历的结晶。这两者，大别山都不缺。山的厚重养育了它的子民的厚重。在它的千峰万壑中，在它河流蜿蜒的地方，千百年来，走出了多少政治家、军事家、哲学家、科学家、医学家、作家、艺术家、经济学家啊！人才辈出是大别山历史的常态。一方水土养一方人，每一个朝代，大别山都会为中华民族养育出一批批推动历史前进的精英。

大别山有时候很浓烈，像四月如火如荼的杜鹃花；有时候很恬淡，如三月蒙蒙细雨中的茶烟。有时候它很灿烂，如重阳节后饮过霜花的簇簇红叶；有时候它很萧瑟，像深雪中匍匐在瓦脊上的炊烟。大别山同南方不一样，它有鲜明的四季；大别山同北方也不一样，除了同样领略西伯利亚送来的寒潮之外，它又享受着乘暖风而来的南太平洋升腾的云气。

古人讲，三十岁学世间法，六十岁学山间法。这是说，一个人到了30岁，就应该离开家乡，走到更广阔的天地，投入沸腾的生活建功立业。到了60岁，他应该回到山中，在童年的家园中怡养天年。今天这个时代，生活形态已发生了天翻地覆的变化。一切的路通向城市，回到故乡的人越来越少了。但不管怎样，心中的故乡应该永远存在。我爱天下所有的名山，但是，我更爱我的故乡大别山。生活在山的家族中，我感到充实。所以，我喜欢毛主席的诗：踏遍青山人未老！

（本文原载于〈文史博览·力量湖南〉微信公众号 2019 年 6 月 22 日）

■ **人物名片** | Renwu Mingpian |

熊召政
全国政协委员
湖北省文联名誉主席

当人越长大，

离故乡难免越来越远，

故乡是我们出发的地方，

也是心里永远会惦念的地方。

汤素兰：青山桥的那人、那田、那条路

口述 | 汤素兰　　文 | 唐静婷

怀想乡园旧情，故乡，是引领我出发的"路"，这路既是家门口的小路，告诉我通往外面世界的途径。这路也是家乡的那位启蒙故人，他在冥冥之中帮助我开启了我的文学之路。

"日暮苍山远，天寒白屋贫。柴门闻犬吠，风雪夜归人。"唐代诗人刘长卿的《逢雪宿芙蓉山主人》中的芙蓉山，据说就位于宁乡青山桥镇，那儿也是我的故乡。

20世纪80年代，我上大学的时候，从青山桥镇到省城需要整整一天。现在回家自己开车不到两个小时。从高速公路下来后转一段省道，然后进入乡村公路，车子可以直接开到家门口。这段路程路虽然不宽，但全已硬化为水泥路面。从弯弯黄泥小路变成水泥道，我见证了它的改变。

2009年，村路要硬化，虽然当时国家已经在实施公路村村通，但我们村是由原来的三个村合并的，新的村部跟我们这边进村的路也不是同一条。当时我也是全国政协委员，发现在乡村里这样的情况非常普遍，于是我向村委会了解了实际情况，向相关部门提交了建议。此后，政府对这类现象非常重视，拨出了一部分资金支持修路。为了让村里的路能够更通畅，家人出行也能更方便，在政府扶持的基础上，我把新书首版的 10 多万元稿费全部捐献了，还和家人一起又筹集了部分资金，共同来修好家乡的路。

就这样，这条路一直修通往邻村交界处，真正方便了全村的人。后来邻村也修了公路，和我们村的公路刚好接上。所以，现在我们村的公路没有"断头路"，反而四通八达。

故乡还有一位故人，如今回忆起来，可以说是我文学之路的启蒙人。

小时候，因为喜欢读书常常四处寻觅书籍，二十世纪六七十年代，看书哪有那么方便呢。爱看书的我在寻书看的过程中，认识了一位老人，他原是上过艺术专科学校的，因为阶级成分问题回到了农村。这位老人经常借书给我们看，每过一段时间他出去也会带书回来给我们，尤其是看到我特别喜欢的书，他都会先拿来给我一睹为快，算是对我爱读书的奖励。

如今已成为作家的我再回首，这位老师就是我读书路上的启蒙人。事实上，乡村需要这样的"启蒙人"，也就是"乡贤"。他们能够在精神上引领，打开人们的眼界，看看外面的世界。

这样的文化精神引领，赋予了每一个游子都久久难以忘怀的故乡印记。

就像那些闹花灯、舞狮子的民俗活动，它们曾是作为小孩的我最深刻难忘的童年回忆。因为小时候脸蛋圆乎乎，我还扮演过花鼓戏"送货路上"里的老婆婆，有趣极了。而其实我也从这样的民俗活动当中，在读"社会"这本大书。所以，我后来还在自己的一篇文章当中写过，故乡的民俗活动就是一个"大课堂"。

山清水秀的农田里，虽然经济不够发达，但那些热火朝天的"春耕、双抢、秋收"的农忙景象，依然是我对故乡农田最深刻的记忆。

随着时间推移，如今再回到故乡，看到的农田许多都抛荒了，这是最令我难过的事情。落后的农村留不住人，外出打工的收益让故乡渐渐失去了人气，更失去了往日的生机活力。

近期，我在写一个儿童文学作品，其中塑造了一个舅舅的形象，他离开了家乡，后来了解家乡有不少类似于贡米、花生这样的特色产业，于是返乡创业，希望通过这样的方式让家乡能振兴。而我也在思考如何在儿童文学作品里，唤醒人们对家乡的情谊，也从中告诉人们因地制宜让产业兴旺，也能让乡村振兴，不要让"千村一面"的同质化覆盖我们的故乡。

当人越长大，离故乡难免越来越远，但我想，故乡是我们出发的地方，也是心里永远会惦念的地方。

（本文原载于〈文史博览·力量湖南〉微信公众号 2019 年 4 月 27 日）

■ **人物名片** | Renwu Mingpian |

汤素兰
湖南省政协委员、省政协副秘书长
湖南师范大学文学院教授

家乡，它是一种现实的领域和精神的领域的交互存在，

是一种场域，一种场景，带来一种气质，

一种格局，一种深刻的烙印，

一种独特的情怀。

陈刚：行走的乡愁

口述｜陈刚　文｜唐静婷

我祖籍是重庆荣昌安富镇，第一次回去，已有十岁。我也不知道为什么虽回去不多，对它却有一种刻骨铭心的感情。永远记得那鳞次栉比的老屋，白墙青瓦，悠悠麻石路，鸡犬相闻，记得过年时亲人们互相拜年温馨的场景，记得恰逢生日，奶奶避人耳目悄悄把我拽进厨房，端一碗面压两个荷包蛋的偏爱。

"安富场，五里长，瓷窑里，烧酒坊，泥精壶壶排成行，烧酒滴滴巷子香……"这句流传了两三百年的民谣，印证了曾经的热闹。爷爷喜欢到小酒馆坐坐，一碗小酒，一碟兰花豆，能泡一天，那种闲适和安居，成就了爷爷的长寿，活过了92岁。我也曾学着大人的样子去茶馆喝茶，因为那种川中地方气息，可以一把把人抓住、感染，身在其中，不能自拔。可惜后来因修建高速公路，老家没了以前的模样。

我曾想，如里安富镇还有那时的原貌，我一定要回去定居，自己身在文创行业，定会用新时代新思维为它做点什么，因为切切实实舍不得记忆中的美好。

我时常想乡村振兴的路应该怎么走？觉得乡村就要有乡村的样子，要保留乡村原始风貌和淳朴格局，历经改革开放，产业化、工业化、科技化已是必然之路，再把经济元素、技术元素、资本元素注入进去，提升其生活品质和文化品质。这样的乡村多好啊，我们赋予它一种精气神，让乡村自己重新苏醒或者唤醒。我们常说"四个自信"，中国乡村的自信，是广袤的、深厚的、活泼的，它也是与时俱进的，我们要找到这种自信。

仔细思量，之所以对老家的点点滴滴都留下了深刻的印象，可能还是被那种原生态所打动。故乡的淳朴，乡亲的善良，以及在那种平静生活之下的坚韧，形成一种气息，悄然之间进入到我的内心，铺垫了我的人生底蕴，成为我的精神家园，心灵的皈依之处。

这是我的故乡之一。

实际上我是土生土长的湖南株洲人，在株洲"331厂"长大，这是中国航发南方工业有限公司的前身。无论它如何变，"331厂"这个军工厂的编号，一直是我们共同的称呼，对我的影响也极其深刻。我曾说我自己：厂里人不像厂里人，山里人不像山里人，城里人不像城里人，乡下人不像乡下人，但是我又都像。为什么呢？因为"331厂"当时在三线，在一个山窝窝里面，离株洲市并不远，但它相对独立，有一种浓烈的军工厂的氛围和气息。

我记得上小学军训拉练，寒冬腊月真的冷。我们每天清早起来，学着《火车向着韶山跑》进行长跑集训，接受严酷的体魄锻炼，这也算是军工厂子弟的特殊记忆吧。我父亲是厂里的工程师，我从小就看他的资料，翻他的抽屉，耳濡目染什么全面质量改革、质量检查之类的，有些东西就这么根植到了灵魂中。记得粉碎"四人帮"以后家里买了个红灯牌电子管收音机，成为家里的核心物件，用得多难免有时会坏，父亲就亲自动手修理，我就跟着后面递个零件，递个烙铁什么的。也许我太珍惜这段时光，后来

大家不用这个收音机了，我也一直带着走，读大学，参加工作，一直跟着我。也许它太老了，用得久了，最后散了架没能保留，我现在仍觉得非常遗憾。

改革开放后，"331厂"军转民，做摩托车。父亲牵头负责和日本雅马哈合作，做南雅坐式摩托车。那时候他已有50多了，从头开始学日语，在日本待了一两年，一边谈判一边学习技术，扎扎实实把项目带了回来、把合约带了回来、把产品带了回来，然后盯着干，做得很不错、很成功。这件事情给我留下了非常深刻的印象，因为这是改革开放时代的落脚点，是坚韧不拔的工匠精神传承。

我还记得那时候大家工作、干活的那种劲头，我的父母也都天天加班加点，每天在工厂里面风风火火忙忙碌碌。我母亲嗓门大，为什么，因为她在车间里，机声隆隆，必须大喊大叫。我们小时候也经常叫，还允许到车间里玩，可以站在边上看父母上班，跟在边上混一混什么的。在今天看来这可能是管理不严格，但那个时候确确实实就是这种整体氛围和工作的环境。全家上阵忙生产，其实很艰苦，非常不容易，但是今天看来却是一种难忘的回忆，蛮美好。

在"331厂"，我搬了几次家，最早住的房子叫作"干打垒"，就是在山坡边上用木头做成模子模具，然后把泥巴稻草石灰混合加上其他一些原材料注入，夯实、砸紧，把一片片的墙立起来，然后再辅以房梁搭出来一排平房。实际上很简陋，却也有它的好处，冬暖夏凉，特别是房间的地面是用土夯实的，我们小伙伴就直接在房子里的地面上挖洞洞，打弹子玩，现在的孩子想都不敢想。还有每间屋子的屋顶青瓦中间定会有一两片玻璃做的明瓦，阳光射下来，有一道生动的光，自自然然地照亮屋子，极其温暖。

第二个住的地方，是当年苏联专家留下来的红砖房子，有两层，我家住一楼，一楼下面有木地板，下面是很高的隔离层，是完全按照苏式建筑做的，到今天也成了一种历史的烙印，一种某种意义上的厂识和文物，到今天，"331厂"还保留了一部分这样的红房子，可惜我们家住的那个地方拆了。这种红房子每家有厨房、有厕所、有单独的自来水，几栋这样的红房子就围合成了一个花园、构成了一个群落。小时候无聊的时候，就一天到晚蹿上蹿下，在木地板下面钻来钻去，到花园里到处蹦跶，冲到后面的山上玩，就这么长大了。

到了商品房时代，我们家住在6楼，根本就不觉得高，爬起来得劲，那时候住楼房感觉越高越好，视线一下就豁然开朗了，如同换个视角看社会看人生。所以我仍记得那个时候搬到六楼新房子里面，一家人喜气洋洋的模样。

当然后面还有一些搬迁，我也离开"331厂"了，父母也老了，退休了，我们兄弟姊妹凑分子帮父母仍在"331厂"买了新房子，关键是电梯房，十几层楼，但我父母仍是选了6楼，他们对6楼情有独钟了，有了电梯他们年纪大了终于不用爬上爬下了。我们姐弟三个，也如同蒲公英的种子，飞向祖国各地，但每次回家，都要团聚在一起，因为父母在此，成长在此，故乡也永远在此。

我非常庆幸有"331厂"这么一个好的故乡，有这么好的一个成长的环境。"331厂"之于我，是一种工人阶级奋斗精神的载体。军工厂的风骨，锤炼着我们的坚韧不拔；技术领先的特性，激发着我们对技术革命的认同和向往；长辈们对生活工作的热爱和敬业，为我们永远奔跑、不惧艰险输送不竭的动力。无论我在外有多浮躁忐忑，回到这里，我总能找到重生的力量。只是非常遗憾，父亲于2019年清明前不久过世，于故乡我又多了几分愁思，对余光中的《乡愁》感同身受。

家乡，它是一种现实的领域和精神的领域的交互存在，是一种场域，一种场景，带来一种气质，一种格局，一种深刻的烙印，一种独特的情怀。我们从那里来，带着烙印和牵挂行走，我们从中汲取力量，逐渐成长，走了出去，面临各种文化的交流和冲击，我们如何不忘初心、自我安守，如何在历史和未来中寻觅一席之地？要我用一句话来讲，就是你要永远在乡愁当中，但是你也要走出乡愁，最终再回到乡愁。

（本文原载于〈文史博览·力量湖南〉微信公众号2019年4月6日）

■ **人物名片** ┃ Renwu Mingpian ┃

陈 刚
湖南省政协委员
中共长沙市委常委、市委宣传部部长

我在湖南生活了 41 年，
在湖南电视台工作了 20 多年，
湖南早已融入我的血脉之中，
我的未来也一定会和湖南在一起。

汪涵：吾心安处，一路为乡

口述 | 汪涵　　文 | 仇婷

从出生以来，我曾辗转生活在三个不同的地方，苏州、湘潭、长沙。悠悠的江南水乡姑苏，同处湘江之滨的湘潭与长沙，这三座城市都遇水而生、依水而建、围水而居。

你若问我哪里是故乡？吾心安处，一路为乡。

一

江南水乡姑苏，因着太湖的烟波浩渺、水巷的低柔浸润，千百年来流溢着风流、潇洒、灵秀、温情，养育出一代代文人墨客。在唐代诗人杜荀鹤的诗句里，姑苏城的房屋都临河建造、屋宇相连，水巷里小桥林立，夜市上卖菱藕的声音不绝于耳，河中的船上则满载着精美的丝织品。

1974 年，我出生在这方软水温土之上，并在这里度过了 5 年的孩提时光。苏州，是我的第一故乡。

水是苏州的生命，也是吴文化的魂魄。印象中的苏州有着水乡独有的明净与温润，小时候我随祖父母住在城中的一条巷子里，每天清晨一推开门，扑面而来的是家家户户传出的昆曲调调，或是缠绵哀婉，或是韵律优雅。午后，大人们孵茶馆、听评弹，我和伙伴们就围在园子里捉蚂蚁，跑来跑去，追追闹闹。

天天品茗，日日听书，这是老苏州人的日常生活。无论是往哲先贤，抑或官宦显达，还是平民布衣，苏州人的精神世界似乎总是那么富裕。也许正是这祖祖辈辈传承下来的生活方式，让苏州人总是显得那么知足常乐、与世无争。

20世纪70年代的沿海城市，物产相对来说是丰富的，吃食也很多，八珍糕、叫花鸡、生煎、海鲜……当季的水果更是一年四季都吃得上，以至于至今我对苏州的记忆还大部分停留在味蕾上。我们在苏州的生活也可称得上是富足的，祖父母专门请了阿姨照顾我和表妹的生活起居，祖父时常会带我去园林里闲逛，看碑林字画，听虫鸣风声，它们的声响、形状和运动的方式都让我着迷。

幼孙承欢膝下，祖父母竭尽所能给了我所有的爱，一如这姑苏水乡，温润、亲切。这种爱滋养了年幼的我，这些美好的事物也形成了幼时我对于"美"的认知，在后来我的主持生涯中给予我无穷的灵感。

二

1979年，5岁的我离开苏州，来到父母工作生活的湖南湘潭上小学。至此，我已在湖南生活了41年，是地地道道的湖南伢子。

相比于之前在苏州的生活，湘潭的生活水准一下子就降低了。我的父母亲在建筑单位工作，要养育我们三个子女，他们每个月的工资加起来才几十块钱，水果自然是吃不起了，一年到头只有过年的时候才能吃上一顿猪头肉。

在湘潭，我跟随父母住在单位的家属大院里，跟着院子里那帮孩子混。那时候物资贫乏，只有防空洞里经常会放一些没有全熟的香蕉，年纪稍大的同学就带我们去防空洞里，趁人不注意拿几根吃，现在说起来其实也是偷。钻防空洞也是我们爱做的事，胆子大点的男同学手持火把，从防空洞的这头走到那头，要走 30 分钟，黑咕隆冬的，衬托得自己特别牛气。身为男子汉，我自然也要跟着他们一起钻。起初以为父母不知情，打死不承认，"我向毛主席保证绝对没有钻防空洞！""棉袄上的洞是怎么烧的？""钻防空洞烧的"……跪下，然后是一通死揍——飞到衣服上的火星子出卖了我。

我的父亲是一个传统、刻板、严谨的知识分子，在崇尚"棍棒底下出孝子"的年代，我没少挨父亲的打，他的爱是严苛的。而母亲和姐姐给了我与祖父母、与父亲不同的爱。姐姐大我 7 岁，母亲上班去了，我就趴在姐姐的背上，是她背着我在房间里慢慢地走着、安抚着。在 70 年代出生的多子女的家庭里，都是哥哥带妹妹、姐姐带弟弟，大家相互扶持着成长。

我的母亲是澧县人，特别开朗、豁达的一位女性。她经常告诫我的一句话是"一句话说得好，说得别人笑；一句话说得不好，说得别人跳，做人一定要说话说得别人笑起来。"这句话对我的影响很深，所以我们从小都是尽可能地口中出好言、心中存善念，不用语言去伤害别人。

说起来，后来我当上主持人也跟当时生活在湘潭的环境有关。20 世纪50 年代，湘潭建市，开始迎来大规模的工业建设。当时，为了支持湘潭的工业发展，在国家财力十分紧张的状况下，依然筹资新建或改建了一批大中型骨干企业，湘潭钢铁厂、湘潭电机厂、江南机器厂等 6 大厂矿就是在那个时期崛起的。

工业建设蓬勃发展，能工巧匠也从四面八方汇聚于湘江之滨，记忆中，父亲单位的同事有来自上海的、江苏的、四川的、湖北的……五湖四海的人汇聚到一起，大家讲的家乡话都不相同，于是都讲塑料普通话，并把它称之为"厂矿话"，其实就是普通话与当地话的结合。到了我们那一辈，孩子们都继承了父母亲的那一口标准的塑普，也或多或少会讲一些各个地方的方言。

这时候我的优势就出来了，因为从小在苏州长大，我讲的是相对标准的普通话，口才也还可以，于是一直担任学校的学生会主席和广播站站长，时常被老师叫去念稿子。也是因为这么一个机缘，后来走上了吃"说话"这碗饭的道路。

离开苏州后，湘潭就成了我的第二故乡，那里留下了我童年很多美好的记忆。记得那时加入少先队，要是听说谁能去韶山宣誓，我们都羡慕得不得了。2008 年奥运圣火在韶山传递，我有幸成为韶山站的火炬手，路过毛主席铜像时，我恭恭敬敬地给毛主席敬了个礼。

三

如果说湘潭留在我记忆里的是人，是我的父母、兄弟姊妹、儿时伙伴，那么长沙于我来说则是梦，是梦想起航的地方，也是成就我的地方。

长沙有两座"名山"，一座是湘江西岸的岳麓山，记载了半部长沙史。10 岁时我第一次来到岳麓山春游，激动地头天一晚上没睡着觉，第二天带着母亲准备好的茶叶蛋，跟同学手牵手登上了岳麓山，这是我第一次感受到湖南这片土地上散发的苍茫、辽阔的气息，这与我从小看惯了的苏州园林的情致是不一样的。

另一座"名山"则是浏阳河畔的马栏山，它见证了"电视湘军"的崛起。1994 年，20 岁的我考入湖南广播电视学校，迫切地希望能在这座省会城市

寻找到什么，却怎么也意想不到，马栏山、"电视湘军"会与我产生千丝万缕的联系。

1996 年 11 月，我进入刚刚开播的湖南经济电视台工作，第一年台庆晚会，我负责守体育馆，人也睡在里面。到了第二年做台庆晚会时，我提前趴在横梁上，嘴里叼着手电筒，等待着到了某一个节目环节剪断一根吊着箱子的绳子。后来的故事大家都差不多知道了，1998 年，《真情对对碰》缺一位男主持，我得到了一次试镜机会，就这样开启了主持人生涯。再后来，"电视湘军"声名远播，长沙也成为文化创意之都，享誉国内外。

回想 20 岁那年，其实想法很简单，毕业后能进厂矿电视台就好，哪怕铁路电视台也行，哪里敢想湖南电视产业会有今天这个样子，哪里敢想自己会有今天这个样子。但仔细一想，一方水土养一方人，一个时代也会造就一批人。

90 年代，湖南媒体改革兴起之初，很多人不相信改革能成事，但总有些湖南人敢于先行先试。回想当年广电大厦还没装修完，大家就在刺鼻的油漆味和飞扬的粉尘中进场工作，晚上不想下班，不想回家，大家为每个节目细节热烈讨论或冥思苦想，实在累了就在折叠床、办公桌上过夜；各电视频道长期彻夜灯火通明，电视台和频道负责人们经常充当深夜送加班盒饭的"小二"。这一切，只为先一步、早一天跟同行"追着打"。

可以说，从1400年前长沙人李畋发明了烟花，到媒体人风起云涌的改革，到中国最成功的真人秀节目《超级女声》在长沙诞生，再到如今的数字媒体、手机动漫等新型文化业态加速发展，三千年来，创新因子一直在长沙人的血脉里延续。而我何其有幸，将我一生中最有活力、最美好的时光献给了长沙，献给了湖南的电视事业。

20多年前，离开湘潭、离开父母，初来长沙时，我想自己终于自由了。现在父母老了，我年纪也大了，就想跟父母住在一起。这些年，因为工作的原因，我也曾到欧洲住过半个月，走到哪都是复古的建筑，满屋子的艺术品，文化气息很浓厚。我挺喜欢国外的生活，可是一旦回到国内，两只脚踩在湖南这片土地上，我又会觉得心里踏实，因为这里是我的根。异国异乡虽然好，又怎么能比得上家乡呢？

中国所有水系都是一江春水向东流，唯有湘江北去。不循规蹈矩、吃得苦、耐得烦、霸得蛮，是湖南人身上的特质，也对我影响至深。我在湖南生活了41年，在湖南电视台工作了20多年，湖南早已融入我的血脉之中，我的未来也一定会和湖南在一起。

（本文原载于〈文史博览·力量湖南〉微信公众号 2020 年 8 月 27 日）

■ **人物名片** | *Renwu Mingpian* |

汪 涵
湖南省政协常委
著名节目主持人

故乡，就像我画的一幅写实风景画，

我可以永远地画下去，

永远画不完，

也永远有新的感受。

舒勇：故乡是一幅永远画不完的画

口述 | 舒勇　　文 | 夏丽杰

一

　　我的故乡在怀化溆浦——一个曾经十分封闭的小县城。

　　儿时的故乡是一个自由自在的世界，人与人之间的交往是淳朴的、友善的，没有任何功利性。小时候，我从家里出去，父母根本不需要担心我会走丢，会没有饭吃。到了该吃饭的时候，周围的邻居都会叫我去家里吃饭；我在外面玩的时候，他们也把我当自己家的孩子对待。故乡各位街坊邻居给了我十足的安全感。

　　地理环境封闭地方的人们，容易萌生出两种截然不同的想法。一种是过分封闭，另一种是渴望打破现状：地方越是封闭，人们越是想要走出去。湖南人显然是后者，这也正显示出我们湖南人的特质——有敢为天下先的担当。湖南人即使是处在偏僻地区的时候，甚至落魄到吃不饱饭的时候，都会为家国担忧着。

　　而年少时，被强烈的走出去的愿望驱使着，我十分渴望走出故乡。我常常会在家门口的铁路边，看着飞驰的火车"轰隆隆"地消失在视线尽头，想象着：顺着铁路走，火车到的地方是不是另外一个世界？那里是什么样？对外面的世界，我充满了好奇和向往。

连接我与世界的，除了铁路和火车，还有一座浮桥。顺着它走，能够走出县城，走到家乡的山村中去。每一次走在那座桥上，我都十分兴奋，感觉像是走向了另一个世界，一个与县城不同的世界。桥在我眼里，不只是一座桥，而是沟通我与世界、与亲人的有魔力的神奇媒介。

我渴望可以架起一座桥，让我去更远的世界，连接起全世界的人。这个想法在幼小的我心里种下种子、扎了根。

2013 年，国家主席习近平提出"一带一路"倡议，我一下子想到了小时候的那座浮桥和那个愿望，在"一带一路"四个字中，我看到了一座破除各国家、各民族之间障碍的和平、发展、开放之桥。"丝路金桥"的创意由此产生。

一年后，以中国最古老的赵州桥为外形，由 2 万块"长城砖"大小的金色人造树脂水晶砖砌成，全长 28 米、高 7 米、宽 4 米，由 700 多名工匠打造的"丝路金桥"诞生了。这座桥色如琥珀，"花香弥漫"，每块砖的内部熔铸丝绸制作的手工花，是陆上和海上"丝绸之路"沿线几十个国家、近百座城市的"国花"或"市花"——寓意架设"沟通之桥"，意味着开放、交流。我实现了小时候的心愿！

在创作"丝路金桥"的过程中，我遇到了许多前所未有的困难，甚至冒出过放弃这个作品的念头。但骨子里湖南人的"霸蛮精神"让我怀着使命感把它完成了。这才有了后来的一系列成绩：2015 年，它在米兰世博会亮相，向世界人民传递中国致力与世界各国共同繁荣发展、实现互利共赢的良好意愿；2017 年，它又入选"一带一路"国际合作高峰论坛标志性人文景观，在主会场国家会议中心展示。

然而，当我走出故乡之后，却又无比真切地怀念起这个地方来。人是矛盾的生物，而故乡是人们永远忘记不了的地方。无论走到哪里，无论故乡是多么落后和封闭，你对她永远是牵挂的。故乡的记忆不但不会随着时间的流逝而消减，反而会越发清晰，我对她的思念也越发浓烈。如今，在都市的繁华和喧嚣中，我越发留恋记忆中的故乡，封闭的、同时也因为封闭而干净和纯粹的故乡。

如今，身处异乡的我，见到一个溆浦来的朋友，甚至是说了一句溆浦方言的陌生人，就倍感亲切，不由自主地要想尽办法来帮他做些事情。这大概也是故乡的人们曾给我的关爱的一种传递吧。

二

作为湖南人，作为湖湘文化的受益者，我所有的创作，所有的思考、思想，其实都来源于湖湘文化对我的影响。故乡孕育出了人们独特的文化基因，这让我受益终生。

我的外婆特别爱给我讲故事，乡村里的故事，谚语、歇后语的故事，一个个绘声绘色的故事让幼时的我深深着迷。从那些故事里，我强烈地感受出乡村人的智慧，农民生活的细节里或者生活的经验里，有很多的小窍门，我从他们的处事的方式里面得到了很多启示。

外公是一个道士。小时候，我觉得道士使用的图形，还有那些挂画，有很多神秘的符号，很多都是神话故事，特别有意思。而从我小学时开始，外公就让我帮他临摹这些道士用的符号和图画。这个过程其实对我后来的美术学习起了很大作用。我的用线用色，对中国传统文化的了解，很多是从这些道士的符号里开始的。

而关于艺术，有一件事令我印象十分深刻。

那时，我舅舅的一个同学喜欢画画，画了一朵菊花挂在集市上卖。当时市面上一副对联只要几分钱，他这一幅画却要卖一块六毛钱，那个时候，我就感觉到了文化的价值：原来一幅作品还可以这么有意义和价值。

他还很傲气，别人想用一块五毛钱买这幅画，按我当时的想法，一块五毛就可以卖了，已经很高了不是吗？可他就是不肯，就得要一块六毛钱。结果，那幅画还没有卖出去，就被一阵风给吹坏了。我问他后不后悔？他这样回答我："不后悔，尽管我的画被风吹烂了，但是我保留了艺术的尊严，艺术是不能够被人讲价的。"

他的回答使我受到很大震动，我隐隐约约地感受到了艺术的尊严和价值。在故乡人的影响之下，我始终保持着对文化、艺术的纯粹，一直到今天。

三

小时候，每当春节时，我的故乡有一个叫"舞草龙"的习俗。孩子们舞着稻草扎成的草龙去各个家里要糍粑、要米，非常快活。最高兴的是，草龙比真正的龙灯辈分还要大。当我们舞着草龙挡在大的龙灯前面，他们大人要让着我们小孩子的时候，我们很有成就感，特别快乐。

然而，记忆中那些有趣的故事、有意思的习俗，仿佛已经离故乡现在的孩子们远去了。麻将房里，往往是大人在上面打麻将，小孩在下面打麻将。我自己对乡村文化有深刻的体验。当我回到家乡之后，老看到他们打牌，我特别不自在。我觉得，我回不到过去了，而我今天能有一定的艺术成就，跟那种氛围环境是分不开的。看到孩子们和家长们都在打麻将，我觉得非常可惜。

我想要回到以前，回到那种文化氛围里去，于是开始策划怀化市"美丽乡村"文化艺术节。

最开始，我把我们家庭成员都组织起来，让他们策划各种节目，比方说写春联大赛，再比方说摄影大赛、绘画比赛、体育娱乐比赛等等，做各式各样的接地气的文化活动。这些活动让亲戚们都从牌桌上下来了，开始参与到文化活动里去。慢慢地，别的村民也逐渐加入进来。一年又一年，通过多年努力，我们逐渐恢复了乡村文化的一些要素，逐渐让村民们找到了乐趣。

今天，乡村艺术节活动已经成为一个品牌，四邻八乡的老百姓都会来看我们这些节目。我们还会举办流水席，所有来看演出的人都有午饭吃，几百人在一起吃饭特别有意思，那种热热闹闹过大年的感受又回来了。而且，这不仅仅是一个艺术的平台，也是一个孵化人才的平台。通过让孩子们参与进来，使他们能够更好地介入到这种文化里去，去感受、去创作。这个平台现在已经孵化出几个有一点小名气的歌手了。最重要的是，年轻的孩子们学习起文化活动来了，让生活变得更积极，不再老是跟着父母亲打麻将。我觉得想让孩子有好的成长环境，一定要营造好的文化环境，潜移默化地影响到他们。

经过十年的努力，我们真正把乡村文化发展和保护了下来，我觉得很有意义。近年，国家实行乡村振兴战略，我觉得乡村振兴的核心一定是文化的振兴。因为没有文化的振兴，就不可能有自信，没有文化自信就不可能有未来。我们的村民、乡民不热爱自己的家乡，哪来的热情和激情来发展自己的家乡呢？所以我觉得首先要通过文化的方式，让大家对自己的家乡更加热爱起来，只有真正热爱家乡，我们才会真正实现乡村振兴。

我觉得乡村振兴还要保持乡村里最传统的、最优良的文化基因，这是推动乡村振兴非常重要的力量。如果我们没有这种基因，那我们就没有办法将这个地区和别的乡村区分开来，乡村与乡村之间就都是没有任何差别的平庸。像我们溆浦，仅从语言来说，可能隔一座山，方言的风格就很不一样，也正是这种风格的变化体现出每一个乡村的文化独特性。

现在，故乡越来越开放，也越来越现代，我希望我们在开放和现代的过程中，能够保留一些我们过去的文化活动、原有的文化特色。因为这些文化符号是勾起我们记忆最好的媒介，一旦它们消失，我们过去的故乡就不存在了。我们保留一座城市的文化记忆，就是为了让我们回家时能找到一个路标。

故乡，就像我画的一幅写实风景画，我可以永远地画下去，永远画不完，也永远有新的感受。

（本文原载于〈文史博览·力量湖南〉微信公众号 2019 年 3 月 30 日）

■　**人物名片**　｜　Renwu Mingpian　｜

舒　勇
湖南省政协委员
当代艺术家、"丝路金桥"创作者

第一次离开故乡时我义无反顾、不曾回头，

因为我的梦想在远方。

而今，我却对故乡越来越眷恋，

对故乡的理解越来越丰富。

李雨儿：故乡留在了爷爷的渔鼓调里

口述｜李雨儿　　文｜仇婷

我的故乡在湖南永州市东安县的一个小村庄。故乡在我的记忆里山清水秀，清晨唤醒我的是山上清脆的鸟叫虫鸣声，门口那条小溪静静地流淌着，日复一日，清澈见底。

故乡民风淳朴，邻里之间相处和睦温馨，白天家家户户大门敞开，邻里乡亲四处串门，一到吃饭的点，小孩子端个碗随便去哪家都有吃的。小时候，家里有4个孩子，经济条件非常不好，每到青黄不接的时候家里就会断粮，甚至有时候会一个月吃不上饭。邻居家条件稍稍比我家好点，每回都会借点粮食接济我们，那时候一户人家一年难得吃上几回肉，但邻居婶婶都会送来一碗，分给我们几个孩子吃。

故乡留在我的记忆里最深刻的是爷爷的渔鼓调。

爷爷生前是一位民间艺人，画画、漆家具、织渔网样样在行，尤其擅长唱渔鼓调。渔鼓调是老百姓喜爱的一种民间文化形式，弹唱者一般没有文字的读本，调词就是师傅或弹唱者的口耳相传。小时候，爷爷的二胡声一拉响，邻里乡亲就从四面涌来听。爷爷可以连唱三晚，不用稿、不倒嗓，唱起旦角来婉转动听、韵味浓郁，完全不输李玉刚。那时候没有电视，没有网络，爷爷经常被乡亲们到处请去唱渔鼓调，一说是李汉周师傅唱，底下立马就围满了观众。

小时候我很爱听爷爷的渔鼓调，爷爷也很愿意教我。有一年的八月十五，在屋前的大草坪上，爷爷和父亲一个拉二胡一个拉京胡，我和妈妈唱着歌，家里的大黄狗蹲坐在一旁静静地看着月亮。

故乡的味道是母亲做的霉豆腐的味道。

母亲厨艺很好，永州血鸭、东安鸡都是她的拿手菜，尤其拿手的是制作霉豆腐。母亲曾教过我腌制霉豆腐的方法：先是把白豆腐切成小小的方块状，撒上一层盐入味，准备一个竹筐，筐底铺上一层稻草，再把豆腐一块一块放在稻草上，一层铺满后再盖上一层稻草、铺上一层豆腐，就这样一层一层地往上铺。晾了将近一个星期之后，豆腐上就开始长出来毛茸茸的菌类，这个时候妈妈会用手将白毛抹平，继续放置，几天后将再次长出来的白毛又抹平，然后将豆腐放进陶制的坛子里，陶沿上盛水，加入辣椒灰、生姜、蒜蓉之类的配料，将坛子密封起来腌制，这样大概过半个月就能吃了。那个美味可口啊，让人口水直流。

后来我定居北京还常常想念霉豆腐的味道，北京气候干燥，不易发霉，

二胡　>

无法制作霉豆腐，于是每年入冬，母亲就会把霉豆腐腌制好，这样每到过年的时候我都能吃得上。

第一次离开故乡是 1992 年，我考上祁阳师范学校。奶奶一直将我送到村口，那条泥泞小路蜿蜒着通往外面的世界。奶奶很是不舍，一再叮嘱我："在外面一定要照顾好自己，不要担心家里。"父亲牵着一匹马驮着我的行李，一路将我送出山村。我记得那天下着细雨，初秋的白露铺了薄薄一层，我搭了一辆大巴车离开了山村，当时的心情除了一丝忐忑，更多的是欢喜，是一种对未知世界的好奇与雀跃。

一别故乡就是 20 余年，这 20 多年里我的故乡已经发生了翻天覆地的变化。爷爷走后，渔鼓调在家乡就很少有人唱起了。有一年我回故乡义演，老人们听说是李汉周的孙女回来唱歌，从 7 点去占座，一直等到 12 点我压轴出场，竟然来了近两万人。我给乡亲们唱了一小段渔鼓调《黄公子探监》，好多老人都流泪了，他们使劲给我鼓掌——他们说快 20 年没有听过渔鼓调了，对他们而言，那是童年的珍贵回忆。

第一次离开故乡时我义无反顾、不曾回头，因为我的梦想在远方。而今，我却对故乡越来越眷恋，对故乡的理解越来越丰富。我总想回到故乡，我希望我的每一次归来都能给故乡带来一些好消息。

（本文原载于〈文史博览·力量湖南〉微信公众号 2019 年 6 月 1 日）

■ **人物名片** | Renwu Mingpian |

李雨儿
湖南省政协委员
知名创作型女歌手

我的老师照亮了我的路，

我愿意成为学生们人生路上的一个指路牌，

而我的学生在他们后面的人生路中也会继续发光如星，

照亮别人的生命。

段江华：发光如星，照亮生命

口述 | 段江华　文 | 沐方婷

七岁，我才离开麻阳县城下的乡下老家，现在眼睛一闭，眼前浮现的就是家门口悠悠的石板路、牛栏与木板房。村里面所有的牛都关在牛栏里，孩子们就在牛栏里和牛一起玩耍。村子后面是座坟山，孩子们晚上都在坟上玩。

现在想起，小孩子天真不懂事，不知道"恐惧"为何物。

一

七岁之后，我随着家人搬到了芷江县城。那是一个很美的县城，小小的，以十字路口为界，分为东街、南街、西街、北街四条街。从城东到城西穿过整个县城，完全不需要乘车，全部靠走路。我们家门口过了公路就是一条小河，小河的水清清浅浅，波光粼粼，过了小河是一个和橘子洲一样的水滩，水滩的那边是条大河，名为"水河"。

芷江县城有一个年代久远的老文庙，我们学校就在文庙旁边，学校一开会，我们就去文庙，那里就是我们的"礼堂"，能够容纳很多学生。它中间是个天井，一个戏台子，开会时戏台子就变成主席台，文庙的两边是迂回的走廊。

那时候的县城民风淳朴、人和人之间相处得很融洽，你是谁家的小孩，大家一清二楚。那个时候我们小孩出去玩，晚上都不回家，父母也不问。

小时候我到河里游泳，从两米高处跳下去，突然水里面冒出一个人来，两个人头碰头，当时我头上就撞出个大包，晕了过去。虽然当时河里游泳的人很多，但是人家以为是小孩浮在水面上玩，没留意。后来有人发现，我快要漂到水流下游的闸门底下了，这才意识到这是要出事，立刻游过来，一把给我拽过来，拖到岸上，一放，他人就走了。留下我吐了几口水，醒了，就径直回了家。几年前，我下水救了一个小女孩，媒体报道很多，但是于我而言，这是最自然不过的事情，因为我的命就是这么被救过来的。

二

小时候我们很淘气，趁着大人午休，偷偷溜出来，盛夏时分，院子里的瓜果熟了，我们偷偷打下来，到处晃悠做坏事。其中，有一件窘事我至今想起都哭笑不得。十一二岁的时候，我刚学会骑自行车，中午父母午休，一个小伙伴说："大江，我们两个骑车出去溜一圈？""好。"一拍即合，两个人把各自家的自行车偷了出来，往县城中心方向骑去。因为刚学会骑，整个人紧张，绷得很紧，一路上骑得摇摇晃晃。

出门还没到 200 米，老远就来了一辆货车，路上正巧碰到一个赶集回家的农民。当时我的第一反应是不能撞到人，所以使劲儿把车头方向往汽车这边转。幸亏那汽车司机老远就看到了摇摇晃晃的两辆自行车，老早就开始踩住刹车，慢慢遛到我家门口。最后我的车轮撞了汽车的后轮，幸好

段江华作品　>

无事，但是却挨了司机一顿臭骂。

　　然后我们又往前骑，骑到了人潮翻涌的县城中心，不料这回刹车又没刹住，一下子撞到了前面的单车，结果那个人更狠，翻手过来，就给我一巴掌，并大声呵斥道："会不会骑车？"

　　然后我们继续往前骑，从城的这头骑到城的那头，最后准备调头往回骑，老远就看见前面来了辆汽车，吸取了前两次的教训，忙不迭地掉头，因为掉得太急、太猛，连人带车冲到水田里，冲出两米多远。最后我们把单车拖上来，把泥巴冲干净，还是骑了回去，物归原处，偷偷钻进被子里装睡。

　　记忆里的那一次又一次跌倒和一次又一次重新出发，给了我克服艺术之路上种种困难的最初勇气，每每想起，感恩与怀念刹那间便充盈于心。

三

　　1978 年，父亲转业到了怀化，我高中的最后一年在怀化度过。那一年对我的人生至关重要。因为我学艺术，偏科，很不情愿读文化课，但是父亲说："考大学还是很重要，你还是先别画画了，搞一下文化课。"

有一天我们写篇作文，我半天憋不出来。那些贪玩的学生早就交了卷子，在窗户外一个劲儿地对我做手势，"快出来，快出来"，我看他们催我就心急，一鼓作气写下去，也不知道自己写了什么，最后写完后就交了作文——出去玩去。

当时我的班主任易老师很凶，长着络腮胡子，是个很严厉的老师。有一天上课，他说，这次我们班出了一篇好作文，然后他就讲作文的结构内容。我感觉他讲得很熟悉，开始还没反应过来，后来才猛地发现：这不是我的作文吗？作文一向写得并不很好的我想，这怎么可能呢？但是作文发下来后发现真的打了个 A+。

因为这篇作文，我一下子就进入了老师的视野当中。他觉得我有天赋，耐心地辅导我，还让我参加全市的作文比赛。当然拿不到名次，辜负了老师的期望。但是后来分班，因为在基础知识考试中我考得不错，就进了文科尖子班。我考上中央美院那一年，英语只考了 20 分，但是幸好语文考得还可以，弥补了短板，才有机会走进我心仪的大学。

如果我没有遇到易老师，如果没有当初他对那篇作文的表扬，如果没有他给予我的关注和支持，后面的一切可能都不会发生。我依旧是那个普通得不能再普通的学生，依旧抱着对文化课的淡漠，胡乱写着不感兴趣的作文，或许最终也和那绝大多数贪玩、不上进的学生一样淹没在无法辨识面孔的人群里。

人生注定会有几个至关重要的关口，高考算是一个，易老师出现在我人生的这个关口处，几乎可以说在一个质点上改变了我未来的走向。教育从来不是表面上看起来的那样平凡，老师的一个眼神、一个动作、一次表扬带给孩子的远远超过绝大多数人的想象，这就是教育无与伦比的力量与价值。

四

少年时期，我曾跟随著名画家钱德湘、雷宜锌、李自健、王金石学画，高考后，在中央美院，我又师从詹建俊、朱乃正等艺术大家。正是这些名师大家在教学中传递出的人生观和价值观给我带来了异常深远的影响，甚至可以说正是他们造就了此时此刻的我。

我大学毕业后，来到了湖南师范大学美术学院任教，我也像曾经那些老师对我那样去对待我的学生，去尽量关心和爱护他们，可能是现在条件好了，我也会努力做得更好一些。

我原来有个学生，父亲离世，母亲重病在身，学画的时候，孩子交不起学费，我看不下去，觉得那孩子有天赋，伸了一把手，最后这孩子很有出息，成功考取了清华美院。记得当时，他老家所在的永州蓝山县奖励他10万元的助学金，他算了一下大学四年的学费和生活费，只拿了3万元，剩下的全部捐献给了别人。因为他知道还有人比他更需要那笔钱。他后来四年的学习，包括研究生的学习，都在关注留守儿童这个群体，如今他在国内的艺术界非常活跃。

新中国成立70周年以来，随着社会的飞速发展，带来很多好变化的同时，也带来了很多负面的影响，比如教育产业化，教育怎么可能是流水线上的产品呢？优秀的学生怎么可能用一种模式培养出来？而对一个老师而言，最为重要的是教书育人，在这个纷繁复杂、诱惑重重的社会，明晰属于教师的定位，在诸多的诱惑与纷扰中给学生们做出榜样，无论是做文化、做学问还是搞艺术都能够回归本位，初心不忘。

如今，教育中出现的诸多问题已经得到了社会的普遍关注，目前国家从中央到地方也针对这些问题出台了一系列政策法规，反复强调，规范引导，但是最终靠的可能还是教育者本身。

德国有位哲学家说过："教育是什么？教育是一棵树摇动另一棵树；一片云推动另一片云；一个心灵唤醒另一个心灵。"我想从我的老师们到我，再到我的学生，教育莫过于此，我的老师照亮了我的路，我愿意成为学生们人生路上的一个指路牌，而我的学生在他们后面的人生路中也会继续发光如星，照亮别人的生命。

（本文原载于〈文史博览·力量湖南〉微信公众号 2019 年 8 月 1 日）

■ **人物名片** | Renwu Mingpian |

段江华
湖南省政协常委
湖南师范大学美术学院教授

· 扫码收听 ·

家乡的滋味，是踏在青石板路上，感受到的细雨湿滑；

是绿水青山下那一个个吊脚楼里的风声呼啸；

是母亲夜晚给我们煎煮的鸡蛋，

是我从小开始拿起的画笔和颜料……

袁绍明：是故乡，亦是桃源梦

口述 | 袁绍明　　文 | 李悦涵

我是 1966 年 12 月生人，出生于湖南汉寿县。汉寿县很有名的特产是当地的甲鱼（鳖），我们当地叫水鱼。我们小时候在河边玩，经常看到很多野生的水鱼，现在已经不太多了。

记忆中的家乡，有蜿蜒的清水湖静静流淌，有走起来很滑的青石板路，有建在河边的吊脚楼。吊脚楼画起来很美，但住起来其实有种"年年破巷，疏窗细雨，夜夜孤灯"的凄凉，尤其是一到刮风的夜晚，那呼呼的叫声，颤抖的屋檐，令人有些害怕。

儿时，令我印象非常深刻的，是我们帮母亲一起做饭的情景。那时候，母亲站在灶台前煮饭做菜，我们则常常轮流烧火加柴，当柴在灶堂中燃不起来或火力不大时，母亲总会说："火要空心，人要良心。"她说，要掏空灶堂，加进的柴要架空，火力才会好。

为了助燃柴火，母亲常常用"吹火筒"。吹火筒是用锄头一般大小的竹节做的：选其中笔直的一节，长短以伸进灶堂的深度为宜，保留住一个端口的竹节，然后在竹节中心钻个小孔。在生火或柴火熄灭时，把嘴巴全

<　　袁绍明画作"家山入梦遥"

封闭地堵在筒口，鼓着两腮深吸一口气，把吹火筒对着火星猛吹，很快一汪新的炭火在灶堂内"轰"的一声烧起来。炊烟从青瓦房的各处空隙，袅袅绕绕升上天空……那时候我们那有一句话，叫"擀面棍吹火——一窍不通"，明上批的是擀面棍，暗里是夸赞吹火筒特别好用。到现在，我仍然记得吹火筒底部小孔那头由于近火，被烟熏火燎得发黑的，带有残缺，表面却被手摸得光滑，竹皮纹理清晰可鉴的样子。

　　家乡的山山水水、一草一木，总是令我留恋——虽然是乡下孩子，对自然风光应该早已习惯，但我还是特别喜欢拿起画笔写生。我仍然记得，那一棵大芭蕉树，像一个巨人立在屋后，屋子小、窄，却正好躲在芭蕉荫下。花朵大如风轮，仿佛要盛开到天上去。我还记得许多云山树木，屋亭人物，仿佛都在水边，所以水中会倒映着一个镜像，却并不完全相似，因为在水里梦里变了形，却依然认得这就是我家的那一处……

　　在故乡的记忆中，除了有回忆和梦幻交织的风景，更有一些难忘的"饮食滋味"。一次，父母亲带着我们去姨妈家，我们几个小辈到了她家的后厨，看到锅里煮着肉，大家便蹬着脚，直接用手扒着，挨个去偷吃——要知道，在那个物质匮乏的年代里，一年之中，大约只有过年才能吃上肉——那个味道至今记忆犹新。多少年后，和朋友去吃蒙古的"手扒肉"，我就和朋友开玩笑说，自己在6岁的时候，就吃过了。

　　回想起来，那个年代其实并没有太多食物选择，但我吃什么东西都香。我记忆犹深的是妈妈为我们几姊妹晚上读书煎的鸡蛋。鸡蛋煎好后，我舍不得大口吃，只是用牙沿着煎鸡蛋的边一次吃一点点，要吃很久才吃完。一直到现在，我打心底地里认为最好吃的东西，就是母亲做的煎鸡蛋了。

　　说起来也很有意思，家里三姊妹其实都爱画画，但最后只有我一直在画，而且还从事着这份工作，现在还痴迷于画。其实，画画这个事情是个苦差事，和我们一起学习的同学很多都转行去做设计了，没有几个人还在坚持，所以我现在常常对学生说：对画画没有足够痴情的话，是走不远的。

　　现在，我常常还会做梦梦见儿时家乡的山山水水，也以此为主题画过《寻梦》《梦绕边城》《西园寻梦》等作品，我喜欢将自己喜欢的事物都搬到一处挤挤挨挨。我想，这一切是植根于我童年记忆里的乡愁，是一个成人回望童年时的桃源梦。

（本文原载于〈文史博览·力量湖南〉微信公众号 2019 年 6 月 19 日）

■　**人物名片**　|　Renwu Mingpian　|

袁绍明
湖南省政协委员
湖南省画院副院长

故乡是一个童年的鸟巢，

这片土地曾经所孕育的梦，

正在为她流离的儿女们，

沉静出一扇欣慰的小窗。

向午平：记忆里的排茹之声

口述 | 向午平　　文 | 吴双江　邹嘉昊

不知为何，这几年故乡总是无征兆地闯入我的思绪。

我的故乡，名叫"排茹"，是躲在湘西大山深处里的一个小村庄，出来进去的羊肠小道都被芭茅草和野刺稀稀落落地掩着。

40多年前，我出生在这个村庄的一个吊脚楼里，然后，便时时依着那一排木栏杆眺望远方，凭着山间不曾间断的溪流声与歌声，一字不识的婆婆心中藏着的说不完的故事声，乡亲们站在各自的屋檐下高声地叫着孩子小名儿的呼喊声，让我以爬山虎的姿态，借着故乡的藤蔓向上攀爬。

一

在婆婆的故事声中长大的我，用了整整一个童年，也没能把它们读完。

婆婆的故事中有鬼怪精灵、牛羊五谷，其中熊娘嘎婆在我的记忆中最为深刻。整个大湘西都流传着熊娘嘎婆的故事，故事的差异随着地名的更替而有所不同，但总归是大同小异。时至今日，这些未曾读过书、连自己名字都写不来的老人的惊人记忆力仍然让我吃惊。每到夜晚，祖辈们口口相传下来的远古生活便开始萦绕于我的耳边。如今回想，童年的我在婆婆的故事中所体会到的东西，也反哺于我的文字之中，除了故事本身的恐怖色彩，故事中更多的是一种向上的精神，一种亲情的融合，以及对智慧的温柔歌颂。

在我印象中，故乡的"夜生活"就是看电影。每个村能看电影的机会并不多，电影队来一个村里放电影，随后便要轮换到另一个村，如此兜兜转转，能看到的机会便更少了。那时我跟着电影队跑了很多寨子，同一部电影，看个十遍八遍都不会厌烦。我们20世纪70年代出生的人看60年代末和70年代初的电影比较多，基本上都是战争片，八一电影制片厂仿佛成了我乡愁的一部分——犹记音乐出来后的一个闪光的红五星，可谓是最亲切的一个场景。《地道战》《地雷战》《闪闪的红星》……这些电影也构成了我故乡记忆中的丰满童年。

那时候的乡村虽然出门一趟要历经长途跋涉，虽然住着的屋子比较破旧，但是人与人之间的情感链接，让人感到有再大的苦都不觉得困难。故乡带给我的是快乐而又匆忙的童年，容易满足的人们收获着简单的愉悦。

二

多年以后，回到故乡的我倚门而立，童年早已被长长的岁月掩饰到疯长了青苔的记忆里，晒在门前的鲜红辣椒却又把我的思绪拉回到充满烟火气的过往。

杀年猪、打糍粑、做豆腐……排茹过年时的习俗与湘西各地并无不同，而我最盼望的就是穿新衣服。无论是自己家里做的，还是请裁缝做的，布料往往只能到市场上买便宜的，质量也不是很好，但那确实是我们孩童心中最向往的。穿上新衣服，听着鞭炮声，看着炊烟四起的邻里，年味似乎自然而然就出来了。

一到大年初一，父亲就开始做蒸肉，用着平时蒸红薯的锅，下面蒸饭，上面蒸肉。这份"年肉"比红烧肉要切得更大块一点，再在其中放一些盐和胡椒，除夕时做好准备，第二天一大早便放到锅里去蒸了。如今，父亲已远去，但我在大年初一时仍会坚持做这道蒸肉，尽管年过完了，才算得上确确实实地走完了一年的光阴，明天又该日复一日的奔波与忙碌，但若是没有这道蒸肉，这年就像没过一样。我怀念的不是这份肉的滋味，也不是单纯因为那是父亲曾亲手做的缘故，沉入心底而自发怀念的是这种亲情，一种充满温情的过往，一种诞生于土地的生活气息。同住屋檐下的人，即便有人在吵架，哪怕是骂我，我都觉得高兴，因为这也是一种真实的亲情。

如今，我们许多村庄逐渐丢掉了生活的气息，一个寨子三四十户人家，却剩不下几个人。在"空心村"问题愈发严重的当下，乡村振兴首先还是应该达到三个条件，便捷、安全、产业。有一年回乡时，塌方把通往故乡的唯一一条公路严严实实地掩埋了，这条通道窄而险，常常让许多外地来的人胆战心惊。外乡人在这段路上看到那险状，便怎么劝也不肯乘车，宁可步行。走进寨子，村庄显得空落落的，就连鸡鸣狗吠之声也稀薄得有些突兀。在寨子中间的一块不大的坪场上，只有几个老人懒洋洋地晒着太阳。老人们说，青壮年都沿着那条蛇行的公路去了很远的地方，去进工厂，去卖苦力。若是要让出去的人回来，除了给予居住的安全感之外，最重要的便是有能让他们留下来的产业。环境、基础设施、文化氛围，都是亟待改善的部分。

原来家乡有个地名叫"唱歌娘堡脑"，村里在采茶时节会举办"茶歌大赛"，姑娘小伙们以茶山为舞台、用山谷作话筒，对歌陪伴着茶叶的初展、绽放。他们出口成章，没有固定的歌词，但很形象且押韵。歌词可以是互

故乡排茹风光 ＞

相调情的，也有互相打趣的。而今，除了像湘西吉首等少数几个地方还偶有保留，"对歌"这一习俗已渐渐泯灭。排茹村里资深的老人们，也因年轻人基本只唱流行歌曲而找不到传承之人。沉浮于我记忆中的充满智慧的对歌，这些随口唱出来的对歌，都是美妙的很有生活气息的诗。随着时代的发展，老人们除了在茶园中偶尔来两嗓子外，也会通过手机来与其他乡镇的老人对歌。习俗拥有着旺盛的生命力，在大山的内侧，故乡的守望者仍坚持着他们的习惯，等待歌声被铭刻的那一天。

三

后来再次回乡，我找到了一个能够俯瞰大半个村寨的高坡。望着这个不复以往的村庄，这里不再有晚归的牧童，也不再有端着饭碗走遍全村的邻里，婆婆的故事还没说完，"唱歌娘堡脑"也已寂静，屋檐下的呼唤声早已定格，只有那溪流声依旧，但也没了孩子们玩水的欢愉。曾经的我作为"爬山虎"爬出了这座大山，回来后却感到无比沉重，唯一能够让人感到欣慰的，就是寨子周围原来的荒地间尽是蓬勃着稚气的树苗还在不知世事地翠绿着。不知前几年看到的那些老人在干什么，在想什么，也许他们还是像几年前那样在坪场上懒洋洋地晒着太阳，望着这个被山围堵的天空。

烟火气不再浓郁的排茹，对歌声不再嘹亮的排茹，重山叠岭依旧的排茹……乡愁是一个让心灵停靠，让灵魂栖息的梦。如今，排茹之声不再，我的梦却被唤醒了。而这片土地曾经所孕育的梦，正在为她流离的儿女们，沉静出一扇欣慰的小窗。

去年，排茹被列为最后一批中国传统村落，也许她又会焕发出自己独有的光彩。村里一个叫向超的青年坚持着把她每一天的美好都以"快手"和"抖音"的形式呈现给外面的世界，排茹已为更多的人所了解，这让我欣慰。最期盼那条进村的路能够更宽广一点，安全一点，让外地进去的人不再害怕，让来来往往的父老乡亲明天走得更加顺畅。

（本文原载于〈文史博览·力量湖南〉微信公众号 2019 年 11 月 23 日）

■ **人物名片** | Renwu Mingpian |

向午平
湖南省政协委员
湘西土家族苗族自治州作协副主席、古丈县政协副主席

故乡在我心目中的地位与分量不会变，

那份永恒乡愁不会变，

无论你用多少首诗、

多少幅画都永远也写不尽这蔓延在心头的乡愁。

毛光辉：画不完的乡愁

口述｜毛光辉　文｜沐方婷

大学时候，学校希望我留校，我拒绝了。出国办画展，美国人让我加入美国国籍，我拒绝了。为什么？因为离开中国、离开故乡湘西，我的艺术生命好像就没有了活水。

我的老师著名画家黄永玉给我取了一个名字"凤凰小子"，今年我61岁，有人说这个名字好像不太合适了，但是在我的故乡湘西，这个中国最美小城面前，我永远感觉自己是个长不大的孩子。

一

"从12岁出来，在外头生活了将近45年，才觉得我们那个县城实在是太小了。不过，在天涯海角，我都为它骄傲，它就应该是那么小，那么精致而严密，那么结实。它也实在是太美了，以致以后的几十年我到哪里也觉得还是我自己的故乡好。"每当我回忆起自己小而美的故乡时，我就会想到老师黄永玉的这段话。

<　　湘西凤凰古城

　　他老人家50岁前被"四人帮"打成了"黑画家"，1974年6月回到了湘西，戴着"黑画家"的帽子，仍旧为家乡凤凰的发展出主意、提建议，如今96岁高龄的他仍旧关心着家乡的建设，老师对故乡的热爱与深情深深感染着我。

　　还记得他说过一句话："自己的被窝，睡习惯了，有自己的味道"。后来，我走遍了世界很多地方，但只有回到湘西，才能真正找到一种熟悉踏实的感觉，每一次回归，都感觉是给灵魂充电。那些石板路两旁鳞次栉比的小商铺里各式各样的臭豆腐、萝卜干，传递着人间真善美的湘西阳戏……这些都是我关于故乡的点滴记忆，它们勾勒出我人生的经纬线。

　　其中印象最深的是我们湘西凤凰古城的民族文化，尤其是作为湘西地方剧种之一的湘西阳戏。一场阳戏就是一个好故事，一个好故事就是一场好的教育，教育着我们从小如何做人处事。我至今还记得一出名为《安安送米》的湘西阳戏。安安是一个父母离异的孩子，母亲后来出家做了尼姑，后妈对安安很不好，他吃不饱也穿不暖，但是安安仍旧记挂着出家的母亲，怕母亲生活太苦，所以每次煮饭都会偷偷省几粒米，最后竟然积累了一大袋子，送到尼姑庵给母亲吃。正是戏剧中传递出来的孝道潜移默化地教育着我们。湘西阳戏可以说是我们童年时代的启蒙课本。

二

阳戏大量地吸收了花灯的表演技艺，早期主要活跃在山间田野，虽在清末民初进入了城市，但演出活动大都还是季节性的，班社也多是临时组合，艺人是半农半艺、半工半艺，演出场地主要是草台、祠堂……透过湘西阳戏，仍旧可以感受到楚、湘文化的余绪。所以，我一直认为，高手在民间。

如今，中国文化在国外广受欢迎，其中就包括内涵深刻的湖湘文化。我曾经去俄罗斯、芬兰、海参崴等地参观他们的美术馆和远东孔子学院，在各个国家开画展、参加论坛。每去一个国家，我都会因为自己是一个湖南人而由衷地感到自豪。作为一个在湘西土家族苗族自治区成长起来的子弟，深厚的湖湘文化让我拥有一种文化自信，一个艺术家走出去同世界接轨时，首先要认定自己"姓"什么，我认定自己是一个中国人、一个湖南人、一个湘西人。

但自信不是自负，走出国外，让我看到自身所长的同时，也开拓了自身思想和认识世界的维度——我们需要将自己好的文化传扬出去，将国外好的东西拿过来学习，真正做到"洋为中用，古为今用"。

三

回顾我的艺术之路，湘西是我的艺术故土。一片满目疮痍、污染严重的土地很难诞生一个好的艺术家，故乡的自然和文化是我艺术生命的起源，就像植物与土壤的关系，土壤越肥沃，植物的生命力越顽强。湘西的地域文化是一个没有经过太多外来污染的纯朴文化，没有太多杂质，从湘西这片土壤中成长起来的艺术，和这片土地一样，具有一种天然纯净的力量。

如今故乡变化很大，像那首诗写得那样："少小离家老大回，乡音无改鬓毛衰。儿童相见不相识，笑问客从何处来。"现在的湘西土家族苗族自治州被越来越多的人称为"大湘西"，当地政府提出要把湘西打造成世界著名的文化生态园，湘西200多万民众围绕这个出发点都在付出自己的行动，其中最主要的就是湘西著名旅游名片凤凰古城。

但是无论如何变，故乡在我心目中的地位与分量不会变，那份永恒乡愁不会变，无论你用多少首诗、多少幅画都永远也写不尽这蔓延在心头的乡愁，但我会尽自己最大的努力去临摹、去描绘。

（本文原载于〈文史博览·力量湖南〉微信公众号 2019 年 2 月 20 日）

■　**人物名片**　| Renwu Mingpian　|

毛光辉
湖南省政协委员
湘西土家族苗族自治州美术家协会副主席

透过这澧水河上摆渡人老去的背影，
我们仿佛又听到了它的美丽传说，
仿佛还听见一个老和尚，
在敲寂寞的罄。

石继丽：难忘澧水河上的半边街

文｜石继丽

悠悠澧水，绵延四百公里，不舍昼夜，赴洞庭，入长江，汇入茫茫大海。

号称湖南四大水系之一的澧水，有南北中源，其中北源发祥于桑植八大公山，沿途九曲回肠。当流至张家界市区内时，滋养了一条十余华里长的街市。这条街西起白龙奄，东至红壁岩，沿澧水向东，因仅依河流的一岸傍生，故而叫做半边街。河岸上古柳数株，枝条半寐水中，很沾几分逸闲。偶尔水面上漂来三两只载有鸬鹚的渔船，倏地划过，半边街又复归谧静了。

一

然而三百年前的半边街指若阳春白雪状，那是不为过的。据清道光《永定县志》记载：永定于"1632年设县，土著门户敞开，四川、江西、湖北、福建、广东等水路帮纷纷在此建会馆，设货栈，开商铺"。"邑城正街迁约数千户……货皆自苏杭闽，罗绮锦帛并各项精致之物，无一不具，本境所产粟豆、油纸、烟叶、铁和药材，亦往往泛舟运贩别处，列肆起自新正，终年不罢。"有"永定的城，九溪的兵"，"小南京"之说。花行、油行、盐业、绸布、首饰、土膏、酱园、手工作坊、内字号（批发行）等行业无所不有。每天南门外"船来船往，舟楫络绎"，街市内"商家富贾，灯火万家"。南正街那一排排沿江修建的两三层吊脚楼，虽已年岁愈百，但它的风貌依然让人清晰地想得见当年的富丽。

留在这条半边街上的古迹很多，比如胡家大院，虽不如《红楼梦》中贾府的豪华铺排，却也有"七进"规模，即从外往内有七道天井，飞檐雕梁，可谓庭院深深。长子、次子，公子、小姐，大房、偏房，账房护院，甚至佣人长年都各有所居。这样大户望族半边街上可不是三两户了。封火墙、老水井、两人合围的柱头、铜门转角、墨绿厚苔的瓦墙，这些历史的遗迹耐人寻味。

然而，半边街的繁华更在那十里长街上，一家接着一家，尽是开着三两丈窗口铺面的吊脚木楼。因了澧水的便利，本地的，外来的商户云集，货物进出都走水路。那家底厚实些的人家，还可能从常德或者更远的地方引回一个儿媳妇，在这人人相识的半边街引起一阵躁动。年轻后生常借买半斤盐或二两花生糖的理由去和新媳妇打个照面；姑娘少妇则以店上是否来了新花布新耳环为由，揣着点点莫名其妙的妒忌来偷偷和那新人比试一番。可也就是三五天时光吧，后生们就"嫂子嫂子"亲热地呼喊起来，姑娘媳妇们则拿着针线兜兜，细布剪刀，姐长妹短亲密起来，只听大针拉麻线的声音嗞啦嗞啦，伴着女人铃铛一样的笑声不断传来。半边街能够容纳人，半边街人的心里能够容纳人。半边街的生意于是更加红火起来。

半边街人做生意从来讲究实诚，货物讲究个明码标价，比如盐一袋五文，豆豉一包两文，红绸一尺五文，童叟无欺。商家之间还重礼信义，凡小有身家的老板到了过年前后，便择了日子，穿上或青或蓝的丝绸礼袍，胸前别了红绸小花，谦恭地挨家挨户送福道安。因为不带礼品，只鞠躬作揖，便叫拜跑跑年。礼数一到左右邻舍一街老少的心也就融合在一块了。这样拜年的还有更夫或孤寡穷困老人。他们胸前挂着一个褪了红的木箱，挨家挨户喊拜年，每家必然会打发半碗肉一碗饭什么的，殷实好心人家还会给上十文二十文铜钱，皆大欢喜。

二

最热闹的要数"三棒鼓"拜年。三人一拨的艺人，其中两人按曲调唱着鼓词，另一人往空中抛掷着三五把明晃晃的尖刀助兴。抛刀有各种套路：仙女散花、美女梳头、猴子捞月、双龙出洞、跑马射箭、纺棉花、懒婆娘裹脚。但见舞刀人在空中变换各种花样，看得人眼花缭乱。更有两人一拨的，舞刀人一边舞刀，还要一边敲鼓，一边唱词，一个段子下来绝无半点差错。于是，围观人群中发出阵阵喝彩。有人给钱，有人包场，有人管饭——有茶，有酒，有肉，有烟，当上等客侍候。

过年时节，半边街上最隆重的事是唱戏。那时看戏，都是由保里的一个要人出面张罗，大家你几文我几文凑钱恭请戏班。那时戏子，于纯朴的半边街人来说，是不被小瞧的，更不低下。开戏之前，大家照例恭请他们到一流的茶馆里去点吃。相传最受欢迎的当数汉剧和阳戏了。光绪年间，半边街一家叫鸿盛的戏班子声名远播，一行一百多人走遍湘、鄂、川、黔的山山水水，所到之处，百姓无不欢喜雀跃，奔走相告，每家每户竞相宰猪杀羊，酒食相待。有的富裕人家还一连数日开流水席，包台唱戏，一唱就是几个月。但到了正月新年，这戏班是一定要回到半边街的。据说这戏班里有几个特别招人魂魄的女角儿，而那生角儿，也都相貌堂堂，戏台上一开口字正腔圆，十分的潇洒。看戏了，老人小孩的心和眼全被一板一眼、一字一句的唱腔吸引，头和脚跟着依格儿罗格儿哐当唥的乐声东摇西摆。

小媳妇迷着生角儿，小后生盯住青衣旦角，满脑子虚幻，戏文唱词听得一
塌糊涂。待戏散场，一下醒过神来，慌忙跟了自己家人打道回府，半边街
上倒真是些相亲相爱的人家了。

    戏散场后，半边街最热闹处便是茶馆、酒楼和汤元店了。"隔溪隐隐
酒旗招，十里官程接瓦桥。"那时南门澧水沿岸有几十个码头，差不多每
个码头边都傍水修有客栈酒楼。"何处最添诗客兴，黄昏烟雨乱哇声。"
相传这半边街倒还真出了几个诗人呢！嘉庆年间就留下了"平街十里暮烟
涵，曲巷通门细细参，一路红灯人卖酒，歌声隐约似江南"的绝句。

    酒楼茶肆下面的街巷里，沸沸腾腾处莫忘还有糖人儿的担子摊。"十
里看花过瓦桥，香糖卖处快吹萧。"你看那个面宽额厚的壮年男子，面前
烧放一炉炭火，上架一铁锅，将玉米糖、红薯糖或米糖之类融成浆，如此
这般地一搅一吹，一些悟空、八戒、西施、貂婵、李睦、弥勒佛便跃然而
成了，逗引一些没钱的孩子久聚不散，直到那担主像圣诞老人一样分发每
人一个糖人儿，方依依地给遣回家去。有的还老大地怨气，恼那糖人儿师
傅给人家四佬的孙悟空竟比自己的沙和尚本事大得多呢！

三

由着半边街的土家文化浸润，宗教来此传播并非曲高和寡了。结果在这不长的街面上，竟建有像模像样的基督教堂和佛教庙堂。每逢星期天了，众多的女人携少护老来做礼拜。"主赐我平安／主赐我平安／主所赐的平安与世俗无关"那歌声和着黄昏的灯光，在这圣母教堂里融成一种圣洁的殿堂气氛，那柔弱无依的生命依佛就维系在这纤徐的歌声中去了。

不过，这半边街的人更多的是信佛教。在半边街的最末端，便是占地十多亩的崇文塔，由一个叫马遂的县令于1753年修建，用以提振文脉。庙里还有座二十多米高的佛塔，塔顶是由举人捐献200公斤锡修成。按佛教的说法，佛像代表佛祖的形体，佛经代表佛祖的思想，而佛教代表佛祖的灵魂。那些穿梭于禅房佛殿的高僧，便要讲无数关于苦修、悟道，以及寻找的故事。那些朝圣的香客，那些历经沧桑依然期盼运转的凡夫俗众，又有谁会婉拒这佛祖之于心灵的慰安呢？

所以半边街走出来的人良种谷子一样，男人能广结善缘，能两肋插刀，能先人后己，能疾恶如仇。于是出将军，出大帅，出凭一个符咒就上刀山下火海的梯玛老司；女人能孝敬长辈，能宽以待人，能守身如玉，能相夫教子，于是出美女，出上得厅堂下得厨房的上乘女人，出死后立牌坊的贞妇。少有吵嘴打架、偷摸扒窃，更别说杀人越货了。于是半边街的姑娘老小就被缠着嫁人，半边街的男子一成人就被人缠着要娶亲。半边街的人间烟火变得更加兴盛。

六百年过去了，如今那弯弯曲曲光光滑滑的石板路，那一排排散发着古木清香的吊脚楼，那一家接着一家琳琅满目的门面店铺，那在风中摇摆的古柳，那河面上飘来的鸬鹚船，那头戴大斗笠的鸭客，河岸边盛开的粉色花丛，河滩上横七竖八晒着的土家织锦"西兰卡普"，露着膀子摆渡的老人，来来往往的渡船，大大小小的码头等，悄然不见了踪影。代之而起的是很现代气息的滨河马路。偶尔小巷里传来"修伞补锅""甜酒儿""豆腐脑儿"的叫卖声，这条街像褪去了红晕的少女，变成了丰腴的少妇，少了很多神韵。

澧水河上已经架起了四座很现代的大桥，依次叫大庸桥、澧水大桥、观音大桥和鹭鸶湾大桥。于是，半边街上，许许多多的东西在无可奈何地渐渐消失，那些个老船夫很落寞地摇着蒲扇，老得很快。许许多多的东西却又正在复兴，比如"三棒鼓"、阳戏、汉戏、糖人儿、寺庙、教堂、茅古斯、水龙灯、茶吧、书店、酒吧……多少年过去，半边街的历史可能只剩一些凌乱的石板路，一些斑驳的厚城墙，一些枯枯的老古树，一些迷茫的老人。但我深信每一盏灯都曾照着它一段灿烂的回忆；每一扇窗都打开着它一度荣衰的秘密；每一个台阶都沉积着它陈酿一般的纷繁旧事。

张家界虽已发展成为现代化的城市，名曰"扩大的盆景，缩小的仙境"，然而，建筑是凝固的历史，名胜是历史的缩影。透过这澧水河上摆渡人老去的背影，我们仿佛又听到了它的美丽传说，仿佛还听见一个老和尚，在敲寂寞的磬。

（本文原载于〈文史博览・力量湖南〉微信公众号 2020 年 12 月 14 日）

■ **人物名片** | Renwu Mingpian |

石继丽
中国作协会员、中国少数民族作家学会委员
张家界市政协副秘书长

"我渴望诗与远方，
又觉故土难离。
老家不仅仅是一栋房子，
更是思念、依靠、挂牵。"

凌奉云：故土难离

文｜凌奉云

　　我的家乡没有奇石危崖、茂林修竹，我的家族不是名门望族，也没有出过达官贵人，但她风光旖旎、民风淳朴、勤劳善良。

　　坐落在衡阳县城西北 20 公里处一个叫油榨堂的屋场，便是我的老家，距今已有 150 余年历史。因开派太公有门做豆腐的绝活，特别是油炸豆腐，色鲜味美，深受十里八乡百姓的喜爱，故得此名。

　　整个屋场依山傍水，坐北朝南，老太公大概懂得一些风水，那山虽横不成岭竖不成峰，但延绵起伏的山峦也可算是错落有致、别有洞天，并将整个屋场拥入怀中。春天，站在山巅一眼望去，那阡陌纵横的田野仿佛披上一层亮丽炫目的绿衣，花香阵阵、绿浪滚滚；那蜿蜒弯曲的乡间小道恰似玉带飘飘，犹如梦在延伸，相思着远方游子的孤独和寂寞。童年的我，常常晏坐山冈，遥望星空，闻醉花香，满目风光……

　　房屋是按四合院建造的，青砖黛瓦白墙，飞檐翘角。整个屋场不是太大，就几十间房，但设计独特，工艺精湛。屋与屋无缝对接，户与户几乎相通，并配有堂屋、厢房、作坊和天井，幽深的巷道、回廊将整个屋场连成一体。

从东家走到西家，可以"天晴不晒、下雨不淋"。天井由青条石砌成，侧有排水暗道，连通每一个排污口，无论细雨濛濛，还是大雨滂沱，均能雨污分流，排泄自如。绝妙的设计和精深的建造工艺蕴含先辈们的高超智慧和那血脉亲情永世延续的殷殷期盼。

房前有三口水塘，呈梯状并连成一串。一口用于排污兼灌溉农田，水面很宽，相当于一个小型水库，塘下的近百亩粮田均可旱涝保收。另外两口塘，较大的一口可供全屋场人饮用；小的便是生活用水了。那时候虽然没有提水设备，全靠人工用木桶把水挑到缸里，沉淀之后再用，我喝了十多年的塘水，现在还觉得回甘犹存，没有喝够。

老家屋场构成一个自然的生产队，10多户人家，近百号弟兄；里外非常整洁，大家也很讲究，家家户户除了自扫门前雪，还要管他瓦上霜。童年的记忆里，总觉得蔚蓝的天空如清水拭过，延绵的青山似仙境桃源，平静的水面能清澈见底，整个屋场就是一幅美丽的水墨山水长卷。

邻里和睦、相互帮衬是先辈立下的规矩和传统。过去，我们那个地方每到青黄不接时节难免会有个别家庭一时窘困，故借米、借油、借盐甚至借衣服等相互间腾挪的事情是常有的，还与不还也都不太在乎；甚至连哪

<　　过年杀头猪

家杀了头猪，也要把猪血和"杀猪菜"淆混煮一大锅，给每户送去一碗，让乡亲们尝尝鲜、解解馋。哪家办大事了，大家一起凑个份子并合力帮工；哪家遇到困难，大家皆能伸出援手予以资助；哪家闹了矛盾，大家都会围坐拢来帮助调和。

记得很久以前的一个深夜，父母吵架且不可开交，父亲高声大调，母亲寻死觅活，我们兄妹在睡梦中均被惊醒，不懂事只会一个劲地哭，结果把全队的人都招来了，挤满一屋。满奶奶、大伯娘、三婶子你一言我一语，苦口婆心地疏导母亲；满爷爷、二伯父义正言辞地指出父亲的不对；直到天亮把母亲逗乐，与父亲言归于好，他们才渐渐离去。家乡的淳朴民风和族人的厚德仁义，常常使我感慨万千，温馨无比。

更温馨的事情要算过年了。

过年有好吃的、能穿新衣服，还能与小伙伴们做游戏、放鞭炮。我们那个地方过年从腊月廿四一直要闹腾到正月十五。最热闹是正月初一，清早我们吃过早点，从头到脚换上一套全新的，跟随大人屁颠屁颠走家串户拜年，每到一处都要放鞭炮迎送，恭祝一些好话，还要吃点心，临别时总要塞上一把糖果，拜一串年口里手里兜里全都是满满的。

之后全队的人都到堂屋集合，举行新春团拜。数张方桌拼成长条、几条板凳搁在两边，乡里管这叫摆条桌。条桌上堆满了各家各户送来的糖果、米酒、小吃，那里有我最爱吃的落花生、南瓜子、芝麻糖；还有火焙鱼、盐蛋、火爆猪肝、猪耳、鸡杂等等，五花八门，令人眼花缭乱。

满屋大小济济一堂，站的站、坐的坐。随着年长的太公领头敬过祖宗、财神之后，每户派代表互致问候、互祝美好。至于讲些什么没太在意，我们小孩只顾盯着色味俱佳的美食，那扑鼻的香气，勾引着我们不由自主地流下了口水，不时用舌头舔舐着嘴唇；不等大人把话讲完，就不自觉地行动了，且左右开弓。

曾记得有一回我左手抓一把落花生，右手抓一把南瓜子，还想去抓，父亲瞪了我一眼，我便把手缩了回来。这时年长的太公便说："小孩子嘛，只要喜欢，尽管吃。"于是我又抓了一些糖果。

团拜会散了，我的肚子鼓了，口袋也满了。多年以后的春节我还会惦记儿时乡下那开心惬意的年味。

岁月不居，时节如流。我在老家度过了快乐而又清苦的童年和少年时代，阔别快 40 年了。最近回家，却有一种"离别家乡岁月多，近来人事半消磨；唯有门前池塘水，春风不改旧时波"的淡淡忧伤。

是啊！家乡发生了巨大的变化，乡道加宽了，房屋长高了，乡亲腰包变鼓了。然而蛰伏在我心底那种田园牧歌般的乡景、纯朴真挚的乡情也像年味一样有些渐过渐淡了。这些改变，不仅仅是一两栋房屋，二三个景观，还有长久的家族记忆、原有的自然生态、破碎的世谊乡愁……

有诗人说过："我渴望诗与远方，又觉故土难离。老家不仅仅是一栋房子，更是思念、依靠、挂牵。"有幸的是乡村振兴战略正在广袤的乡村沃野如火如荼地展开，那种渗入骨髓、刻进记忆的乡愁一定会和着改革的春风，助推美丽乡村的全面振兴。

（本文原载于〈文史博览·力量湖南〉微信公众号 2019 年 6 月 8 日）

■ **人物名片** | Renwu Mingpian |

凌奉云
衡阳县政协副主席

写不完的家乡情，

正是"欲作家书意万重"。

道不尽的父母爱，

难怪"行人临发又开封"。

谢模满：我愿家乡月常明

文丨谢模满

从家乡又传来老人寿终正寝的噩耗，这已经是半年来的第 4 个了。我那偏僻贫瘠的小村庄啊，一次次笼罩在生死别离之中。

每每这样的时候，我就丢开繁苛政务，扑向家乡的怀抱。一则临此大事，外出的人必须按照村规民约回家帮忙；二则我年迈的父母走时，我也需要父老乡亲来送行；三则我感觉家乡需要我这个游子，为他们出一把力，我能找到和孝敬父母一样的感受。

每个人对家乡的定位是不同的。伟人以国为家，处处留下亲民、爱民的足迹，凡夫俗子如我者，顶多只能以我那挂在半山腰的村子为家乡了。因此尽管家乡像一个蹒跚于城市边缘的"侏儒"，我从来没有"恨铁不成钢"的想法，也从不曾因为家乡贫穷而偏离我回家的方向。

家乡人在生老病死的自然规律中更新迭代着，家乡追逐城镇化的脚步日新月异着。自来水管把沁人心脾的山泉引到家门口，一条凹凸不平的机耕路穿破对面山上的岩石连接着外面的世界。时隔多年，我脑海里依然刻着山那边的水井和小时候丈量过无数次的羊肠小径，青山绿水、清风小径、

如水月色，构成了我脑海里有关于家乡的元素。

常年在外，我特别享受回家的感觉。每次回家，问候父母以后，习惯性地上下转转。看见太婆拉拉家常，看见大爷递上一支香烟，看见小孩逗逗乐，我和家乡人就这样慢慢亲近起来，从来没有"近乡情更怯，不敢问来人"的感觉。

家乡是父母的根，便也成为儿子的根，每个人对家乡的深厚感情很大程度上来源于对父母的爱。

我的父亲的一生是劳动的一生，是简单的一生。田、牛、树几乎涵盖了他生命的全部。田是父亲的"舞台"。父亲插田速度闻名遐迩，一天可插一亩多田，是村子里有名的"全劳力"。父亲教给我的不多，教得最多的就是吃饭要必恭必敬，一颗不剩，如今被我当作家规家训传递下去。

牛是父亲的"命根子"，在他心目中的地位恐怕超过了我。父亲养的牛一直是村子里最膘肥的，父亲原来一直脾气火爆且从不隐藏，看见人家的牛圆圆滚滚他就赞，看见人家的牛骨瘦如柴他就骂，看见人家猛打牛时，他就跑去抢夺鞭子丢掉，父亲常常体罚我们兄弟却从来不打他的牛。60岁时父亲脱离耕作，却主动请缨养牛，大年三十也不例外。我常常被父亲这份感情和精神感染着，关于牛的什么主张全由着他。

树是父亲的"家珍"，闲时他会跑到山上，抚摩着、打量着和树说话。有一次他发现人家弄回的一根树是我们家的，锯下树兜比照，果不其然，我深深佩服父亲"张飞式"的细腻。

父亲一生造了3栋屋，养育了我们兄弟姐妹10个，用他毕生的心血撑起大伞，呵护我们茁壮成长。脾气火爆的父亲在晚年时奇迹般地温和起来，骤然返老还童；一生创造了不少财富的父亲，身上很少留钱；从来不低头的父亲，现在主动和闹过矛盾的人交好；非常留恋人生，却能坦然面对和接受行将就木的事实……这是不是父亲在有了鸟瞰人生的高度以后所获得的大气甚至伟大呢？

我常常诅咒自己是父亲的不肖儿子，因为我在父亲和母亲之间有感情的倾斜，过多的依赖母亲而忽略父亲，父亲对此似乎毫不在意，毫无察觉，直到自己为人之父以后，我才理解，哦，父亲其实不简单！

母亲，是我小时候的生活依靠，是我成年以后的精神支柱。我曾经泼洒着深情写下了我和母亲的点滴，这里不再赘述。特别要提及的是母亲不知书而达理，是全家人的优秀管家，是父亲的坚强后盾。母亲是一个母性很浓的人，内外和谐相处，对自己的子女媳婿就自不待言了。记忆中母亲只和姑姑拌过嘴，因此我多年以来对这个姑姑心存芥蒂。常常记取小时侯纳凉的时候，母亲远远地点上一把烟，用一把蒲扇为我驱赶蚊虫。如今还是那样，母亲手中的那把蒲扇像春天迎风的花朵，摇曳着我童年的梦。

我常常庆幸我有这样一对"听话"的双亲。他们相濡以沫，椿萱并茂。父母同年，皆是86岁高龄。19岁奉父母之命、媒妁之言结合，几十年相互照顾、相互依赖建立起来的亲情是难以言表的。他们身体健康，精神矍铄。没有单飞的凄凉，也没有老来的糊涂，共同享受着晚年的幸福。他们艰苦一生，从不要求。没有给儿女增添一点麻烦，这可是贫穷人家的福分、我的造化啊！

写不完的家乡情，正是"欲作家书意万重"。道不尽的父母爱，难怪"行人临发又开封"。

（本文原载于〈文史博览·力量湖南〉微信公众号 2020 年 12 月 10 日）

■ **人物名片** ｜ Renwu Mingpian ｜

谢模满
岳阳市政协常委
致公党岳阳市委秘书长

对故乡，

对家的思念，

是在离家的成长中渐渐涌现，

并且越来越浓厚起来的。

吉平：看见月亮，望见故乡

口述 | 吉平　　文 | 吴双江

　　故乡就是游子的梦。置身异地他乡，我会经常感到难以割舍的乡愁与牵挂。

　　说起故乡，就会泛起乡愁，那是对曾经生长和过往之地的眷恋与牵挂，是游子寻觅诗与远方的执着和笃定，是心底滋生的淡淡孤独与忧伤，这便是漂泊多年过后，我对乡愁隐约的理解。

　　前些年读土耳其作家费利特·奥尔罕·帕慕克的自传《伊斯坦布尔——一座城市的记忆》，我被书中不断使用的"呼愁"打动并产生共鸣。伊斯坦布尔，这座弥漫着博斯布鲁斯海峡特有气息的奥斯曼古都，本身就是一团凝固的"呼愁"。在土耳其语中"呼愁"是"忧伤"的意思，这个词混合着阿拉伯文化和古波斯帝国的气息，是锈迹斑斑的辉煌印记，是对过往的情怀，是灵魂深处遥远的失落，它重重地碰到了我心底的"乡愁"。

　　对帕慕克而言，伊斯坦布尔是一座废墟之城，充满了帝国斜阳的忧伤。他说："我一生不是对抗这种忧伤，就是让她成为我自己的忧伤。"于是，帕慕克借用"一个小孩透过布满水汽的窗户看到外面感受的情绪",将一座城的破败与衰落,辉煌与瑰丽,传统与现代,如相册般一帧一帧地展现开来,恍如几年前我身临其境。

从前的轻浮与现实的繁杂层层累叠在心里,形成我对故乡朦胧的回味,陈旧的味觉熏陶着我的记忆,仿佛在帕慕克式的"呼愁"里嗅到了我的乡愁,那座阳光充足而可以嗅到尘土气息的边城——呼和浩特,我的故乡。

一

呼和浩特是蒙古语,汉语意为青色之城,简称呼市,是一座有着上千年历史的塞外城市。呼市不大,背靠着大青山,记忆中只有新城和旧城,在新城的北边有座部队的大院子,夹在新城和大青山前平坦的泥土地之间。几乎倚在山前坡地上有一座部队医院,我就出生在这里。据说医院是苏联人设计建造的,三层灰褐色楼房,平面呈"王"字形,楼房的门楣顶上贴塑着鲜红的"八一五"角星。因为打小体弱多病,我对这座医院格外熟悉和"亲切"。记忆里长长的水泥廊道上永远亮着橘黄色的灯光,空气里弥漫着浓浓的消毒水的气味,来来往往的都是身着白大褂、头戴白帽、捂着白口罩的医生,极少见到他们穿绿军装的样子。所有的器械和物品几乎都是在四个轮子的床或托架上来回移动。医院是年轻的,因为不论是医务人员还是病患者,看上去似乎都不及父母的年龄大。

父亲是军人,常年在外,儿时的我对他没有多少印象。记忆里母亲的脸通常是和蔼而敞亮的,在那栋居住过几年的老式房子的窗户前,期待的目光和黄褐色的脸颊永不褪去。

至今,不断浮现在眼前的依旧是儿时母亲忙碌着为孩子们准备饭食的身影,她总是在灶台前或穿梭在不大的房间里拾掇着餐具。偶尔听到一两

句蒙古话，里边间杂几个汉字，这是她语言中标志性的奇怪特征，便于我们辨识、掌握和理解意思。到现在我还庆幸，那些年濡染在她蒙汉间杂的奇异语境中，奇迹般地使我们至今还掌握了一些蒙古语的听力能力。

　　我们都习惯于在昏暗的白炽灯下，灶台上蒸腾着热气，老榆木的方形餐桌上摆好了碗筷，等待着荤香味的大烩菜出锅时抢先尝一口。每当逢年过节的前几天，母亲会略藏偏心地带着我和弟弟上街买东西，过马路时，她左手拉着我，右手拽着弟弟，后面偶尔会跟着妹妹。母亲就是用她那不宽的肩膀，实实在在地撑起了整个家。

　　那个物质生活十分匮乏的年代，母亲经常变着法给我们弄出好吃的，那莜面窝窝推得又薄又整齐，油炸黄米糕外焦里嫩。那时不管她给我们做了什么好吃的，自己从来不和我们一起吃。姐姐和哥哥时常劝她："妈，你也吃吧。"母亲的回答永远都是："你们先吃吧，我还不饿呢。"或者干脆是，"我不喜欢吃。"到我们长大后才明白，母亲哪是不饿或者不喜欢吃啊，她就是为了把食物省下来，让孩子们吃饱、吃好。

　　母亲虽然没有多高的文化水平，但在我眼里却是有大智慧的。我们的人生大半载过去了，却依稀记得幼时母亲在灯下教我们识字、给我们念传奇故事的情景。后来，我们长大了，很多心事已经习惯于藏在心里，有不痛快的事情也不愿轻易讲出来。但母亲总能巧妙地"察言观色"，并设法为我们释放烦恼。

有一次，母亲看我唉声叹气、无精打采的样子，追着问我究竟怎么了。看我什么也不愿说，她干脆就不问了，直接说："儿子，你就出去好好看看太阳，深深地呼两口气，完了回到这里来，我告诉你该咋办。"等我出去看看太阳、呼两口气，回来的时候我已经忘了自己为什么唉声叹气了。

二

我童年的记忆里，父亲几乎就是一个穿绿军装的敦实而敏捷的影子，不苟言笑，反倒是他腰上别着的手枪，更生动地印记在我孩童时的脑子里。父亲偶尔回家吃饭或休息时，他腰上就露出一个棕红色的牛皮壳子，黑乎乎的手枪把露在外面，皮壳上插根黑色钢条，上面扎着红绸布条子，是用来擦枪管的。男孩子们就会偷摸着去碰碰那把手枪，触到皮肤上冰凉的感觉至今令我印象深刻。那时绝不曾想到，后来我自己也有扛枪的机会。14岁那年，因为在学校惹了事，我被母亲关在家里，无奈的父亲把我送进了军营，当了4年光荣的边防战士。

部队磨砺了4年，我回到家乡，发现从前的同学和伙伴已经上了大学或奔了事业，而我还漂着，等待安排工作。于是，我立马开始备考大学，终于在20世纪80年代初考上了吉林大学历史系的考古专业。

我是真不了解这个专业，尽管全身心地扑在学习和工作上，但直到若干年以后，我才真正热爱并投入到这个叫考古的有趣工作当中。那时的我们基本上每年在野外至少待六七个月，有时在外泡个十个、八个月的都是常态。记得有一年春天不到3月份我就奔了野外，直到来年元旦的前一天才回家。那时候20岁出头，意气风发，我只想在外面闯荡着有所发现和收获，基本上没有家或家乡的概念。

我们家兄妹5个，我排老三。印象里父亲第一次流泪，是我这个老三工作间隙的一次回家，我有大半年没回家了，推开客厅的门，发现家里多了一个头发花白、满脸皱褶的老头。当即我愣了一下，没有言语，父亲瞄着看我半天，然后缓缓地问道："你是亚太，还是平平？"因为我哥叫吉亚太，我叫吉平，而他那时却分不清我们兄弟俩。当时我鼻子发酸，而父亲的两行热泪也涌出来了。这是曾经没有表情的军人父亲第一次在儿子面前示弱。

三

对故乡，对家的思念，是在离家的成长中渐渐涌现并且越来越浓厚起来的。

在东北那些年，有个连续发掘多年的大型考古工程，工程的生活基地里伫立着一座很大的辽代古塔。这座古塔为十三级密沿实心砖塔，宏伟壮阔，方圆几十里均可望见，我在这儿主持了多年工作。古塔本来已是个令人触景思迁的景物，若是朗夜里升上一轮明月，白月映塔影，更是让人遐想翩跹。记得那年我们连续工作了8个多月，白天工作繁忙，只觉身上劳累，到了夜晚，那种浓稠的思乡之情便涌上心头。

那是一个夏末的夜晚，收工吃完晚饭，天还没有黑透，大伙便三两个相邀着出去散步。我喜欢独自一个人走，思考些问题，无论我们背离古塔向外走出多远，一回头总能看到铅灰色的天幕上映着灰白的塔身，又恰好看到半个月亮挂在塔顶，再继续往前行时，心境就会不一样，好似塔顶那半个月亮，被蚀了半个似的空落落地悬着，那是一种描述不清的滋味，可以嗅到一种来自辽远的日子里的孤独和牵挂。

我知道，我是想家了。

如今，我的人生里程已走过大半，在呼和浩特满打满算也就生活了 15 年左右。由于当兵和读书，以及野外工作的原因，我一直是在外边漂泊着生活，对家的渴望和知觉倍感真切。我始终觉得，人只有离开过家，才能真正消化那种乡愁的感觉。

岁数渐长，我已不再适合长期在外奔波，这几年回到呼和浩特工作，就等于是回了家。现在工作稳定，生活像机器一样，我常想自己再年轻点该有多好啊，我还会出去漂泊，我还要去找对家的美好祈愿和追求。

这些年来，我还没有气馁过，有条件经常锻炼身体，因为我觉得我还有机会。再过两年多我就退休了，退休后我选择的生活还是去漂泊，去追求，去找寻。去找寻什么呢？我觉得不是去找个人爱好和兴趣，而是离开这个地方，去找寻对家的那份依恋，找寻那份所蕴含的遗世独立的孤独感吧。

是呀，家对每一个人来说都是一种精神寄托，是最终的精神和灵魂的归宿。家也是我们最美好的生活的一种升华。多少年前，看见那座屹立的高塔，看见高塔旁挂着的月亮，我就想着我的家就在这月亮上。我觉得那时，自己与诗里描述的那些心境是相通的。

（本文原载于〈文史博览·力量湖南〉微信公众号 2019 年 11 月 13 日）

■ **人物名片** | Renwu Mingpian |

吉 平
全国政协委员
内蒙古自治区文物保护中心主任

我时常想起小时候长大的家乡，

想起自己曾经坐在微风吹过的草地上，

看远处蒙古包上升起的吹不散的袅袅炊烟，

那些都是乡愁的所在。

哈斯塔娜：难忘草原上的袅袅炊烟

口述丨哈斯塔娜　　文丨吴双江

我的家在锡林郭勒盟大草原上，这里有我的乡愁，有我童年的美妙时光。

一

锡林郭勒系蒙古语，意为丘陵地带的母亲河。锡林郭勒草原既是蒙古族发祥地之一，又是成吉思汗及其子孙走向中原、走向世界的地方，在锡林郭勒这片广袤的大草原上，至今仍留传着许多有关成吉思汗的传说。其后，成吉思汗之孙忽必烈继承帝位，并在锡林郭勒草原上建筑了著名的元上都。之后的元朝先后有 8 位皇帝继位。可以说，大元的历史离不开锡林郭勒，锡林郭勒也因大元的兴盛与崛起而举世闻名。

我儿时的家就在锡林郭勒草原上的一个蒙古包里。在我的记忆里，夏季的草原是最美的，湛蓝的天空飘着几朵有立体感的白云，不时有雄鹰掠过，草原碧绿，散布着星星点点的牛马羊，各种鸟儿愉快地唱着歌……草原上的蒙古包内，在奶香的诱惑中，开启了我们一天的生活。这些画面太美太难忘，离家再远再久，我总也走不出那种蓝天白云与满眼青绿的记忆。

如果说草原上的夏天生机盎然，秋冬天的草原则更加忙碌。为了牛羊过冬的草料，秋天牧民需要收割草料进行储备。一把长长的镰刀是我们割草的工具，我们几姊妹都是割草的好帮手，劳动起来一点儿也不输给男孩子，割下来的草一排排地摆放整齐，然后用叉子再叉成一堆堆地码好，等着牛车或马车来拉回去。冬天最怕下大雪，但我们这些小孩最喜欢的也是下大雪，雪下得太厚，一方面担心牛羊的安全，一方面我们又可以去雪地里堆雪人放肆玩耍。

小时候，起床后我经常做的第一件事就是帮妈妈拉小牛犊——不让小牛犊围在大牛身边，方便妈妈从大牛那里挤牛奶。手工挤奶是个技术活，我们那时候手劲小，怎么也挤不出来，挤两下就会手痛，但我们特别喜欢挤牛奶的活，这是难得的与妈妈独处的时刻。帮妈妈挤完牛奶后，我们就开始放羊了。在草原上，从羊圈放出来的羊群是不用看的，随它们四处吃草。

二

早起是我们草原人民的习惯，从看谁家炊烟升得早，就知道谁家起得最早。我们最喜欢看草原上蒙古包里升起的袅袅炊烟，如果今天自家起来得晚了，炊烟升得迟了，我们家第二天一定要补回来，早早地把火生起，飘出去的炊烟会告诉大家，我家这天起得最早。

草原上牧民的生活是繁琐而辛苦的，但是我们懂得用美食犒劳自己，我最喜欢的食物就是奶豆腐。在中午空闲时，妈妈就开始制作奶豆腐。制作奶豆腐主要用牛奶作原料，将鲜牛奶用粗纱布过滤后，盛进木桶或瓦缸中，放置阴凉处几天后，鲜奶自然凝结。再将上面的"奶嚼口"取出，把

故乡草原美景 >

凝乳倒进锅里，用温火熬煮。因蛋白质受热凝固，乳清会慢慢分离，同时榨取乳清，留下稠凝乳加大火力，把乳清彻底榨完后，及时用勺背揉搓稠凝乳直至不粘锅。然后用小勺将稠凝乳放进木模中轧实后放置阴凉处。若要做成甜的，在揉搓时再加进糖料，这样奶豆腐就完成了。

每当妈妈制作奶豆腐的时候，我们几姐妹就喜欢围在妈妈身边打转，看着鲜奶慢慢地变化，那是一种非常奇妙的感觉。奶豆腐的吃法也多种多样，最常用的就是直接泡奶茶，味道浓郁，满屋飘香，当然我比较喜欢直接掰一块放在嘴里嚼，你得慢慢品，不能急，奶香会充满整个口腔。

除了劳动，我们草原儿女也有自己的童年游戏。小时候，我们的玩具很少，草原上的石头就成了我们天然的玩偶。我们用石头来搭房子，玩过家家，造出各种想象中的房子和各种类型的门窗。大石头除了陪小孩子玩，也是各种昆虫的家，我们经常从一只蚂蚁开始跟踪，到最后找到在石头下的蚂蚁窝，这都是我们寻找动物世界的乐趣。有石头的地方，除了草以外，还会长出其它不同的植物，我们会猜测哪些能吃，哪些不能吃，然后去找大人确认，这都是我们探索和学习的源泉。

草原上也不是一路平坦，我家屋后有一座大山和一座小山。夏天下蒙蒙细雨的时候，山上就会长出小蘑菇，我们就冒着细雨去找蘑菇，找好以后卖给那些专门的收购商人，那时我和姐姐两人找的蘑菇能卖上好几块钱，感觉特别有收获。如果遇上下大雨，屋前的草原低洼处就成了天然的游泳池——一大片积水成就的湖，这是我们小孩子的游乐场，一头扎进这能看见地下草的水里，滚得全身都是泥，谁家的孩子都认不出来了。

三

小时候，我们知晓外界的主要途径是听收音机。每天早起后，蒙古包内全是收音机的声音，播放各种广播，让想睡懒觉的瞌睡虫都没法赖床。再后来，我们这里有了黑白电视，但不是每家每户都买得起。"80后"的我们那时候刚好遇上《西游记》开播，每天晚上等到《新闻联播》结束后，就拿个小板凳去邻居家看两集，邻里相处得也非常和睦。

那时，旗里面还会定期组织来草原上放电影。我记得自己看的第一部电影是《世上只有妈妈好》，我会唱的第一首汉语歌也是《世上只有妈妈好》。那时我还小，不懂汉语，虽然会唱这首歌，但是我并不知道歌词的内容是什么，我姐比我大三岁多，于是她就给我讲这是唱妈妈的，我就更喜欢唱这首歌了。

长大后，我成为苏尼特右旗乌兰牧骑的一名舞蹈演员，开始离开故乡，频繁地在各个地方演出，也更加深刻地体会到对父母对故乡的那种眷恋。乌兰牧骑蒙语原意为"红色的嫩芽"，意为红色文化工作队，是活跃在草原农舍和蒙古包之间的文艺团队。1957年，第一支乌兰牧骑诞生在苏尼特右旗草原上，成立之初只有9名队员、4件乐器。

儿时的我们也少不了乌兰牧骑的陪伴，舅爷和舅奶是镶黄旗的第一代乌兰牧骑演员，表哥、表嫂也是乌兰牧骑队员，我经常跟着他们学跳舞。

记得在我读五年级的时候，内蒙古艺术学院有一次来我们这里招生，为了这次考试，我妈特意亲手为我做了一套特别时尚的衣服。可当所有准备都就绪时，妈妈又说我当时太小了，于是放弃了那次机会。我知道妈妈是舍不得我。所以，初中毕业以后我才到乌兰察布盟艺术学校学习。

如今，我们经常去草原的各个角落开展演出，每逢佳节倍思亲，我多么怀恋小时候跟爸妈一起过节的乐趣呀。我时常想起滋润我长大的家乡，想起自己曾经坐在微风吹过的草地上，看小草轻轻地摇头、摆手，看远处蒙古包上升起的吹不散的袅袅炊烟，那些都是乡愁的所在。

（本文原载于〈文史博览·力量湖南〉微信公众号 2019 年 7 月 17 日）

■ **人物名片** | Renwu Mingpian |

哈斯塔娜
全国政协委员
内蒙古锡林郭勒盟苏尼特右旗乌兰牧骑演员

后记

故乡是什么?

"望得见山,看得见水,记得住乡愁",故乡,是呱呱坠地时的襁褓,是不老的童年,是中年时的惦念,是老年时的回望;乡愁,是每个人在记忆深处对故乡之念、之慨、之怀。在文史博览杂志社成立60周年之际,《梦里最美是故乡》一书通过讲述政协委员回忆里的故乡或广袤乡村的兴荣,带领读者一同寻找那在我们记忆中逐渐褪色的故乡,并开启一次家国情怀的寻根之旅。

故乡的讲述者主要为政协委员群体,无论身处何方,那一方水土对于他们都是最温情的所在。每个人内心深处的故乡,是每个人出发的力量。围绕乡村、乡韵、乡愁、乡情,委员们倾情讲述各自的故乡事、故乡人、故乡景、故乡情,抑或是成长、工作过的最有感情的"第二故乡"。

根据委员的职业或所在领域,本书分为四辑,同时每篇文章还制作了音频,是一本可供文本阅读和扫码收听的用心之作。2019年年初,我们的策划和采编团队就开始着手本书资料的收集和采访工作,对委员们记忆里关于故乡的素材进行整理和进一步采集，政协云、力量湖南也同步推出"夜读往事之我的故乡"音频栏目。栏目开播近两年来，已有70余位政协委员讲述自己的故乡，把他们的初心和记忆里的故乡原汁原味地用文字记录下来，这也是我们集结出版此书的重要目的之一。

此心安处是吾乡。在这70多个故事里，我们看到了故乡对这些讲述者的重要意义。他们来自不同的地方，来自不同的社会领域，有的还在世界不同地方工作生活过，但是对故乡，依然充满着无限留恋与深情。家门口那条长流不息的小河、母亲亲手煮的一碗甜酒酿、晨曦间水牛脖子上的响铃叮当，还有那一树桃李花开……一桩桩、一幕幕，都是他们多年来割舍不下的回忆。为什么我的眼里常含泪水？因为我对这片土地爱得深沉……回首故乡，许多讲述者不禁潸然泪下，令人动容。故乡，不仅是他们的情之所系，更是他们行走世间的力量源泉。

感谢这些愿意和我们分享故乡故事的讲述者们，是你们的信任和支持，让我们有动力和信心将这些珍贵的故事编辑成册，也让我们有幸成为你们关于故乡记忆的文字记录者、倾听者。

2020年是世界充满变化的一年，这一年也是文史博览杂志社创刊60周年。不管外界如何变化，我们相信不变的是创新。在媒介融合转型的道路上，承蒙湖南省政协以及社会各界的厚爱和关注，文史博览杂志社不断丰富产品生产、不断创新服务，不断为人民政协宣传事业奉献我们的全部智慧和激情。

在此，向在此书出版过程中给予指导和帮助的中国文史出版社的编辑老师们致以诚挚的谢意，感谢你们为本书的编辑出版提出的专业宝贵的意见。

"人这一生，能够去的地方很多，能够回的地方不多"，愿我们不忘来时路，不负少年心。

杨天兵

2020年12月

图书在版编目（ＣＩＰ）数据

梦里最美是故乡 / 杨天兵主编 .

－－ 北京：中国文史出版社， 2020.12

ISBN 978－7－5205－2651－7

Ⅰ . ①梦… Ⅱ . ①杨… Ⅲ . ①散文集—中国—当代

Ⅳ . ① I267

中国版本图书馆 CIP 数据核字（2020）第 242164 号

责任编辑：秦千里

出版发行：**中国文史出版社**

社　　址：北京市海淀区西八里庄 69 号院　　邮编：100142

电　　话：010—81136606　81136602　81136603（发行部）

传　　真：010—81136655

印　　装：廊坊市海涛印刷有限公司

经　　销：全国新华书店

开　　本：710×1000　1/16

印　　张：22.5

字　　数：288 千字

版　　次：2020 年 12 月北京第 1 版

印　　次：2020 年 12 月第 1 次印刷

定　　价：88.00 元